Perversas
PRETTY LITTLE LIARS

Pretty Little Liars

Maldosas
Impecáveis
Perfeitas
Inacreditáveis
Perversas
Destruidoras

Perversas

PRETTY LITTLE LIARS

DE

SARA SHEPARD

Tradução
FAL AZEVEDO

ROCCO
JOVENS LEITORES

Para Colleen, Kristen Greg, Ryan e Brian

Título original
WICKED
A PRETTY LITTLE LIARS NOVEL

Copyright © 2009 by Alloy Entertainment and Sara Shepard
Todos os direitos reservados.

Nenhuma parte desta obra pode ser reproduzida ou transmitida por qualquer forma ou meio eletrônico ou mecânico, inclusive fotocópia, gravação ou sistema de armazenagem e recuperação de informação, sem a permissão escrita do editor.

Direitos para a língua portuguesa reservados
com exclusividade para o Brasil à
EDITORA ROCCO LTDA.
Av. Presidente Wilson, 231 – 8º andar
20030-021 – Centro – Rio de Janeiro – RJ
Tel.: (21) 3525-2000 – Fax: (21) 3525-2001
rocco@rocco.com.br
www.rocco.com.br

Printed in Brazil/Impresso no Brasil

CIP-Brasil. Catalogação na fonte.
Sindicato Nacional dos Editores de Livros, RJ

S553p   Shepard, Sara, 1977-
Perversas / Sara Shepard; tradução de Fal Azevedo.
Rio de Janeiro: Rocco Jovens Leitores, 2011.
(Pretty little liars; v.5) – Tradução de: Wicked: a pretty little liars novel
ISBN 978-85-7980-081-8
1. Amizade - Literatura infantojuvenil. 2. Ficção policial americana.
3. Literatura infantojuvenil norte-americana.
I. Azevedo, Fal, 1971-. II. Título. III. Série.
11-3201   CDU – 087.5   CDD – 028.5

O texto deste livro obedece às normas do
Acordo Ortográfico da Língua Portuguesa.

O sol também brilha para os maldosos.

– LUCIUS ANNAEUS SENECA

OS CURIOSOS DE PLANTÃO QUEREM SABER...

Não seria legal se a gente pudesse saber exatamente o que as pessoas estão pensando? Se a cabeça de todo mundo fosse como aquelas bolsas transparentes Marc Jacobs, as opiniões das pessoas fossem tão visíveis quanto um molho de chaves de carro ou um gloss da Hard Candy? Assim você saberia o que o diretor do grupo de teatro da escola *realmente* quis dizer com as palavras "Bom trabalho!" depois de sua audição para a peça *South Pacific*. Ou se o seu parceiro nas duplas mistas de tênis acha que seu bumbum fica sexy naquela sainha Lacoste. E, melhor de tudo, você não teria que adivinhar se sua melhor amiga ficou com raiva porque você deu um perdido nela para ficar com um veterano bonitão que tinha um sorriso de arrasar corações na festa de ano-novo. Bastava uma espiada dentro da cabeça dela, e você saberia.

Infelizmente, a mente humana é mais blindada que o Pentágono. Às vezes as pessoas dão pistas do que está acontecendo em seu íntimo, por exemplo, o sorriso do diretor do grupo de teatro quando você perdeu aquele Lá sustenido agudo, ou como sua amiga ignorou com frieza todas as suas mensagens no dia primeiro de janeiro. Porém, muito mais do que se imagina, a maioria dos sinais reveladores passa despercebida. Na verdade, quatro anos atrás, certo garoto de ouro de Rosewood deixou escapar uma pista muito importante sobre algo horrível que estava passando por sua cabecinha perversa. Mas as pessoas mal ergueram uma sobrancelha.

Talvez se alguém tivesse percebido, certa linda garota ainda estivesse viva.

O bicicletário do lado de fora do colégio Rosewood Day transbordava bicicletas aro vinte e um coloridas, uma edição limitada Trek que o pai de Noel Kahn havia comprado direto do agente de publicidade de Lance Armstrong, e uma *scooter* Razor rosa-chiclete brilhava. Segundos depois que o último sinal do dia ecoou e o sexto ano começou a ocupar o pátio, uma garota de cabelo frisado saltou sobre o bicicletário de um jeito estabanado, deu um pequeno tapa afetuoso na *scooter* e começou a retirar a trava amarela brilhante Kryptonite em formato de "U" do guidão.

Um folheto preso ao muro de pedra chamou sua atenção.

– Meninas – gritou ela para as três amigas que estavam perto dos bebedouros –, venham até aqui.

– O que é isto, Mona? – Phi Templeton estava ocupada desemaranhando a corda de seu novo ioiô Duncan em formato de borboleta.

Mona Vanderwaal apontou para o pedaço de papel.

– Olhem!

Com um dedo, Chassey Bledsoe empurrou seus óculos gatinho de cor lilás de volta para o topo do nariz.

– Uau!

Jenna Cavanaugh roeu uma unha rosa-bebê.

– Isto é demais – disse ela com seu tom de voz doce e agudo.

Uma brisa agitou algumas poucas folhas perdidas em uma pilha cuidadosamente feita por um ancinho. Eram meados de setembro, o novo ano escolar começara havia poucas semanas, e o outono chegara oficialmente. Todos os anos, turistas da parte norte e sul da Costa Leste dirigiam até Rosewood, Pensilvânia, para ver a queda da folhagem com seus brilhantes tons de lilás, amarelo, laranja e vermelho. Era como se algo no ar tornasse as folhas do lugar mais belas. Independentemente do que causasse esse efeito, isso embelezava toda Rosewood. Labradores de pelo brilhante corriam pelos bem conservados parques para cães da cidade. Bebês de bochechas rosadas eram cuidadosamente acomodados em seus carrinhos McLaren Burberry. E jogadores de futebol fortes e orgulhosos de Rosewood Day, o colégio particular mais respeitado da cidade, corriam para cima e para baixo pelos campos.

Aria Montgomery observava Mona e as outras garotas de seu canto favorito na mureta de pedra da escola, com seu caderno de anotações Moleskine aberto no colo. A aula de arte era a última daquele dia, e sua professora, a sra. Cross, deixou que vagasse pelos campos de Rosewood Day e desenhasse o que desejasse. A sra. Cross costumava dizer que deixava Aria fazer isso porque ela era uma artista muito talentosa. Mas Aria suspeitava que na verdade recebia essa autorização porque sua presença deixava a professora desconfortável. Afinal de contas, Aria era a única garota da turma que não tagarelava com as amigas durante o Dia de Fotos e Slides, não flertava com os garotos enquanto eles estavam às voltas com pinturas a óleo de natureza-morta. Aria desejava ter amigos também, mas isto não significava que a sra. Cross precisasse bani-la de sua sala de aula.

Scott Chin, um garoto do sexto ano, como Aria, parou para ler o folheto.

– Ei, que maneiro! – Ele se virou para sua amiga Hanna Marin, que mexia no bracelete de prata novinho em folha que o pai acabara de comprar para ela como presente de *Desculpe-me filha, mamãe e eu estamos brigando outra vez.* – Han, olha!

Ele cutucou a costela de Hanna.

– Não *faça* isto! – exclamou Hanna, recuando.

Mesmo tendo quase certeza de que Scott era gay – ele gostava de folhear as *Teen Vogue* de Hanna quase mais do que ela –, ela odiava quando ele tocava sua barriga nojenta e flácida. Ela olhou para o folheto, erguendo as sobrancelhas, surpresa.

– Uau!

Spencer Hastings estava caminhando com Kirsten Cullen, tagarelando sobre a Liga Juvenil de Hóquei. Elas quase deram um esbarrão com a idiota da Mona Vanderwaal, cuja *scooter* Razor bloqueava o caminho, e quando Spencer bateu os olhos no folheto, seu queixo caiu.

– Amanhã?

Emily Fields não reparou no folheto, mas sua amiga mais chegada do time de natação da escola, Gemma Curran, deu uma olhada.

– Em! – gritou ela, apontando para o papel.

Os olhos de Emily dançaram sobre o título. Ela sentiu um calafrio de empolgação.

Naquele instante, praticamente todos os alunos do sexto ano de Rosewood Day já estavam reunidos ao redor do bicicletário, olhando com assombro para o pedaço de papel. Aria desceu do muro e apertou os olhos para ler as letras garrafais.

A Cápsula do Tempo começa amanhã
Prepare-se! Esta é a sua chance de ser imortalizado!

O pedaço de carvão para desenhar escorreu por entre os dedos de Aria. A preparação da Cápsula do Tempo era uma tradição na escola desde 1899, ano em que o Colégio Rosewood Day havia sido fundado. Somente os alunos a partir do sexto ano podiam participar, e finalmente fazer parte do jogo era um rito de passagem tão importante quanto uma garota comprar seu primeiro sutiã Victoria's Secret... Ou um garoto, hm... ficar empolgado com seu primeiro catálogo da Victoria's Secret.

Todo mundo conhecia as regras da Cápsula do Tempo — elas foram passadas de gerações em gerações, resumidas em blogs no MySpace, e rabiscadas nas folhas de rosto dos livros da biblioteca. Todos os anos, os organizadores cortavam pedaços de uma bandeira de Rosewood Day e selecionavam estudantes mais velhos para escondê-los em locais próximos ao terreno da escola. Enigmas que, quando resolvidos, continham pistas da localização de cada um dos pedaços da bandeira eram afixados no hall de entrada da escola. Quem encontrasse um pedaço da bandeira era homenageado em uma reunião com toda a escola reunida e podia decorá-lo do jeito que quisesse. Todas as partes da bandeira eram reunidas, costuradas novamente, e enterradas em uma cápsula do tempo atrás do campo de futebol. Não é preciso dizer que encontrar uma peça da bandeira da Cápsula do Tempo era uma coisa *muito importante*.

— Você vai participar? — perguntou Gemma a Emily, puxando até o queixo o zíper de seu agasalho da equipe da Associação Cristã de Moços de Main Line, um grupo dos subúrbios esnobes da Filadélfia.

— Eu acho que sim. — Emily soltou uma risada nervosa. — Mas você acha que temos chance? Ouvi dizer que eles sempre escondem as pistas na área do ensino médio. Eu só estive lá duas vezes.

Hanna também estava pensando nisso. Ela não estivera na área do ensino médio nem *uma vez sequer*. Tudo que dizia respeito ao ensino médio a intimidava, em especial as garotas que o frequentavam. Quando Hanna ia à Saks no Shopping King James com sua mãe, havia sempre um grupo de líderes de torcida em torno do balcão de maquiagem. Hanna as observava, escondida atrás de uma arara de roupas, admirando como seus jeans de cós baixo ajustavam-se perfeitamente às suas cinturas, como o cabelo delas escorria liso e brilhante pelas costas e como a pele macia delas parecia seda e não tinha nenhuma mancha, mesmo quando não usavam base. Toda noite antes de dormir, Hanna rezava para que um dia acordasse transformada em uma linda líder de torcida de Rosewood, mas a cada manhã era a mesma Hanna que a saudava no espelho em forma de coração, com seu cabelo castanho sem graça, a pele manchada e os braços gordos como salsichões.

— Pelo menos você conhece a Melissa — murmurou Kristen para Spencer, depois de ouvir sem querer o que Emily dissera. — Talvez ela seja uma das pessoas que esconderam um dos pedaços da bandeira.

Spencer balançou a cabeça.

— Acho que não, senão eu já teria ouvido alguma coisa.

Esconder um pedaço da bandeira era uma honra tão grande quanto encontrar um, e a irmã de Spencer, Melissa, estava sempre se gabando de suas muitas responsabilidades em Rosewood Day, especialmente quando sua família jogava Estrela do Dia, o jogo no qual eles se reuniam em volta da mesa para contar quais haviam sido suas realizações mais sensacionais do dia.

As maciças portas duplas da escola foram abertas e o restante dos alunos do sexto ano saiu, inclusive um grupo que parecia ter saído de um catálogo da J. Crew. Aria voltou a se acomodar no muro de pedra e fingiu estar ocupada desenhando. Ela não queria fazer contato visual com nenhuma daquelas garotas outra vez. Poucos dias antes, Naomi Zeigler a surpreendera olhando na direção delas e vociferara:

— O que foi, está *apaixonada* por nós?

Estas eram a elite do sexto ano, afinal, ou, como Aria as chamava, as Típicas Garotas de Rosewood.

Cada uma das Típicas Garotas de Rosewood vivia em mansões gradeadas, propriedades que se estendiam por muitos hectares, incríveis celeiros reformados, com estábulos e garagens para dez carros. Todos os jovens do lugar pareciam ter sido feitos a partir do mesmo molde: os garotos jogavam futebol e usavam cabelos cortados bem curtos; as garotas tinham exatamente a mesma risada, usavam os mesmos tons de gloss Laura Mercier e carregavam bolsas com o logo Dooney & Bourke. Apenas batendo os olhos, Aria não conseguiria diferenciar uma Típica Garota de Rosewood da outra.

Exceto por Alison DiLaurentis. Ninguém confundiria Alison com outra garota, jamais.

E era Alison quem se aproximava, guiando o grupo pelo caminho de pedra da escola, seu cabelo louro esvoaçando, os olhos azul-safira brilhando, os tornozelos firmes sobre os saltos plataforma de sete centímetros. Naomi Zeigler e Riley Wolfe, suas duas amigas mais próximas, seguiam logo atrás dela, acompanhando cada um dos movimentos da amiga. As pessoas vinham fazendo todas as vontades de Ali desde que ela se mudara para Rosewood no terceiro ano.

Ali se aproximou de Emily e das outras nadadoras. Emily estava com medo de que ela fosse rir de seu grupo – *outra vez* – por causa de seus cabelos danificados pelo cloro, esverdeados e ressecados, mas a atenção de Ali estava em outro lugar. Um sorriso de zombaria tomou seu rosto enquanto ela lia o folheto. Com um movimento rápido, ela arrancou o papel da parede e virou-se para as amigas.

– Meu irmão vai esconder uma das partes da bandeira essa noite – disse ela, alto o bastante para todo mundo no pátio ouvir. – Ele já prometeu me contar onde está.

Os garotos começaram a sussurrar uns com os outros. Hanna balançou a cabeça, numa concordância muda e respeitosa ao que Ali dissera. Ela admirava Ali ainda mais do que admirava as líderes de torcida mais velhas. Spencer, por outro lado, ferveu de raiva. O irmão mais velho de Ali não deveria *contar* a ela onde iria esconder seu pedaço de bandeira da Cápsula do Tempo. Aquilo era trapaça! O lápis de carvão de Aria voou furiosamente sobre seu caderno de esboços, seus olhos fixos no rosto em formato de coração de Ali. E o nariz de Emily coçou com o marcante cheiro de baunilha do perfume de Ali – era tão gostoso quanto ficar diante da porta de uma confeitaria.

As estudantes mais velhas começaram a descer os majestosos degraus de pedra do prédio do ensino médio para chegar no pátio, interrompendo o grande anúncio de Ali. Garotas altas e orgulhosas e rapazes bonitos e arrumadinhos passaram lentamente pelos alunos do sexto ano, seguindo em direção aos seus carros no estacionamento ao lado. Ali os observou com frieza, abanando o rosto com o folheto da Cápsula do Tempo. Um bando de insignificantes garotos mais novos, com os fios de seus fones brancos de iPod balançando nas orelhas, pareceram muito intimidados pela presença de Ali enquanto desamarravam suas bicicletas de dez marchas do bicicletário. Naomi e Riley zombaram deles. Em seguida, um rapaz alto e louro do primeiro ano do ensino médio notou Ali e parou.

— Alguma novidade, Al?

— Nenhuma. — Ali contraiu os lábios e se endireitou. — E você, *Eee,* tem alguma novidade?

Scott Chin deu uma cotovelada em Hanna e ela corou. Com seu rosto maravilhoso e bronzeado, cabelo louro encaracolado e olhos inacreditáveis, de um castanho comovente, Ian Thomas — *Eee* — era o segundo na lista "Os Mais Gostosos" de Hanna, logo abaixo de Sean Ackard, o garoto por quem ela havia se apaixonado desde que eles ficaram no mesmo time de *kickball* no terceiro ano. Não ficou claro de onde Ian e Ali se conheciam, mas, pelo o que ela sabia, os garotos mais velhos do ensino médio convidavam Ali para suas festas particulares, mesmo ela sendo muito mais nova que eles.

Ian se inclinou para Ali.

— Eu ouvi você dizendo que sabe onde está uma parte da bandeira da Cápsula do Tempo?

As bochechas de Ali coraram.

— Por quê? Alguém está com inveja? — Ela lhe lançou um sorriso atrevido.

Ian balançou a cabeça.

— Eu ficaria quieto se fosse você. Alguém poderia roubá-la. É parte do jogo, você sabe.

Ali sorriu, como se a ideia fosse incompreensível, mas uma ruga se formou no canto de seus olhos. Ian estava certo — roubar a parte da bandeira de alguém era perfeitamente legal, constava no Livro de Regras Oficial da Cápsula do Tempo que o diretor Appleton guardava em uma gaveta trancada de sua mesa. No ano anterior, um garoto bárbaro do primeiro ano do ensino médio roubara um dos pedaços da bandeira que estava pendurado na mochila de um dos garotos mais velhos. Dois anos antes, uma garota do oitavo ano entrara no estúdio de dança da escola e roubara pedaços da bandeira de *duas* bailarinas magrinhas e bonitas. A Cláusula de Roubo, como era conhecida, nivelava ainda mais o campo de jogo. Se você não fosse esperto o suficiente para desvendar as pistas que permitiriam encontrar as peças, então talvez você fosse ardiloso o bastante para surrupiar uma do armário de alguém.

Spencer observou a expressão perturbada de Ali, com um pensamento lentamente tomando forma em sua mente. *Eu deveria roubar a parte da bandeira de Ali.* Era bem provável que os alunos no sexto ano simplesmente permitissem que Ali encontrasse um pedaço da bandeira de uma forma *completamente injusta*, e que ninguém ousasse roubar dela. Spencer estava cansada de ver Ali conseguindo tudo de bandeja.

Emily teve a mesma ideia. *Imagine se eu roubá-la de Ali*, pensou ela, tendo calafrios e sentindo algo que não sabia dizer o que era. O que diria a Ali se ela a pegasse fazendo uma coisa dessas?

Eu poderia roubá-la de Ali? Hanna mordeu uma unha já roída. Só que... Ela nunca havia roubado nada antes. Se roubasse, será que Ali iria querer ser amiga dela um dia?

Ah, seria maravilhoso roubar o pedaço de Ali, não seria?, pensou Aria também, sua mão ainda voando sobre o caderno de esboços. Imagine, uma Típica Garota de Rosewood destronada... por alguém como Aria. A pobre Ali teria que procurar por outro pedaço da bandeira lendo as pistas e usando o cérebro pelo menos uma vez.

– Eu não estou preocupada. – Ali quebrou o silêncio. – Ninguém ousaria roubá-la de mim. Assim que eu conseguir um pedaço da bandeira, ele ficará comigo o tempo inteiro.

Ela lançou a Ian uma piscadela sugestiva e, mexendo na saia, acrescentou:

– A única forma de alguém conseguir tirá-la de mim é me matando antes.

Ian se inclinou na direção dela.

– Bem, se for necessário...

Um músculo sob os olhos de Ali tremeu, e sua pele ficou pálida. O sorriso de Naomi Zeigler murchou. Ian deu um sorriso frio, que depois se transformou em um irresistível sorriso do tipo "Eu estou só brincando".

Alguém tossiu, fazendo Ali e Ian desviarem o olhar. O irmão de Ali, Jason, descia os degraus do prédio do ensino médio em direção a Ian. Com a boca tensa e os ombros curvados, parecia que Jason havia escutado a conversa.

– O que você acabou de dizer? – Jason parou a poucos centímetros do rosto de Ian. Um vento fresco soprou uns fios de cabelo louro de sua testa.

Ian balançou para a frente e para trás em seus tênis Vans pretos.

– Nada. Nós estávamos só brincando.

Os olhos de Jason escureceram.

–Você tem certeza?

– Jason! – gritou Ali, indignada. Ela parou entre os dois. – O que está acontecendo, seu palhaço?

Jason deu uma olhada para Ali, depois para o folheto da Cápsula do Tempo em sua mão e olhou de volta para Ian. O restante do grupo trocou olhares confusos, sem saber se aquilo tudo era fingimento ou se a briga era para valer. Ian e Jason tinham a mesma idade, e os dois jogavam no principal time de futebol do colégio. Talvez esta competição ainda fosse um reflexo dos problemas do dia anterior, quando Ian roubara a chance de Jason de fazer um gol contra a Pritchard Prep.

Como Ian não respondeu, Jason demonstrou sua impaciência batendo seus braços contra a lateral do corpo.

– Tudo bem. Que seja.

Ele deu meia-volta pisando forte e se jogou no banco do passageiro de um sedã preto do final dos anos 1970 que havia parado na pista exclusiva de ônibus, junto à calçada.

–Vamos embora – disse ele para o motorista enquanto batia a porta.

O carro acelerou, envolvido em uma nuvem de fumaça, e saiu cantando pneus. Ian deu de ombros e se afastou, com um sorriso vitorioso no rosto.

Ali correu as mãos pelo cabelo. Por uma fração de segundo, sua expressão pareceu um pouco distante, como se algo tivesse escapado de seu controle. Mas logo passou.

– Hidromassagem na minha casa? – perguntou para suas amigas, enlaçando o braço de Naomi.

Suas amigas a seguiram até a mata atrás da escola; um atalho para a sua casa. Um pedaço de papel, agora familiar, saía da parte lateral da bolsa amarela de Ali. *A Cápsula do Tempo começa amanhã*, ele dizia. *Prepare-se*.

Preparar-se? Sem dúvida nenhuma.

Algumas semanas mais tarde, depois que a maioria dos pedaços da Cápsula do Tempo tinham sido encontrados e enterrados, os membros do círculo íntimo de Ali mudaram. De repente, as garotas que habitualmente andavam com ela foram afastadas, e novas meninas ocuparam seus lugares. Ali havia encontrado quatro novas melhores amigas — Spencer, Hanna, Emily e Aria.

Nenhuma das novas amigas de Ali questionou por que *ela as escolhera* no meio de toda a turma do sexto ano — não queriam que uma maldição caísse sobre elas por fazerem perguntas demais. De vez em quando, elas pensavam nos momentos anteriores a Ali — em como elas eram infelizes, como se sentiam perdidas, como era certo que não significavam nada em Rosewood Day. Pensavam em momentos específicos, também, incluindo o dia em que a Cápsula do Tempo foi anunciada. Uma ou duas vezes, elas recordaram o que Ian havia dito a Ali, e o quanto fora estranha a aparente preocupação de Ali. Afinal de contas, ela quase nunca demonstrava preocupar-se com alguma coisa.

Na maioria das vezes, elas ignoravam pensamentos como aqueles — era mais legal pensar no futuro do que se preocupar com o passado. Agora elas eram *as* garotas de Rosewood Day, e isto veio acompanhado por uma porção de responsabilidades excitantes. Elas tinham muitos momentos felizes com os quais se preocupar.

Mas talvez não devessem ter esquecido aquele dia tão rapidamente. E talvez Jason devesse ter ficado de olho em sua irmã. Porque, bem, todos nós sabemos o que aconteceu. Um ano e meio depois daquilo, Ian cumpriu sua promessa.

Ele realmente matou Ali.

1

MORTA E ENTERRADA

Emily Fields se recostou no sofá de couro marrom, cutucando a cutícula de seu polegar ressecada pelo cloro. Suas antigas melhores amigas, Aria Montgomery, Spencer Hastings e Hanna Marin estavam sentadas perto dela, tomando chocolate quente Godiva em canecas de cerâmica listradas. Estavam acomodadas na sala de televisão da família de Spencer, que era cheia de objetos eletrônicos de última geração, um telão de mais de dois metros, e alto-falantes espalhados aqui e ali. Havia uma cesta grande de biscoitos Baked Tostitos sobre a mesinha de centro, mas nenhum deles fora tocado.

Diante delas, uma mulher chamada Marion Graves estava acomodada num sofá de dois lugares de tecido xadrez, com um saco de lixo dobrado no colo. Enquanto as garotas usavam jeans velhos, blusas de *cashmere*, ou, no caso de Aria, uma minissaia de sarja surrada sobre ceroulas vermelho-tomate, Marion usava um blazer de lã azul-escuro aparentemente caro e saia plissada combinando. Seu cabelo castanho-escuro brilhava e a pele cheirava a creme hidratante de lavanda.

— Certo. — Marion sorriu para Emily e para as outras garotas. — Na última vez em que nos encontramos, pedi a vocês, meninas, que separassem algumas coisas específicas. Vamos colocar tudo que trouxeram sobre a mesa de centro.

Emily colocou um porta-moedas de couro rosa com um monograma com o formato da letra 'E'. Aria pegou sua bolsa de pelo de iaque e tirou um desenho amarelado e amassado. Hanna atirou um pedaço de papel dobrado que parecia um bilhete. E Spencer colocou cuidadosamente sobre a mesa uma fotografia em preto e branco e uma desgastada pulseira azul de fios. Os olhos de Emily se encheram de lágrimas — ela reconheceu a pulseira imediatamente. Ali fizera uma para cada uma delas no verão depois que A Coisa com Jenna aconteceu. As pulseiras deveriam ser um símbolo da amizade que as unia, e também lembrá-las que jamais deveriam contar a ninguém que, acidentalmente, haviam deixado Jenna Cavanaugh cega. O que elas não sabiam era que A Coisa com Jenna era um segredo que Ali estava guardando *delas,* não algo que elas estavam guardando do resto do mundo. A verdade era que Jenna havia pedido a Ali que soltasse os fogos de artifício e culpasse seu meio-irmão, Toby. Este fato era uma das coisas decepcionantes que elas haviam descoberto sobre Ali depois que ela morrera.

Emily engoliu em seco. A bola de chumbo que havia se alojado no meio de seu coração em setembro começou a pulsar.

Era o dia seguinte ao ano-novo. As aulas recomeçariam no dia seguinte, e Emily torcia para que este semestre fosse um pouco menos agitado que o anterior. Praticamente no mesmo minuto em que ela e suas antigas amigas atravessaram o arco de pedra de Rosewood Day para começar o penúltimo ano do ensino médio, cada uma delas havia recebido mensagens misteriosas de alguém que se identificava apenas como A. A princípio, todas elas acharam – no caso de Emily, *torcia* – que A pudesse ser Alison, sua melhor amiga havia muito desaparecida. Mas depois, alguns trabalhadores encontraram o corpo de Ali em um buraco coberto de cimento no antigo quintal da família dela. As mensagens continuavam a chegar, mencionando de forma cada vez mais íntima seus segredos mais sombrios, e dois vertiginosos meses depois, elas descobriram que A era Mona Vanderwaal. No ensino médio, Mona havia sido uma garota desprezível, obcecada, que espionava Emily, Ali e as outras durante as noites de sexta-feira em que se reuniam para dormir juntas. Porém, quando Ali desapareceu, Mona se transformou em uma abelha rainha – *e* se tornou a melhor amiga de Hanna. Naquele outono, Mona havia roubado o diário de Alison, lido todos os segredos que Ali escrevera sobre suas amigas para então se meter no caminho de todas elas, tentando destruir suas vidas, assim como ela acreditava que Emily, Ali e as outras haviam arruinado a dela. Elas não apenas implicavam com ela, como também a haviam queimado, com os mesmos fogos de artifício que cegaram Jenna. Na noite em que Mona caiu para sua morte, despencando de uma pedreira – e quase levando Spencer junto –, a polícia também prendeu Ian Thomas, o supersecreto namorado mais velho de Ali, pelo assassinato dela. O julgamento de Ian estava marcado para começar no fim daquela semana. Emily e as outras teriam que testemunhar contra ele, e, ainda que a preparação para o banco de testemunhas fosse milhões de vezes mais assustadora do que quando Emily teve que cantar uma parte solo no Concerto de Natal de Rosewood Day, pelo menos significaria que toda aquela provação realmente teria fim.

E, porque essa *coisa* toda era demais para quatro adolescentes administrarem, seus pais resolveram que deveriam contar com ajuda profissional. Era nesse ponto que entrava Marion, a melhor terapeuta especializada em luto da Filadélfia. Aquele era o terceiro domingo que Emily e suas amigas se encontravam com ela. A sessão deveria dedicar-se especificamente a permitir que as garotas encontrassem formas de desabafar sobre as muitas coisas terríveis que haviam acontecido com elas.

Marion alisou a saia sobre o joelho enquanto olhava para os objetos sobre a mesa.

– Todas essas coisas fazem com que vocês se lembrem de Alison, certo?

As meninas concordaram. Marion sacudiu o saco de lixo preto para abri-lo.

–Vamos colocar tudo aqui. Depois que eu for embora, meninas, quero que vocês enterrem isto no quintal de Spencer. Realizamos esse ritual para simbolizar que Ali irá, finalmente, descansar. E assim, vocês estarão enterrando todos os sentimentos negativos que existiam em sua amizade com ela.

Marion sempre salpicava seu discurso com frases *New Age* como *sentimentos negativos, a necessidade espiritual de fechamento* e *confrontando o processo da perda*. Na sessão anterior, as meninas tiveram que entoar várias vezes "A morte da Ali não é culpa minha" e beber um chá malcheiroso que, supostamente, "limparia" seus *chacras* de toda a culpa. Marion também as estimulou a cantar em frente ao espelho coisas como "Ali está morta e não vai mais voltar" e "Ninguém quer me machucar". Emily ansiava que os mantras funcionassem – o que ela mais queria no mundo é que sua vida voltasse ao normal.

— Certo, todo mundo de pé — disse Marion, erguendo a sacola de lixo. — Vamos lá.

Todas elas ficaram de pé. O lábio inferior de Emily tremeu quando ela olhou para o pequeno porta-moedas, um presente de Ali quando elas se tornaram amigas no sexto ano. Talvez ela devesse ter levado outra coisa para esta sessão de limpeza, como uma das antigas fotos de escola de Ali — ela possuía milhões de cópias. Marion fixou os olhos em Emily e, com o queixo, apontou na direção da bolsa. Com um soluço, Emily jogou o porta-moedas dentro do saco de lixo.

Aria pegou o desenho a lápis que ela havia levado para a sessão, um esboço de Ali em pé do lado de fora de Rosewood Day.

— Fiz esse desenho antes mesmo de nos tornarmos amigas.

Spencer segurou animada a ponta da pulseira de fios que lembrava A Coisa com Jenna entre seu dedo indicador e o polegar, como se o objeto estivesse coberto de meleca.

— *Adeus* — sussurrou ela com firmeza.

Hanna revirou os olhos enquanto jogava seu pedaço de papel dobrado. Ela não se incomodou em explicar o que era.

Emily observou enquanto Spencer pegava a foto em preto e branco. Era um retrato de Ali de pé, perto de um Noel Kahn bem mais jovem. Eles sorriam. Havia algo familiar naquela cena. Emily segurou o braço de Spencer antes que ela pudesse jogar a foto dentro da sacola.

— Onde você conseguiu isto?

— No escritório do Livro do Ano no colégio, antes que eles me expulsassem de lá — admitiu Spencer, sem jeito. — Lembra que fizeram aquela seleção escolhendo fotos de Ali para a publicação? Esta aqui foi uma das que não foram selecionadas para o Livro do Ano.

– Não jogue essa fora – disse Emily, ignorando o olhar inflexível de Marion. – É uma ótima foto dela.

Spencer ergueu uma sobrancelha, mas, sem dizer nada, colocou a foto sobre o móvel de mogno perto de uma estátua da Torre Eiffel de ferro forjado. De todas as antigas amigas de Ali, Emily definitivamente era a que mais estava tendo dificuldades em administrar a morte da garota. Ela não tivera uma amiga como Ali, antes ou depois da história toda. Não ajudava, tampouco, que Ali tivesse sido o primeiro amor de Emily, a primeira garota que ela havia beijado em sua vida. Se dependesse de Emily, ela não enterraria Ali. Por ela, estava tudo bem manter as lembranças de Ali em sua mesa de cabeceira para sempre.

– Estamos prontas? – Marion enrugou os lábios pintados com batom cor de vinho. Ela fechou a sacola e a entregou a Spencer. – Prometa-me que você vai enterrá-la. Isto ajudará muito. Sério. E acho que vocês deveriam se encontrar na terça à tarde, tudo bem? É a semana de volta à escola e eu quero que fiquem juntas para uma tomar conta da outra. Vocês poderiam fazer isto por mim?

Todas concordaram, desanimadas. Elas seguiram Marion, saindo da sala de TV, descendo para o grande vestíbulo de mármore da casa da família Hastings, na direção do saguão. Marion se despediu e entrou em seu Range Rover azul-marinho, ligando os limpadores para tirar o excesso de neve de seu para-brisa.

O grande relógio de pêndulo do saguão começou a bater as horas. Spencer fechou a porta e virou-se para encarar Emily e as outras amigas. As alças vermelhas do saco de lixo pendiam de seu punho.

– Bem – disse Spencer –, vamos enterrar isto?

— Onde? — perguntou Emily, baixinho.

— Que tal perto do celeiro? — sugeriu Aria, cutucando um furo em suas calças vermelhas. — É apropriado, não acham? Foi o último lugar em que... a vimos.

Emily concordou com a cabeça, um grande nó na garganta.

— O que você acha, Hanna?

— Pode ser — balbuciou Hanna num tom monótono, como se preferisse estar em qualquer outro lugar.

Todas vestiram casacos e botas e enfrentaram o jardim coberto de neve dos Hastings até os fundos da propriedade. Elas permaneceram em silêncio durante todo o caminho. Embora as meninas tivessem se reaproximado durante o período em que receberam as terríveis mensagens de A, Emily não tinha visto muito suas antigas amigas desde a acusação de Ian. Ela tentara organizar passeios ao Shopping King James, e até mesmo encontros entre uma aula e outra no Steam, o café de Rosewood Day, mas as garotas não pareciam interessadas. Ela suspeitava que elas estivessem evitando umas às outras pelas mesmas razões pelas quais se afastaram depois do desaparecimento de Ali — era muito estranho ficarem juntas.

A antiga casa dos DiLaurentis ficava à direita. As árvores e os arbustos que dividiam o jardim estavam nus e havia uma grossa camada de gelo na varanda dos fundos da casa de Ali. O santuário de Ali, que consistia em velas, animais de pelúcia, flores e fotos antigas, estava ainda no meio-fio, mas as vans das emissoras de TV e o grupo de cameramen que havia acampado do lado de fora da casa por um mês depois que seu corpo fora encontrado enfim desapareceram. Naqueles dias, a mídia estava rondando o tribunal de justiça de Rosewood e a prisão Chester

County, esperando obter mais notícias a respeito do julgamento de Ian Thomas, que seria em breve.

Aquela casa era, agora, também a nova casa de Maya St. Germain, ex-namorada de Emily. O SUV Acura da família St. Germain estava na entrada, o que significava que eles haviam voltado a viver ali – a família evitara a casa durante o período de agitação do circo midiático. Emily sentiu uma pontada quando olhou para a guirlanda alegre na porta da frente e os sacos de lixo transbordando de papel de presente de Natal no meio-fio. Quando estavam juntas, ela e Maya haviam discutido o que dariam uma para a outra de Natal – Maya queria fones de ouvido do tipo que os DJs usam, Emily queria um iPod shuffle. Terminar com Maya havia sido a melhor coisa a se fazer, mas era estranho estar completamente desligada da vida dela.

As outras meninas estavam na frente dela, aproximando-se do jardim dos fundos. Emily correu para alcançá-las, a ponta de seu pé afundando no chão coberto de lama. À esquerda estava o celeiro de Spencer, o lugar em que elas haviam dormido juntas pela última vez. O celeiro era vizinho a uma mata fechada que se estendia por mais de um quilômetro e meio. À direita do celeiro estava o buraco que fora parcialmente cavado no antigo jardim dos DiLaurentis, onde o corpo de Ali fora encontrado. Parte da fita amarela da polícia tinha caído e agora estava meio enterrada na neve, mas havia muitas pegadas frescas por ali, provavelmente de curiosos.

O coração de Emily saltou quando ela ousou olhar o buraco. Estava muito *escuro*. Seus olhos se encheram de lágrimas quando imaginou Ian feito um louco, atirando Ali naquele lugar, deixando-a lá para morrer.

— É uma loucura, não é? — disse Aria, baixinho, olhando para o buraco também. — Ali esteve aqui o tempo inteiro.

— Foi bom que você tenha se lembrado, Spence — disse Hanna, tremendo no ar frio do fim de tarde. — Do contrário, Ian ainda estaria solto por aí.

Aria empalideceu, parecendo preocupada. Emily roeu uma unha. Na noite em que Ian fora preso, elas disseram aos policiais que tudo o que eles precisavam saber a respeito do que acontecera naquela noite estava no diário de Ali — o último registro era de como ela estava planejando se encontrar com Ian, seu namorado secreto, na noite em que as meninas iam dormir juntas, quando estavam no sétimo ano. Ali havia dado um ultimato a Ian: ou ele terminava o namoro com Melissa, a irmã de Spencer, ou ela contaria para todo mundo que eles estavam apaixonados.

Mas o que realmente convenceu os policiais foi a lembrança reprimida de Spencer ter sido redescoberta naquela noite. Depois que Ali e Spencer brigaram do lado de fora do celeiro dos Hastings, Ali correra para alguém — Ian. Aquela foi a última vez que alguém viu Ali, e todo mundo entendeu exatamente o que aconteceu depois. Emily nunca esqueceria como Ian irrompera na sala do tribunal no dia de sua acusação e ousara alegar inocência. Depois que o juiz ordenou a prisão de Ian sem fiança e os oficiais o levaram de volta a sua cela, ela o viu olhando para elas cheio de amargura. *Vocês, garotas, escolheram a pessoa errada para desafiar,* seu olhar parecia dizer em alto e bom som. Era óbvio que ele as culpava por sua prisão.

Emily deixou escapar um pequeno gemido e Spencer olhou para ela bem brava.

— *Pare*. Nós não devemos nos preocupar com Ian... nem nada parecido.

Ela foi até o limite da propriedade e parou, ajeitando seu chapéu azul e branco de aba da Fair Isle.

— É um bom lugar?

Emily soprou seus dedos para aquecê-los, enquanto as outras concordaram, entorpecidas. Spencer começou a cavar um buraco na terra com a pá que havia pegado na garagem. Depois que o buraco estava fundo o suficiente, Spencer jogou o saco de lixo lá dentro, fazendo um barulho pesado na neve ao atingir o fundo. Todas elas empurraram com os pés a terra e a neve de volta para o buraco, em cima do saco.

— E agora? — Spencer se inclinou, apoiando-se na pá. — Deveríamos dizer alguma coisa?

Elas se entreolharam.

— Adeus, Ali — disse Emily, finalmente, seus olhos se enchendo de lágrimas pela milionésima vez neste mês.

Aria olhou para ela, e depois sorriu.

— Adeus, Ali — repetiu ela. Depois olhou para Hanna.

Hanna deu de ombros, mas em seguida disse:

— Adeus, Ali.

Quando Aria pegou sua mão, Emily se sentiu... melhor. Seu estômago desfez o nó e seu pescoço relaxou. De repente o cheiro estava tão bom atrás da propriedade, como de rosas frescas. Ela sentiu que Ali — a Ali doce e maravilhosa que ela guardava em sua memória — estava ali, dizendo a elas que tudo ficaria bem.

Ela olhou para as outras. Todas tinham sorrisos plácidos no rosto, como se sentissem algo também. Talvez Marion estivesse certa. Talvez houvesse algo neste ritual. Era hora de deixar que toda a dor daquela perda assentasse — o assassino de Ali havia sido pego, e todo o pesadelo pelo qual A as fizera passar havia acabado. A única coisa que restava fazer era olhar para a frente, para um futuro mais feliz e calmo.

O sol mergulhava rapidamente por entre as folhas das árvores, tingindo o céu e os montes de neve de um púrpura leitoso. A brisa que soprava fez com que o moinho da família Hastings girasse lentamente, e um grupo de esquilos começou a brigar perto de um pinheiro enorme. *Se um dos esquilos subir na árvore, tudo ficará bem,* disse Emily para si mesma, jogando o mesmo jogo supersticioso que praticara anos a fio. E de repente um esquilo correu para o pinheiro, abrindo seu caminho até o topo.

2

AH, SOMOS UMA FAMÍLIA

Meia hora depois, Hanna Marin entrou de repente pela porta da frente de sua casa, pegou seu pinscher miniatura, Dot, no colo, e jogou sua bolsa trabalhada em couro de cobra em cima do sofá da sala.

— Desculpe o atraso — gritou ela.

Da cozinha vinha um cheiro de molho de tomate e pão de alho, e o pai de Hanna, a noiva dele, Isabel, e a filha dela, Kate, já estavam sentados na sala de jantar. Havia grandes tigelas de cerâmica com macarrão e salada no centro da mesa. Um prato trabalhado nas bordas, guardanapo e uma taça com água Perrier esperavam por Hanna em seu lugar vazio. Em sua chegada no Dia de Natal — praticamente segundos depois que a mãe de Hanna embarcara em um avião para seu novo trabalho em Cingapura — Isabel havia decidido que todo jantar de domingo seria na sala de jantar, para fazer as coisas parecerem mais especiais e para uni-los como uma família.

Hanna desabou em sua cadeira, tentando ignorar os olhares de todos. Seu pai estava lançando um sorriso esperançoso, e Isabel fazia uma cara de quem estava tentando conter um pum, desapontada, pois Hanna estava atrasada para o Momento Família. Kate, por outro lado, virou a cabeça de maneira compassiva. E Hanna *sabia* qual deles falaria primeiro.

Kate alisou o cabelo irritantemente liso tingido de castanho, seus olhos azuis viraram.

— Você estava com sua terapeuta do luto?

Bingo!

— Uhum. — Hanna deu um gole gigante em sua água Perrier.

— Como foi? — perguntou Kate com sua melhor voz, imitando a Oprah. — Está ajudando?

Hanna fungou com arrogância. Para ser bem franca, ela achava que os encontros com Marion eram bobagem. Talvez suas antigas amigas pudessem seguir a vida pós-Ali e A, mas Hanna estava lutando não apenas com a morte de uma amiga, mas de duas. Hanna se lembrava de Mona a cada momento de seu dia: quando ela deixava Dot correr pelo quintal congelado vestindo seu casaquinho xadrez da Burberry, comprado por Mona no ano anterior; quando abria seu closet e via a saia Jill Stuart que ela pegara emprestada com Mona e nunca devolvera; quando olhava para o espelho, tentando cantar as músicas sentimentaloides de Marion, e via os brincos de pedra que Mona e ela haviam roubado da Banana Republic na primavera anterior. Ela via outra coisa também: uma leve cicatriz em formato de Z em seu queixo, resultado de quando Mona a atropelara com seu SUV, depois que Hanna descobrira que Mona era A.

Ela odiava pensar que sua futura meia-irmã sabia de cada detalhe do que acontecera com ela no último outono — especialmente que sua melhor amiga havia tentado matá-la. Mas enfim, toda Rosewood sabia; a mídia local praticamente só falava disso desde que o assunto viera a público. E havia algo ainda mais estranho acontecendo: o país fora tomado pela mania de A. Pais vinham noticiando que seus filhos estavam recebendo mensagens de alguém chamado A, que depois se descobriria serem ex-namorados rejeitados ou colegas de classe invejosos. Até mesmo Hanna recebera algumas mensagens falsas de A que eram, obviamente, spam:

> Eu sei de todos os seus segredos sujos! E ei, quer comprar ringtones por um dólar?

Era tudo *tão* idiota.

O olhar de Kate permaneceu fixo em Hanna, talvez esperando que ela esbravejasse e desse um show. Mas Hanna rapidamente pegou um pedaço de pão de alho e deu uma mordida enorme, para não precisar falar. Desde que Kate e Isabel colocaram os pés naquela casa, Hanna dividia todo o seu tempo entre ficar trancada no quarto, fazer terapia de compras no Shopping King James ou se esconder na casa de seu namorado, Lucas. Ainda que as coisas estivessem instáveis entre eles antes de Mona morrer, Lucas havia sido inacreditavelmente compreensivo depois. Agora eles eram inseparáveis.

Hanna preferia passar o máximo de tempo fora, porque quando *ficava* zanzando pela casa, seu pai não parava de delegar pequenas tarefas para ela e Kate fazerem juntas: tirar as roupas que não usava mais do closet novo em folha de Kate, jogar o lixo fora ou tirar a neve da frente da casa. Mas... oi? Não era para isso que serviam as empregadas domésticas e serviços de remoção de neve? Ah, se ao menos as equipes de remoção de neve pudessem remover *Kate* também...

—Vocês estão empolgadas para recomeçar a escola amanhã?

Isabel enrolou um punhado de macarrão com seu garfo.

Hanna deu de ombros aparentando indiferença e sentiu uma dor familiar irradiar em seu braço direito. Ela o quebrara quando Mona batera nela com seu SUV, *outra* doce lembrança de que sua amizade com Mona não passara de fingimento.

— *Eu estou* empolgada — Kate quebrou o silêncio. — Dei uma olhada no catálogo de Rosewood Day outra vez. A escola tem atividades realmente incríveis. Eles montam quatro peças de teatro por ano!

O sr. Marin e Isabel sorriram. Hanna trincou os dentes com tanta fúria que seu maxilar começou a ficar dormente. Tudo o que Kate falara desde sua chegada em Rosewood era sobre como estava animada para estudar em Rosewood Day. Mas que seja — a escola era enorme. Hanna planejava não vê-la nunca.

— Mas o lugar parece ser tão confuso. — Kate afetadamente limpou a boca com um guardanapo. — Eles têm prédios separados para assuntos diferentes, dependências para jornalismo, uma biblioteca de ciência e uma estufa de plantas. Vou ficar *tão* perdida. Ela enrolou uma mecha de cabelo castanho no dedo indicador.

— Eu adoraria se você me mostrasse a escola, Hanna.

Hanna quase deu uma gargalhada. A voz de Kate era mais falsa do que um par de óculos escuros Chanel de noventa e nove centavos no eBay. Ela também havia encenado este ato *vamos ser amigas* no restaurante onde jantaram no último outono, o Le Bec-Fin, e Hanna nunca se esqueceria de como aquilo havia terminado. Quando Hanna correu até o banheiro do restaurante durante os aperitivos, Kate a seguiu toda doce e preocupada. Hanna explicou que havia acabado de receber uma mensagem de A — bem, de Mona — que dizia que Sean Ackard, que ela *acreditava* ainda estar namorando, estava no baile beneficente com outra garota. Kate imediatamente se solidarizara e incentivara Hanna a abandonar o jantar, voltar a Rosewood e chutar o traseiro de Sean. Disse, inclusive, que a acobertaria. Era para isso que quase meias-irmãs serviam, certo?

Errado. Quando Hanna voltou para a Filadélfia, surpresa! Kate havia fofocado, dito ao sr. Marin que Hanna estava carregando um monte de Percocet em sua bolsa. O sr. Marin ficara tão bravo que dera a viagem por encerrada... e ficou sem falar com Hanna por semanas.

— Claro que Hanna lhe mostrará a escola — falou o sr. Marin.

Hanna cerrou os punhos sob a mesa e tentou imprimir um tom desanimado à voz.

— Oh, não. Eu adoraria, mas meu dia escolar é *tãããt̃o* ocupado...

Seu pai ergueu uma sobrancelha.

— Bem, e antes das aulas ou na hora do almoço?

Hanna estalou a língua. *Tente não me ferrar, papai.* Seu pai havia esquecido que Kate a apunhalara pelas costas em seu desastroso jantar no Le Bec-Fin na Filadélfia naquele outono — o jantar que era para ser *apenas* entre pai e filha. Mas seu pai não via o que acontecera dessa forma. Na cabeça dele, Kate não era uma traidora barata. Ela era *perfeita*. O olhar de Hanna saltava de um lado para o outro, de seu pai para Isabel e dela para Kate, e ela se sentia cada vez mais desamparada. Em seguida, ela sentiu arranhões familiares no fundo da garganta. Empurrando a cadeira para trás, ela se levantou, deixou escapar um grunhido e saiu tropeçando na direção do banheiro do andar de baixo.

Ela se inclinou sobre a pia respirando com dificuldade. *Não faça isto*, disse a si mesma. Nos últimos meses, ela vinha lidando muito bem com seu distúrbio alimentar, mas era como se Kate fosse um gatilho de sensações ruins. Sua primeira crise de vômito acontecera na primeira visita que fizera ao pai, Isabel, e Kate em Annapolis. Ela levara Ali com ela, e Ali e Kate ficaram amigas logo de cara – uma espécie de entendimento tático entre meninas bonitas –, enquanto Hanna não parava de se entupir de pipoca, sentindo-se gorda e horrorosa. O pai chamá-la de "porquinha" fora a gota d'água. Ela correra até o banheiro e, usando a escova de dente de Kate que estava em um copo sobre a pia, obrigara-se a vomitar.

Ali havia entrado no banheiro enquanto Hanna estava no meio de sua segunda investida. Ela prometera a Hanna que seu segredo estava seguro com ela, mas Hanna já havia aprendido muito a respeito de Ali desde aquela época. Ali guardava muitos segredos de várias pessoas – e usava o que sabia para jogar as pessoas umas contra as outras. Como por exemplo, fazer Hanna e as outras garotas acreditarem que elas eram as responsáveis pela Coisa com Jenna quando, na verdade, Jenna e Ali haviam tramado tudo. Hanna não teria ficado surpresa se descobrisse que Ali fora até a varanda naquele mesmo dia e contara toda a história do banheiro para Kate.

Depois de alguns minutos, a sensação ruim passou. Hanna respirou fundo, se endireitou, e pegou seu BlackBerry no bolso. Ela abriu uma nova mensagem.

Você não vai acreditar nisto, ela escreveu. *Meu pai quer que eu seja a Chefe do Comitê de Boas-Vindas de Rosewood Day para a*

Louca da Kate. Podemos marcar manicure de emergência amanhã e conversar um pouco?

Ela estava na metade de sua lista de contatos, tentando selecionar alguém para enviar a mensagem, quando percebeu que não havia ninguém. Mona fora a única pessoa com quem ela fizera tratamentos de beleza de emergência.

– Hanna.

Hanna se virou e viu que seu pai, discretamente, havia aberto a porta do banheiro. Seus olhos estavam carregados de preocupação.

– Você está bem? – perguntou ele, usando um tom de voz gentil que Hanna não ouvia fazia muito tempo.

O sr. Marin deu um passo à frente e colocou as mãos sobre o ombro de Hanna. Ela engoliu em seco, abaixando a cabeça. Quando estava no sétimo ano, antes de seus pais se divorciarem, ela e o pai eram muito próximos. Seu coração se partira quando ele deixara Rosewood após o divórcio, e quando fora morar com Isabel e Kate, Hanna se preocupara que ele tivesse trocado a Hanna feia, gorducha, de cabelo castanho crespo pela Kate linda, magra e perfeita. Poucos meses antes, quando Hanna estava no hospital, depois que Mona a atropelara, o pai prometera participar mais da vida de Hanna. Mas durante essa primeira semana em que seu pai estivera em Rosewood, ele ficara ocupado demais ajudando a redecorar a casa de acordo com os gostos de Isabel – muito veludo e diversos penduricalhos – e não tivera tempo suficiente para Hanna.

Mas talvez ele estivesse indo se desculpar por tudo isto.

Talvez estivesse indo se desculpar por tê-la culpado por tudo e tê-la deixado sozinha sem ouvir seu lado da história... e por ter abandonado Hanna por causa de Isabel e Kate durante *três anos inteirinhos*.

O sr. Marin acariciou o braço de Hanna de forma desajeitada.

– Ouça. Este outono foi terrível. E sei que depor no julgamento de Ian sexta-feira deve estar deixando você estressada e apreensiva. E percebo que Kate e Isabel virem morar aqui foi um pouco... abrupto. Mas, Hanna, esta é uma enorme mudança de vida para Kate. Ela abandonou os amigos em Annapolis para vir para cá, e eu mal conversei com ela. Você precisa começar a tratá-la como parte da família.

O sorriso de Hanna murchou. Parecia que o pai a golpeara na cabeça com a saboneteira em que ficava o sabonete de menta sobre a pia de porcelana. Kate certamente *não* precisava da ajuda de Hanna, nem um pouco. Kate era como Ali: graciosa, bonita, o objeto da atenção de todo mundo e incrivelmente manipuladora.

Mas quando seu pai baixou a cabeça, esperando que Hanna concordasse com ele, Hanna percebeu que havia duas pequenas palavras que ele deixara de fora de sua declaração. Duas palavras que revelavam como as coisas seriam por ali a partir daquele momento.

Hanna precisava começar a tratar Kate como parte da família... *ou então...*

3

A ESTREIA DE ARIA NO MUNDO DAS ARTES

— Credo, eca! — Aria Montgomery franziu o nariz enquanto seu irmão, Mike, afundava um pedaço de pão em um caldeirão de queijo suíço derretido. Ele rodopiou o pão dentro do caldeirão, içou-o de lá, e chupou a longa e pegajosa linha de queijo que pendia no garfo. — Você tem que transformar tudo em um ato sexual?

Mike sorriu com desdém para ela e continuou a comer o pão. Aria deu de ombros.

Aria não conseguia acreditar que aquele era o último dia dessas estranhas férias de inverno. A mãe de Aria e Mike, Ella, decidira mimá-los um pouco fazendo um *fondue* caseiro de queijo com o jogo de *fondue* que ela havia encontrado no porão, debaixo de algumas caixas com enfeites natalinos e de uma pista Hot Wheels. Aria tinha quase certeza de que seu pai, Byron, havia dado aquele jogo como presente de aniversário de casamento para sua mãe mas não ousou perguntar. Ela tentava evitar todas as referências ao pai — tais como as horas estranhas que ela e Mike passaram com ele e sua namorada, Meredith, na noite de Natal, na pista de esqui do Bear Claw. Meredith ficara no alojamento o tempo todo fazendo exercícios de ioga, cuidando de sua barriga pequena-mas-obviamente-grávida, e implorando a Aria que lhe ensinasse como tricotar um par de sapatinhos de bebê. Os pais de Aria haviam se separado oficialmente apenas alguns meses antes, em parte por causa de Mona que, passando-se por A, enviara uma carta a Ella dizendo que Byron a traía com Meredith. Aria estava certa de que Ella ainda não esquecera Byron.

Mike olhou a garrafa de Heineken de Ella.

— Você tem certeza de que eu não posso tomar nem um golinho?

— Não — respondeu Ella. — Pela terceira vez.

Mike franziu a testa.

— Eu já tomei cerveja antes.

— Não nesta casa. — Ella olhou para ele.

— Por que você quer tanto cerveja? — perguntou Aria, com curiosidade. — Mike está nervoso com o primeiro encontro?

— Não é um encontro. — Mike puxou seu gorro de *snowboard* da Burton sobre a testa. — Ela é só uma amiga.

Aria sorriu com malícia. De forma inacreditável, a garota estava doidinha por Mike. Seu nome era Savannah, e ela era uma secundarista na escola pública. Eles haviam se conhecido em um grupo do Facebook sobre – grande surpresa – lacrosse. Aparentemente Savannah era tão obcecada pelo esporte quanto ele.

— Mikey vai a um encontro no shopping – cantarolou Aria. – Então você vai jantar pela segunda vez na praça de alimentação? No fast-food de comida chinesa A Grande Muralha de Frango do sr. Wong?

– Cala a boca – gritou Mike. – Nós vamos ao Rive Gauche comer a sobremesa. Mas cara, *não* é um encontro. Quer dizer, ela é da escola pública.

Ele disse "escola pública" como se quisesse dizer "fossa de parasitas cheia de detritos".

– Eu só namoro garotas com dinheiro.

Aria estreitou os olhos.

–Você é nojento.

– Olha o que fala, amante de Shakespeare. – Mike sorriu com desdém.

Aria empalideceu.

Shakespeare era o apelido que Mike dera para Ezra Fitz, quase-ex-namorado de Aria – *e* ex-professor de inglês avançado. Este era o outro segredo com o qual Mona, mandando mensagens que assinava como A, atormentara Aria. A mídia habilmente evitara revelar todos os segredos de A, mas Aria suspeitava que Mike tivesse descoberto a respeito de Ezra por intermédio de Noel Kahn, seu colega do time de lacrosse e o maior fofoqueiro de Rosewood Day. Aria fizera Mike jurar que nunca contaria a Ella, mas ele não conseguia resistir e deixava escapar algumas pistas.

Ella pegou um pedaço de pão.

– Pode ser que eu também tenha um encontro em breve – disse ela de repente.

Aria abaixou seu grande garfo de *fondue*. Ela não teria ficado mais espantada se Ella tivesse acabado de dizer que estava voltando para Reykjavík, Islândia, onde sua família havia passado os três últimos anos.

– O quê? Quando?

Nervosa, Ella brincou com seu colar turquesa.

— Terça.

— Com quem?

Ella abaixou a cabeça, revelando uma listra fina de raízes brancas em seu couro cabeludo.

— Alguém com quem eu tenho conversado no Match.com e... Ele parece legal... mas quem sabe? Eu não sei muita coisa sobre ele. Conversamos principalmente sobre música. Nós dois gostamos dos Rolling Stones.

Aria concordou por educação. Mas em matéria de rock dos anos 1970, ela era uma garota Velvet Underground — Mick Jagger era mais magro que ela e Keith Richards era horroroso demais.

— O que ele faz?

Ella sorriu com timidez.

— Na verdade, não tenho ideia. Tudo o que eu sei é que seu nome é Wolfgang.

— *Wolfgang?* — Aria quase cuspiu um pedaço de pão. — Como Wolfgang Amadeus Mozart?

O rosto de Ella estava ficando mais e mais enrubescido.

— Talvez eu não vá.

— Não, não, você deveria ir! — exclamou Aria. — Eu acho ótimo!

E ela *estava* feliz por Ella. Por que só seu pai tinha direito a diversão?

— *Eu* acho que é vulgar — opinou Mike. — Deveria ser ilegal pessoas acima de quarenta terem encontros.

Aria o ignorou.

— O que você vai vestir?

Ella olhou para baixo, para sua túnica cor de beringela favorita. Possuía bordados floridos ao redor do pescoço e uma espécie de mancha de ovo mexido perto da costura.

— O que há de errado com isso que estou usando?

Aria arregalou os olhos e balançou a cabeça.

— Eu a comprei naquela pequena e simpática vila de pescadores na Dinamarca no ano passado — protestou Ella. —Você estava comigo! Aquela senhora sem dentes nos vendeu.

— Nós precisamos comprar outra coisa para você — afirmou Aria. — E pintar seu cabelo. E deixa que *eu* faço sua maquiagem.

Ela enrugou os olhos, visualizando o balcão do banheiro de sua mãe. Geralmente estava bagunçado, com pinturas em tons de água, latas de terebintina e projetos de joalheria meio acabados.

—Você ao menos *tem alguma* maquiagem?

Ella deu outro gole em sua bebida.

— Ele não deveria gostar de mim do jeito que eu sou, sem todo este... enfeite?

— Ainda será você. Só que melhor — encorajou Aria.

Mike girava de um lado para o outro entre elas. De repente, seu rosto se iluminou.

— Sabe o que *eu* acho que faz as mulheres ficarem melhores? Implantes!

Ella recolheu os pratos deles e os levou para a pia.

— Bem, Aria — disse Ella —, eu permitirei que você me enfeite para o encontro, tudo bem? Mas agora preciso levar Mike para o encontro *dele*.

— Não é um *encontro*! — choramingou Mike, saindo como um furacão da sala e subindo as escadas.

Aria deu uma risada abafada. Assim que saiu, elas se entreolharam embaraçadas, ainda havia uma espécie de estranhamento entre elas. Os últimos meses não haviam sido particularmente fáceis. Mona, em suas mensagens como A, também havia contado a Ella que Aria guardara o segredo de seu pai por três anos longos. Aquela revelação deixara Ella muito triste. Ela se sentiu traída e tão abalada que, quando Aria sugeriu que talvez fosse melhor sair de casa, Ella não a impediu. Mas em algum momento ela perdoara Aria, que agora estava dando duro para fazer com que o relacionamento das duas voltasse ao normal. Elas ainda não tinham chegado lá. Havia muitas coisas que Aria ainda não podia mencionar; ainda era raro que elas passassem tempo sozinhas; e Ella ainda não era capaz de confiar em Aria, não completamente – algo que antes acontecia sem quaisquer problemas. Mas as coisas estavam melhorando a cada dia.

Ella ergueu uma sobrancelha e enfiou as mãos no bolso de canguru de sua túnica.

– Eu acabei de me lembrar. – Ela tirou um cartão retangular com três linhas azuis cruzadas na frente. – Era para eu ir a este *vernissage* hoje à noite, mas não vou poder. Você quer ir em meu lugar?

– Eu não sei. – Aria deu de ombros. – Estou cansada.

– Vá – insistiu Ella. – Você tem estado muito enjaulada ultimamente. Não fique trancada em casa resmungando.

Aria abriu a boca para protestar, mas Ella tinha certa razão. Ela havia passado as férias de inverno quieta em seu quarto, tricotando cachecóis e dando petelecos na miniatura de Shakespeare que Ezra lhe dera antes de deixar Rosewood em novembro. Todo dia ela pensava que receberia algum sinal de vida dele – um e-mail, uma mensagem, *qualquer coisa* –, principalmente porque os noticiários do país inteiro estavam cheios de histórias sobre Rosewood, Ali, e até sobre a própria Aria. Mas os meses foram passando... e nada.

Ela amassava o canto do convite no meio da palma da mão. Se Ella era forte o bastante para retornar ao mundo, ela também era. E não havia hora melhor para começar do que agora.

Na ida para o *vernissage*, Aria tinha que passar pela rua onde Ali vivera. Lá estava a casa dela, a mesma que estivera ali mais cedo. A casa de Spencer ficava ao lado, e a da família Cavanaugh, do outro lado da rua. Aria imaginou se Jenna estava lá dentro, aprontando-se para seu primeiro dia de volta a Rosewood Day. Ela ouvira dizer que Jenna tinha aulas particulares todos os dias.

Não se passava um momento sem que Aria pensasse na última – e única – vez em que ela e Jenna haviam conversado. Fora no ateliê na Hollis, quando Aria tivera um ataque de pânico durante uma tempestade. Ela havia tentado se desculpar por tudo o que haviam feito naquela noite terrível em que Jenna ficara cega, mas Jenna explicou que ela e Ali haviam combinado de lançar os rojões para que ela conseguisse se livrar de seu meio-irmão, Toby, de uma vez por todas. Ali havia concordado com o plano porque, aparentemente, ela também tinha problemas com seu irmão.

Por um tempo, Aria ficou obcecada com o que *problemas com o irmão* queria dizer. Toby costumava tocar Jenna inapropriadamente – será que o irmão de Ali, Jason, fazia a mesma coisa com ela? Mas Aria não suportava pensar nisso. Ela nunca sentira nada estranho entre Ali e Jason. Ele parecia sempre muito protetor.

E foi então que Aria entendeu tudo. *Claro*. Ali não tinha problemas com Jason. Ela havia simplesmente inventado isso tudo como uma forma de ganhar a confiança de Jenna e fazê-la contar o que estava acontecendo. Ela fizera a mesma coisa com Aria, agindo com simpatia e doçura quando ela e Aria flagraram Byron e Meredith se beijando no estacionamento de Hollis. Assim que descobriu algo embaraçoso sobre Aria, Ali a ameaçara com isso por meses a fio. E ela fizera a mesma coisa com outras amigas. O que não estava claro era o motivo de Ali se incomodar com algo que Jenna Cavanaugh escondia.

Quinze minutos depois, Aria chegou à galeria. O *vernissage* estava sendo realizado em uma casa de fazenda antiga e imponente na floresta. Depois de estacionar o Subaru de Ella no aterro de areia grossa e sair do carro, Aria ouviu um burburinho. O céu estava muito escuro lá fora.

Alguma coisa gritou na floresta. E então... mais gritos. Aria deu um passo para trás.

— Olá? — chamou ela com calma.

De trás de uma cerca velha de madeira, um par de olhos curiosos olhou de volta para ela. Por um momento, o coração de Aria parou. Mas então ela percebeu que os olhos estavam circundados por pele branca. Era apenas uma alpaca. Logo várias delas apareceram e vieram trotando até a cerca, batendo seus longos cílios invejáveis, Aria sorriu e respirou fundo, imaginando que a fazenda deveria ter um bando delas. Depois de meses sendo perseguida, era difícil afastar a sensação paranoica de que alguém vigiava cada um de seus passos.

O interior da casa da fazenda tinha cheiro de pão fresco, e uma música da Billie Holiday tocava baixinho. Uma garçonete carregando uma grande bandeja de Bellinis passou por ela. Com um movimento rápido, Aria apanhou um copo. Depois de beber tudo, ela olhou em volta. Havia pelo menos cinquenta pinturas na parede, com pequenas placas indicando o título da obra, o nome do autor e o preço. Mulheres esguias e com cabelos escuros de cortes retos andavam em grupos perto dos aperitivos. Um rapaz de óculos de aros grossos conversava ansiosamente com uma mulher alta, que usava o cabelo vermelho bem armado. Um homem de olhos grandes e cabelos crespos bebia o que parecia ser um copo de *Bourbon*, sussurrando algo com a esposa, que era a cara de Sienna Miller.

O coração de Aria batia descontrolado. Aqueles não eram os colecionadores locais habituais que iam a exposições de arte de Rosewood – pessoas como os pais de Spencer, que vestiam roupas caretas e usavam bolsas Chanel de milhares de dólares. Aria estava bem certa de que este era um mundo de arte autêntico, talvez até vindo de Nova York.

O vernissage era de três artistas diferentes, mas a maioria dos espectadores reunia-se ao redor das pinturas abstratas de alguém com o nome de Xavier Reeves. Aria andou até uma das peças que não tinha uma enorme quantidade de pessoas ao redor e assumiu sua melhor pose de crítica de arte – com a mão sob o queixo e franzindo o cenho como se estivesse mergulhada em pensamentos. A pintura era um círculo lilás grande com um círculo menor, mais escuro, no meio.

Interessante, pensou Aria. Mas honestamente... aquilo parecia um mamilo gigante.

– O que você achou das pinceladas? – murmurou alguém atrás dela.

Aria virou e encontrou os suaves olhos castanhos de um rapaz alto usando um suéter listrado preto e jeans escuros. Um calafrio de excitação percorreu seu corpo, e fez os dedos dela formigarem dentro das sapatilhas. Com as maçãs do rosto proeminentes e um cabelo supercurto que formava um topete, ele fez Aria se lembrar de Sondre, um músico sexy que ela conhecera na Noruega no ano anterior. Ela e Sondre haviam passado horas em um pub de pescadores em Bergen, bebendo uísque caseiro e inventando histórias sobre o peixe empalhado pendurado na parede de madeira do pub.

Aria olhou para a pintura outra vez.

— As pinceladas são muito... vigorosas.

— Verdade — concordou o rapaz. — E emocionais.

— Definitivamente. — Aria estava extasiada de ter uma conversa de crítica de arte autêntica, sobretudo com alguém tão bonito. Também era bom não estar rodeada das pessoas de Rosewood, nem ter que ouvir as fofocas constantes sobre o julgamento de Ian que estava por vir.

Ela pensou em mais alguma coisa para dizer.

— Essa pintura me faz pensar em...

O garoto se inclinou para mais perto, sorrindo com desdém.

— Amamentação, quem sabe?

Aria arregalou os olhos, surpresa. Então ela *não era* a única que enxergava a semelhança.

— Parece um pouco com isto, não parece? — Ela sorriu. — Mas eu acho que devemos encarar de forma mais séria. A pintura é chamada de *A Impossibilidade do meio do espaço*. Xavier Reeves provavelmente a pintou para representar solidão. Ou a luta da classe proletária.

— Caramba. — O rapaz estava tão perto de Aria que ela conseguia sentir o cheiro de chiclete de canela e Bellini em sua respiração. — Eu acho que isto significa que aquela ali chamada *Tempos movidos à mão* não é um pênis, não é?

Uma mulher mais velha usando óculos gatinho de várias cores observava o quadro, chocada. Aria cobriu a boca para conter uma risada, percebendo uma sarda em forma de lua bem ao lado da orelha esquerda de seu novo amigo. Se ao menos ela não estivesse usando o mesmo suéter verde de gola alta que usara durante todo o feriado! E ela nem limpara a mancha de queijo do *fondue* da gola, droga.

Ele terminou sua bebida.

— E aí, qual é o seu nome?

— Aria. — Ela mordiscou de maneira recatada o mexedor que enfeitava seu Bellini.

— Prazer em conhecê-la, Aria.

Um grupo de pessoas se aproximou, empurrando Aria e seu novo amigo para mais perto um do outro. Quando a mão do rapaz tocou a cintura de Aria, o calor subiu até o rosto dela. Ele a tocara acidentalmente... ou de propósito?

Ele pegou mais duas bebidas e entregou uma a ela.

— Você trabalha por aqui ou ainda está na escola?

Aria abriu a boca, pensando em como deveria responder àquela pergunta. Ficou imaginando que idade teria o rapaz. Ele parecia jovem o bastante para ser um estudante universitário, e ela conseguia imaginá-lo vivendo em uma das antigas e sofisticadas casas vitorianas perto da Universidade de Hollis. Mas ela havia feito a mesma suposição a respeito de Ezra também.

Antes que Aria dissesse uma palavra, uma mulher vestindo um terninho de *tweed* feito sob medida, intrometeu-se entre eles. Com seu cabelo negro espetado, ela era mais do que um pouco parecida com Cruela Cruel, a vilã de *101 Dálmatas*.

— Você se importa se eu pegá-lo emprestado? — Cruela enlaçou o rapaz pelo braço.

Ele deu um pequeno aperto no braço de Cruela.

— Oh, claro que não. — Aria deu um passo para trás, decepcionada.

— Desculpe pela interrupção — Cruela sorriu como que pedindo desculpas para Aria, com os lábios cobertos por um batom muito escuro, quase preto —, mas Xavier é muito solicitado, como você sabe.

Xavier? O estômago de Aria deu uma cambalhota. Ela agarrou o rapaz pelo braço livre.

— *Você é...* o artista?

Seu novo amigo parou. Havia um brilho ligeiramente perverso em seus olhos.

— Culpado — disse ele, inclinando-se em sua direção. — E a propósito, a pintura realmente *é* um seio.

Com isto, Cruela afastou Xavier.

Ele saiu andando abraçado com a mulher, e, demonstrando intimidade, sussurrou algo em seu ouvido. Os dois sorriram antes de marchar em direção à multidão da elite da arte, onde todo mundo elogiava as brilhantes e inspiradoras pinturas de Xavier. Enquanto Xavier sorria e apertava as mãos de seus admiradores, Aria desejava que houvesse um alçapão no chão em que ela pudesse desaparecer. Ela havia quebrado a regra fundamental das exposições de arte — não fale sobre o trabalho com estranhos, levando em conta que você nunca sabe quem é quem. E pelo amor de Deus, não ofenda uma obra-prima em ascensão.

Mas, a julgar pelo pequeno sorriso zombeteiro que Xavier acabara de lançar em sua direção, talvez ele não tivesse se importado com sua interpretação. E isto, certamente, deixou Aria muito, muito feliz.

4

A TURMA DO FUNDÃO

Na segunda-feira pela manhã, Spencer Hastings se curvou sobre sua carteira na aula de inglês avançado, rabiscando umas frases em seu ensaio sobre o livro *O sol também se levanta*. Ela quis acrescentar algumas anotações de um dos ensaios críticos de Hemingway na parte de trás do livro em uma tentativa de conseguir alguns pontos extras com sua professora, a sra. Stafford. Na situação em que estava, Spencer precisava lutar por qualquer pontinho extra que pudesse conseguir.

O alto-falante na frente da sala estalou.

— Sra. Stafford — a voz do sr. Wagner, o secretário da escola, ecoou na sala de aula —, a senhora poderia mandar Spencer Hastings à direção, por favor?

Todos os treze alunos da classe ergueram os olhos de suas provas e encararam Spencer como se ela tivesse ido para a escola apenas com o sutiã Eberjay azul rendado e com as calcinhas que comprara na Saks na promoção pós-Natal. A sra. Stafford, que era muito parecida com Martha Stewart, mas que, com certeza, nunca havia quebrado ovos ou bordado um avental em sua vida, abaixou sua cópia superdesgastada de *Ulisses* e disse:

— Tudo bem, pode ir. — Lançando a Spencer um olhar de "O que será que você aprontou dessa vez?".

E o pior é que Spencer só conseguia pensar nisso também.

Ela se levantou e, fazendo a respiração pausada em cinco tempos que aprendera na ioga — *inspira, respira* —, colocou sua prova virada sobre a mesa da sra. Stafford. Ela não podia culpar sua professora por tratá-la dessa forma. Spencer havia sido a primeira estudante de Rosewood Day a ser nomeada para o prêmio de redação do Orquídea Dourada. Fora algo *extraordinário*, grandioso o bastante para levá-la à página principal do *Philadelphia Sentinel*. Porém, na última etapa do concurso, quando o júri a chamou para informar que ela havia vencido, Spencer finalmente dissera a verdade — que havia roubado o trabalho de economia avançada de sua irmã, Melissa. Agora, todos os outros professores desconfiavam que ela houvesse trapaceado nas matérias *deles* também. Ela não estava mais concorrendo para oradora da turma e a escola pedira que ela renunciasse como vice-presidente do conselho estudantil, desistisse de seu papel na montagem teatral daquele ano e abandonasse seu cargo de editora-chefe do Livro do Ano. Eles haviam inclusive ameaçado expulsá-la da escola, mas os pais de Spencer de alguma forma negociaram com a direção, algo que, ela imaginava, provavelmente envolvia uma gorda doação à Rosewood Day.

Spencer entendia por que Rosewood Day não podia simplesmente ignorar tudo que ela fizera. Mas depois de todas as provas em que havia tirado nota máxima, depois de todos os comitês que ela comandara, e depois da enorme quantidade de clubes que havia criado, será que eles não podiam mesmo pegar mais leve com ela? Eles não se importavam com o fato de o corpo de Ali ter sido encontrado a poucos metros de seu quintal, nem que ela havia recebido mensagens terríveis da louca da Mona Vanderwaal, que tentava *personificar* sua velha amiga *morta*? Ou que Mona quase empurrara Spencer no precipício da pedreira porque Spencer não concordara em agir como Mona vinha agindo – se passando por A –, ou que era por causa de Spencer que o *assassino de Ali agora estava na cadeia*? Não. A única coisa que importava era que Spencer havia sujado a imagem de Rosewood Day.

Ela fechou a porta da sala, deixando a aula de inglês para trás e começou a caminhar em direção à secretaria. O corredor tinha, como sempre, o cheiro de produto de limpeza com aroma de pinho e uma profusão de perfumes e colônias variados. Centenas de flocos de neve de papel cobertos de *glitter* estavam pendurados acima dela. Durante todo o mês de dezembro, o prédio do ensino fundamental de Rosewood Day sediava uma competição de flocos de neve recortados, e os flocos vencedores eram expostos no prédio do ensino fundamental e do ensino médio durante todo o inverno. Spencer costumava ficar arrasada quando sua turma perdia – os juízes anunciavam o vencedor logo antes das férias de inverno, então isto meio que arruinava o Natal. Nada mudara, Spencer ainda encarava cada derrota como algo esmagador. Ela ainda não se conformava com os fatos de Andrew Campbell ter sido eleito o presidente da turma em vez dela, de que Ali havia tomado o lugar que pertencia a ela no time de hóquei no sétimo ano, e de que não havia conseguido decorar uma parte da bandeira da Cápsula do Tempo no sexto ano. Ainda que a escola tivesse continuado a tradição mantendo a competição nos anos seguintes, nunca mais ela se importou tanto com aquilo quanto naquele primeiro ano em que ela pôde participar. Bem, Ali também não conseguira decorar um pedaço da bandeira no final das contas e isso, sem dúvida, ajudara a suavizar o golpe.

– Spencer? – Alguém apareceu no corredor.

Falando no diabo, Spencer pensou, mal-humorada. Era Andrew Campbell, o Senhor Presidente da Turma em pessoa.

Andrew se aproximou dela, ajeitando seu cabelo louro e comprido atrás da orelha.

– O que você está fazendo vagando pelos corredores?

O mesmo Andrew xereta de sempre. Ele estava, sem dúvida, extasiado que Spencer não estivesse mais concorrendo ao posto de oradora da turma – a boneca vodu com o rosto dela, que Spencer tinha certeza que Andrew mantinha escondida embaixo da cama, sem dúvida nenhuma havia ajudado na sua magia negra. Ele provavelmente achava que tudo pelo que ela estava passando era bem feito, não apenas por ter roubado o trabalho da irmã, mas porque ela o convidara para o Baile Beneficente no outono passado e deu um fora nele assim que chegaram lá.

– Estão me chamando na secretaria – disse Spencer distante, rezando do fundo do coração para que não fossem más notícias. Ela apertou o passo, batendo os saltos grossos de suas botas no piso de madeira polida.

– Eu também vou naquela direção – Andrew meio que cantarolou, andando ao lado dela. – O sr. Rosen quer conversar comigo sobre a viagem que eu fiz para a Grécia durante as férias.

Sr. Rosen era o conselheiro da escola.

– Eu fui para lá com o Clube de Jovens Líderes da Filadélfia. Na verdade, pensei que você também fosse.

Spencer quis dar um tapa no rosto corado de Andrew. Depois do vexame no prêmio Orquídea Dourada, o Clube de Jovens Líderes da Filadélfia — cuja sigla sempre fazia Spencer se lembrar do barulho de alguém assoando o nariz — havia expulsado Spencer. E ela estava certa de que Andrew sabia disso muito bem.

— Houve certo conflito de interesses — disse ela, sem dar mais detalhes, o que não deixava de ser verdade: ela tivera que ficar de castigo em casa enquanto seus pais foram para seu chalé em Beaver Creek, Colorado. Eles nem se incomodaram em convidar Spencer.

— Ah... — Andrew observou Spencer com curiosidade. — Há algo... errado?

Spencer parou de repente, atônita. Ela levantou as mãos.

— É claro que algo está errado. *Tudo* está errado. Feliz agora?

Andrew deu um passo para trás, piscando rapidamente. A compreensão aos poucos tomou conta de seu rosto.

— *Ah!* Toda aquela história do... Orquídea Dourada. Eu me esqueci disso. — Ele fez uma careta. — Sou um idiota.

— Que seja. — Spencer rangeu os dentes. Será que Andrew poderia mesmo ter *esquecido* o que acontecera a ela? Aquilo foi quase pior do que ter que ouvi-lo se gabando durante as férias de inverno inteiras. Ela olhou para um floco de neve cuidadosamente cortado sobre a fonte de água defeituosa. Andrew costumava ser bom em recortar flocos de neve também. Desde sempre, o relacionamento deles havia sido uma guerrinha particular, uma eterna competição para ver quem conseguia ser o melhor em tudo.

— Acho que simplesmente apaguei isso da cabeça — disse Andrew sem pensar, falando cada vez mais alto. — Foi por isso que fiquei tão surpreso quando não a vi na Grécia. Foi tão ruim que você não estivesse lá. Ninguém na viagem era realmente... eu não sei. Inteligente. Legal.

Spencer mexeu nos penduricalhos em sua bolsa de couro. Esta era a coisa mais legal que alguém lhe dizia nos últimos tempos, mas era demais para ela suportar, principalmente vindo de Andrew.

— Eu tenho que ir — disse ela, e se apressou pelo corredor até o gabinete do diretor.

— Ele está esperando você — disse a secretária quando Spencer entrou pela porta de vidro dupla. Spencer andou na direção do escritório de Appleton, passando pelo tubarão de papel machê que fora largado ali depois do último desfile do Dia dos Fundadores. O que Appleton queria com ela, afinal? Talvez tivesse percebido que havia sido muito severo e estivesse pronto para se desculpar. Talvez ele quisesse restabelecer o lugar dela na hierarquia da classe ou fosse finalmente deixá-la participar da peça. O clube de teatro planejara encenar *A tempestade,* mas logo antes das férias de inverno, Rosewood Day comunicou a Christophe Briggs, o diretor, que ele não estava autorizado a usar água ou pirotecnia em cena para reproduzir a tempestade característica da peça. Christophe, fazendo uma tempestade particular, cancelara a apresentação da peça e começara a preparar o elenco para *Hamlet.* Já que todos os alunos estavam ensaiando para seus novos papéis, todo o tempo que Spencer perdera não faria diferença.

Quando ela fechou cuidadosamente a porta de Appleton atrás de si e se virou, seu sangue se transformou em gelo. Seus pais estavam sentados lado a lado em cadeiras de couro pomposas. Veronica Hastings usava um vestido de veludo negro, o cabelo preso para trás com uma faixa aveludada, o rosto inchado e vermelho de tanto chorar. Peter Hastings usava um terno de três peças e mocassins reluzentes. Cerrava os músculos do maxilar com tanta força que eles davam a impressão de que poderiam estalar.

— Ah... — disse Appleton, levantando-se de sua cadeira. — Vou deixá-los à vontade. — Ele saiu do gabinete parecendo contrariado e fechou a porta.

Os ouvidos de Spencer estranharam o silêncio.

— O-o que está acontecendo? — perguntou ela, sentando-se devagar em uma cadeira.

Seu pai se mexeu desconfortavelmente.

— Spencer, sua avó morreu esta manhã.

Spencer piscou.

— Nana?

— Sim — disse a mãe de Spencer com calma. — Ela teve um ataque cardíaco. — Ela entrelaçou as mãos no colo, bancando a mulher de negócios. — A leitura do testamento será amanhã porque seu pai precisa voar para a Flórida e cuidar do espólio antes do funeral na próxima segunda.

— Oh, meu Deus — sussurrou Spencer, abatida.

Ela se sentou quieta, aguardando as lágrimas descerem. Quando havia sido a última vez que vira Nana? Eles estiveram na casa dela em Cape May, Nova Jersey, alguns meses antes, mas Nana estava na Flórida — ela não ia para o norte havia anos. A verdade era que Spencer teve que suportar muitas outras mortes nos últimos tempos, e de pessoas muito mais jovens. Nana vivera noventa e um anos ricos e felizes. Além disto, Nana não fora uma *vovozinha de contos de fadas*. Claro, ela havia sido generosa ao construir um quarto de brinquedos enorme para Spencer e Melissa na casa de Cape May, equipando-o com casas de bonecas, com a coleção de *Meu Querido Pônei* e grandes baldes com peças de Lego. Mas Nana sempre enrijecia quando Spencer tentava abraçá-la, nunca queria ver os cartões desleixados que Spencer fazia em seu aniversário e grunhia a respeito dos aviões de Lego que a neta carregava para fora do quarto de brinquedos e deixava sobre o piano meia cauda Steinway. Às vezes Spencer se perguntava se Nana gostava mesmo de crianças ou se o quarto havia sido apenas uma forma de se livrar das netas.

A sra. Hastings tomou um grande gole de seu *latte* da Starbucks.

— Nós estávamos em uma reunião com Appleton quando recebemos a notícia — disse ela, depois de beber.

Spencer ficou tensa. Seus pais *já* estavam ali?

— E *eu* era o assunto?

— Não — respondeu a sra. Hastings prontamente.

Spencer deixou escapar uma fungada ruidosa.

Sua mãe fechou a bolsa e ficou de pé, e seu pai a seguiu. O sr. Hastings checou o relógio.

— Bem, eu tenho que voltar.

Uma onda de dor percorreu o corpo de Spencer. Tudo o que ela queria era que os pais a confortassem, mas eles estavam frios e distantes com ela fazia meses, tudo por causa do escândalo do Orquídea Dourada. Mesmo depois de descobrirem que Spencer roubara o trabalho de Melissa, seus pais queriam que ela guardasse segredo e recebesse o prêmio de qualquer forma. Não que estivessem admitindo isto agora. Quando Spencer confessou a verdade, eles fingiram estar chocados pela notícia.

— Mãe? — Sua voz soou embargada. — Pai? Vocês poderiam talvez... ficar mais alguns minutos?

Sua mãe parou por um instante e o coração de Spencer se encheu de esperança. Em seguida, a sra. Hastings ajeitou seu cachecol de *cashmere* em volta do pescoço, tomou a mão do sr. Hastings e se dirigiu para a porta, deixando Spencer sozinha na sala.

5

TROCA DE GUARDA

Na hora do almoço na segunda-feira, Hanna passou pelo corredor das salas de artes na direção de seu curso avançado sobre tecidos. Não havia nada como começar um semestre novo parecendo muito, muito ameaçadora. Ela perdera dois quilos nas férias e seu cabelo ruivo brilhava como nunca, graças ao tratamento de hidratação profunda de *ylang-ylang* que ela pagara com o cartão de crédito só-para-emergências do pai. Um grupo de garotos usando camisetas idênticas do time de hóquei no gelo de Rosewood Day esticaram o pescoço para fora de seus armários e devoraram Hanna com os olhos quando ela passou por eles. Um deles chegou mesmo a assobiar.

É isso aí, Hanna deu um sorriso malicioso, acenando para eles. Ela ainda estava podendo.

Claro, havia algumas vezes em que não se sentia assim tão fabulosa, tão senhora do Reino Encantado de Hanna. Por exemplo, *naquele instante*: o almoço era *o* momento do dia da escola em que todo mundo aparecia para ver e ser visto, mas Hanna não estava certa se deveria ir até a cafeteria. Pensou que fosse almoçar com Lucas, mas ele estava no grupo de debate. Em outros tempos, ela e Mona sentariam no Steam, bebericando Americanos e criticando as bolsas e os sapatos de todo mundo. Em seguida, depois de terem consumido seus iogurtes Splenda e suas Smart Waters, elas reivindicariam lugares especiais em frente aos espelhos do banheiro que servia às salas de aula de inglês para retocar a maquiagem. Mas naquele dia ela evitara estes lugares. Parecia desesperador se sentar à mesa do café sozinha, e a maquiagem dela não precisava mesmo de retoque.

Ela suspirou, olhando com inveja para um grupo de garotas animadas indo para a cafeteria, desejando poder se juntar a elas por ao menos alguns minutos. Mas este sempre fora o problema de sua amizade com Mona — nunca houvera lugar para mais ninguém. E agora Hanna não conseguia afastar a sensação inoportuna de que a escola toda pensava nela como A Garota que a Própria Melhor Amiga Tentou Matar.

— Hanna! — chamou uma voz. — Ei, Hanna!

Hanna parou para estudar aquela figura alta e esguia que acenava para ela.

Ela sentiu um gosto amargo na boca.

Kate.

Era mais do que nauseante ver Kate no blazer azul-marinho e na saia xadrez de Rosewood Day. Hanna quis correr na direção contrária, mas Kate se aproximou dela em alta velocidade, dando passos largos e resolutos com inacreditável segurança para quem usava botas com saltos de sete centímetros. O rosto dela parecia tão meigo e alegre quanto o de uma princesa de um desenho animado da Disney e sua respiração recendia a chicletes Listerine para melhorar o hálito.

— Procurei você por todo canto!

— Hãââ... – grunhiu Hanna, buscando ao redor alguém que as interrompesse. Ela falaria com qualquer um, com aquele idiota do Mike Montgomery ou até mesmo seu pudico-defensor-da-virgindade-e-ex-namorado, Sean Ackard. Mas as únicas pessoas no corredor eram os membros do madrigal, e eles haviam acabado de começar um canto gregoriano improvisado. *Malucos.* Depois, pelo canto dos olhos, ela viu uma garota alta, bonita, de cabelos negros, que, usando enormes óculos Gucci, passou perto dela, o cão guia ao seu lado.

Jenna Cavanaugh.

Um arrepio percorreu Hanna. Havia tanto a respeito de Jenna que ela nunca soubera. Jenna e Mona tinham sido amigas, e Mona havia até mesmo ido até a casa dos Cavanaugh para visitar Jenna na noite em que ela ficou cega com os fogos de artifício. Isto significava que Mona sabia a respeito da coisa terrível que elas haviam feito com Jenna o tempo inteiro em que ela e Hanna foram melhores amigas. Era quase inconcebível imaginar aquilo. Todas aquelas horas que Mona havia passado na casa de Hanna, todas as viagens de férias de primavera para o Caribe, todas aquelas sessões de compras e de embelezamento em spas que supostamente deveriam servir para fortalecer a amizade delas... e Hanna jamais suspeitara que os fogos de artifício que cegaram Jenna houvessem queimado Mona também.

— O que você vai fazer na hora do almoço? – perguntou Kate, fazendo Hanna pular. – É um bom momento para um passeio.

Hanna começou a andar outra vez.

— Estou ocupada – respondeu Hanna de maneira arrogante. Que se dane o discursinho do seu pai sobre "tratar Kate como se fosse da família". – Vá até a secretaria e diga que você está perdida. Eu tenho certeza de que eles podem desenhar um mapa para você.

Com isto, ela tentou desviar da meia-irmã, mas Kate permaneceu com ela. Hanna sentiu o cheiro forte do sabonete em gel com aroma de pêssego de Kate. Pêssego falso, Hanna decidiu, era o aroma de que menos gostava no mundo.

– O que acha de um café? – disse Kate com firmeza. – Por minha conta.

Hanna estreitou os olhos. Kate seria uma idiota se pensasse que podia ganhar Hanna pela bajulação.

Quando ela e Mona se tornaram amigas no começo do oitavo ano, Mona conquistara Hanna pela bajulação – e olha só no que deu. Mas ainda que a expressão de Kate fosse irritantemente amigável, era óbvio que ela não aceitaria um não como resposta. Algo ocorreu a Hanna: se tratasse Kate muito mal, ela poderia fazer fofoca de novo para o sr. Marin, como fizera no outono passado durante o jantar no Le Bec-Fin.

Hanna deixou escapar um suspiro ruidoso e jogou o cabelo sobre o ombro.

– Tudo bem.

Elas foram ao Steam, que ficava apenas a algumas portas de distância. Panic at the Disco! estava tocando, as duas máquinas de espresso funcionando e as mesas estavam lotadas de estudantes. O clube de teatro reunia-se a um canto, falando sobre as audições para os papéis de *Hamlet*. Agora que Spencer Hastings fora barrada na peça, Hanna ouvira que uma secundarista talentosa chamada Nora tinha grandes chances de conseguir o papel de Ofélia. Havia algumas garotas mais novas de boca aberta com um folheto antigo sobre o perseguidor de

Rosewood, que não havia dado sinal de vida desde que toda aquela história com A terminara – a polícia achava que Mona estava por trás disso também. Um grupo de garotos estava inclinado diante de um dos monitores de computador.

Hanna pareceu sentir os olhos deles queimando em suas costas, mas quando se virou para acenar, eles não estavam olhando para ela. Olhavam para a linda, magra, de bumbum torneado e Sutiã-Tamanho-G *Kate*.

Quando elas entraram na fila e Kate estudava o cardápio, Hanna ouviu sussurros altos no outro lado. Ela se virou. Naomi Zeigler e Riley Wolfe – suas inimigas mais antigas e nojentas – olharam para Hanna da grande mesa de madeira de quatro lugares que costumava ser a favorita de Hanna e Mona.

– Oi, Hanna – provocou Naomi, acenando. Ela fizera no cabelo um corte curto e desgrenhado durante as férias. O estilo era parecido com o de Agyness Deyn, mas o corte-marca-registrada da supermodelo fazia Naomi parecer uma idiota.

Riley Wolfe, cujo cabelo cor de cobre estava enrolado num coque apertado de bailarina também acenou. Seus olhos foram direto para a cicatriz em formato de Z no queixo de Hanna.

Hanna queimava por dentro, mas resistiu à tentação de esconder a cicatriz com a mão. Nenhum tratamento a laser megacaro, base ou pó de arroz conseguiram fazê-la desaparecer completamente.

Kate seguiu o olhar de Hanna pelo lugar.

– Oh! Aquela garota loura está na minha aula de francês. Ela parece ser superlegal. São amigas suas?

Antes que Hanna pudesse dizer *de jeito nenhum*, Naomi estava acenando para Kate e articulando um 'Oi querida!' sem som. Kate foi rebolando até a mesa delas. Hanna recuou alguns passos, fingindo estar realmente interessada no cardápio, embora ela o tivesse memorizado. Não que ela *se importasse* com o que Naomi e Riley falavam com Kate. Não era como se elas fossem *importantes*.

— Você é nova, certo? — perguntou Naomi a Kate quando ela se aproximou.

— Sim — disse Kate com um sorriso enorme. — Kate Randall. Eu sou meia-irmã de Hanna. Bem, *futura* meia-irmã. Acabei de me mudar para cá, vim de Annapolis.

— Nós não sabíamos que Hanna tinha uma futura meia-irmã! — O sorriso de Naomi fazia Hanna se lembrar de uma assustadora lanterna de abóbora do dia das bruxas.

— Ela tem. — Kate abriu seus braços de maneira teatral.

— *Moi*.

— Eu adoro estas botas. — Riley apontou para os pés de Kate. — Elas são Marc Jacobs?

— Vintage... comprei em Paris.

Oh, eu sou tão especial. Eu estive em Paris, pensou Hanna.

— Mason Byers estava perguntando sobre você. — Riley lançou a Kate um olhar astuto.

Os olhos de Kate brilharam.

— Qual deles é Mason?

— Ele é um gato — disse Naomi. — Você quer sentar com a gente?

Ela se virou para trás e roubou uma cadeira da mesa de umas garotas ao lado, jogando descuidadamente a mochila de alguém no chão. Kate olhou para Hanna por sobre os ombros, erguendo uma sobrancelha como quem diz *Por que não?* Hanna se afastou com um grande passo, balançando a cabeça com força.

Riley franziu seus lábios reluzentes.

—Você é boa demais para sentar conosco, Hanna? — Sua voz estava repleta de sarcasmo. — Ou está em uma *dieta* de amigas depois que Mona se foi?

— Talvez ela esteja em uma *limpeza* de amigas — sugeriu Naomi, cutucando Riley furtivamente.

Kate olhou para Hanna, depois de volta para Naomi e Riley. Parecia que estava se perguntando se deveria sorrir ou não. O peito de Hanna ficou apertado, como se seu sutiã tivesse encolhido três números.

Tentando ao máximo ignorá-las, ela se virou, jogou o cabelo e andou de maneira pomposa na direção do corredor lotado. Uma vez a salvo no meio da multidão que saía da cafeteria, sua compostura se desfez. *Dieta de amigas. Limpeza de amigas.* Deixe que Kate vire amiga instantânea das idiotas que ela mais odiava no mundo. Agora, Naomi e Riley estavam provavelmente contando a Kate sobre o dia em que A havia feito Hanna contar a elas sobre seus distúrbios alimentares e que Sean Ackard a rejeitara quando ela propôs que ele fizesse sexo com ela na festa de Noel Kahn. Hanna conseguia visualizar Kate jogando a cabeça para trás e dando gargalhada, tornando-se instantaneamente a melhor amiga daquelas duas idiotas.

Furiosa, Hanna seguiu pelo corredor de volta para a aula sobre tecidos, empurrando um calouro lento para fora de seu caminho. Embora ela devesse estar odiando Mona por tudo que fizera, a verdade é que Hanna teria dado qualquer coisa para tê-la de volta naquele exato momento. Poucos meses antes, quando Naomi e Riley a provocaram a respeito de seus distúrbios alimentares, Mona rapidamente se intrometera, fazendo com que se calassem e lembrando a elas quem estava realmente no comando em Rosewood Day. Fora uma coisa linda de se ver.

Infelizmente, não havia melhor amiga para proteger Hanna agora. E talvez nunca mais houvesse uma. Nunca mais.

6

O MILAGRE DA IGREJA DE EMILY

Segunda de manhã depois do treino de natação, Emily subiu as escadas para o quarto que ela e a irmã dividiam, bateu na porta e pulou na cama. O treino não fora muito cansativo, mas ela se sentia *tão exausta* que era como se tivesse levado uma surra.

Ligou o rádio e girou o botão. Enquanto passava pelas estações de notícias, ouviu um nome assustador e familiar, e parou.

— O julgamento de Ian Thomas começa na sexta pela manhã em Rosewood — dizia pausadamente uma repórter eficiente —, entretanto, o sr. Thomas nega com firmeza ter algum envolvimento na morte de Alison DiLaurentis. Algumas fontes próximas à Procuradoria do Distrito dizem que talvez seu caso nem sequer vá a julgamento devido à falta de evidências.

Emily sentou na cama, sentindo-se zonza. *Falta de evidências?* É claro que Ian estava negando ter matado Ali de forma veemente, mas como alguém poderia acreditar nele? Especialmente com o testemunho de Spencer. Emily pensou em uma entrevista on-line que ela descobrira algumas semanas antes, dada por Ian na prisão de Chester County. Ele repetia continuamente:

— Eu não matei Alison. Por que as pessoas pensam que eu a matei? Por que alguém *diria* isto?

Gotas de suor brotavam em sua testa e ele parecia pálido e magro. Bem no fim da entrevista, Ian ainda disse:

— Alguém me *quer* preso aqui. Alguém está escondendo a verdade. Eles vão pagar.

No dia seguinte, quando Emily entrou na internet outra vez para assistir ao vídeo, ele havia sido retirado.

Ela aumentou o volume do rádio, esperando que o noticiário desse mais informações, mas a programação da estação já havia mudado para um boletim de trânsito da Shadow Traffic. Houve uma batida suave na porta do quarto. A sra. Fields colocou sua cabeça para dentro.

— O jantar está pronto. Eu fiz macarrão com queijo.

Emily colocou sua morsa de pelúcia favorita sobre o peito.

Geralmente ela seria capaz de comer toda a tigela do macarrão com queijo da mãe, mas desta vez seu estômago parecia inchado e irritado.

— Não estou com fome — murmurou.

A sra. Fields entrou no quarto, enxugando as mãos no avental com estampa de galinha.

— Você está bem?

— *Ahã* — mentiu Emily, tentando dar um sorriso encorajador.

Mas durante todo o dia, ela lutara contra o choro. Tentara ser forte quando eles fizeram o ritual de despedida de Ali no dia anterior, mas não muito lá no fundo, odiava saber que Ali estava morta e enterrada. Ponto. O fim. *Finito*. Emily não conseguia nem mesmo contar quantas vezes sentira essa vontade gigante de sair correndo da escola, dirigir até a casa de Spencer, cavar um buraco e tirar dali o porta-moedas que ganhara de Ali, para nunca mais na vida perdê-lo de vista.

Mais do que isso, estar de volta a Rosewood Day era simplesmente... desconfortável. Emily havia passado o dia inteiro se esquivando de Maya, com medo de um confronto. E estava só fazendo figuração nos treinos da equipe de natação. Ela não conseguira se livrar de sua enorme vontade de jogar tudo para o alto, e seu ex-namorado Ben e seu melhor amigo, Seth Cardiff, continuaram sorrindo com desdém para ela, além de bombardeá-la com olhares maldosos e cheios de rancor, que indicavam que eles não aprovavam o fato de Emily preferir garotas a garotos.

A sra. Fields franziu os lábios, fazendo sua expressão *eu não caio nessa*. Ela apertou a mão de Emily.

— Por que você não vai à reunião para arrecadação de fundos da Santíssima Trindade comigo esta noite?

Emily ergueu uma sobrancelha desconfiada.

— Você quer que eu vá a uma *reunião da igreja*?

Pelo que Emily sabia, igrejas católicas e lésbicas combinavam tanto quanto listras e xadrez.

— O padre Tyson perguntou por você — disse a sra. Fields —, *não* tem nada a ver com aquela história de você ser gay — acrescentou ela rapidamente. — Ele estava preocupado com você depois do que aconteceu com Mona no semestre passado. E a reunião será divertida... vai haver música e um leilão. Talvez você se sinta bem só por estar de volta à igreja.

Emily se deixou ficar com a cabeça recostada no ombro da mãe, cheia de ternura. Poucos meses antes, sua mãe nem sequer falaria com ela, muito menos a convidaria para acompanhá-la à igreja. Ela estava felicíssima por estar dormindo em sua cama confortável em Rosewood em vez de tentar se ajeitar em uma cama de armar na casa de fazenda gelada de seus tios *muito* puritanos em Iowa, onde Emily fora enviada para exorcizar o que a família considerou como seus "demônios gays". E ela estava tão feliz que Carolyn voltara a dormir no quarto que sempre dividiram, e não em outro canto da casa como antes, com medo dos germes lésbicos de Emily. Pouco importava que Emily não estivesse mais apaixonada por Maya. Nem importava que a escola inteira soubesse que ela era gay ou um bando de garotos a seguisse esperando surpreendê-la aos beijos com outra menina. Porque, você sabe, lésbicas fazem isto o tempo inteiro.

Mas o importante era que sua família estava começando a aceitar a situação... do jeito dela. No Natal, Carolyn dera a Emily um pôster da campeã olímpica Amanda Beard num maiô de competição de duas peças da TYR para que ela colocasse no lugar do pôster antigo de Michael Phelps usando uma sunguinha apertada da Speedo. O pai de Emily lhe dera uma grande lata de chá de jasmim porque lera na internet que *"Ah.. garotas como você..."* preferiam chá a café. Jake e Beth, seus irmãos mais velhos, haviam feito uma vaquinha e dado a ela a série *The L World* em DVD. Eles inclusive se ofereceram para assistir a alguns episódios com Emily depois da ceia de Natal. Seus esforços fizeram Emily se sentir desconfortável – ela ficou vermelha só de pensar em seu pai lendo sobre homossexualidade na internet – mas também muito feliz.

A guinada de cento e oitenta graus na atitude de sua família fez Emily tentar se esforçar mais para agradá-los também. E talvez sua mãe estivesse tramando alguma coisa. Tudo o que

Emily queria era que sua vida voltasse a ser o que era antes de toda essa história com A acontecer. Sua família frequentava a Santíssima Trindade, a maior igreja católica de Rosewood, desde que ela conseguia lembrar. Talvez isto *pudesse* fazê-la se sentir melhor.

— Tudo bem — disse Emily, pulando da cama. — Eu vou.

— Ótimo. — A sra. Fields sorriu. — Saímos em quarenta e cinco minutos.

Dito isso, a mãe de Emily deixou o quarto e a garota se levantou e foi até a janela grande, onde apoiou os cotovelos no parapeito. A lua era visível por sobre as árvores, os milharais escuros atrás de sua casa estavam cobertos de neve intocada e uma folha espessa de gelo cobria o telhado do balanço em formato de castelo de seus vizinhos.

De repente, algo branco se moveu através de uma fileira de talos de milho mortos. Emily ficou atenta, tremendo, cada nervo de seu corpo alerta. Ela disse a si mesma que era apenas um cervo, mas era impossível ter certeza. Porque quando ela tentou focar melhor a visão, havia apenas escuridão.

A Santíssima Trindade era uma das igrejas mais antigas de Rosewood. Seu prédio era feito de pedra fragmentada, e as lápides espalhadas pelo pequeno cemitério na parte de trás do terreno faziam Emily lembrar-se de fileiras de dentes tortos. Perto do Dia das Bruxas no sétimo ano, Ali havia contado a elas uma história assustadora sobre uma garota que assombrava os sonhos de sua irmã mais nova. Ela havia desafiado Emily e as outras a irem escondidas ao cemitério à meia-noite e entoar "os ossos da minha irmã morta" vinte vezes, sem gritar ou fugir. Apenas Hanna, que teria corrido nua pelo pátio de Rosewood Day para provar a Ali que era descolada, conseguira completar a tarefa.

O interior da igreja tinha exatamente o mesmo cheiro de que Emily se lembrava, uma estranha mistura de mofo, carne assada e xixi de gato. Os mesmos vitrais bonitos, ainda que um pouco assustadores, todos retratando histórias bíblicas, revestiam as paredes e o teto. Emily imaginou se Deus, Ele ou Ela, observava a congregação naquele momento, assustado com a presença de *Emily* num lugar tão sagrado. Ela esperava que Ele não enviasse a Rosewood uma nuvem de gafanhotos por causa disso. A sra. Fields acenou para o padre Tyson, o gentil sacerdote de cabelos brancos que havia batizado Emily, falado a ela sobre os Dez Mandamentos, e transmitido-lhe seu amor pela trilogia *O senhor dos anéis*. Depois, ela pegou dois cafés no quiosque que havia sido montado perto de uma grande estátua da Virgem Maria e conduziu Emily na direção do palco.

Depois que elas se acomodaram num banco atrás de um homem alto e de seus dois filhos, a sra. Fields olhou para o programa musical.

– A banda que vai tocar agora se chama *Carpe Diem*. Oh, que coisa boa! Os integrantes da banda são alunos do primeiro ano da Academia da Santíssima Trindade.

Emily gemeu de desgosto. Entre o quarto e o quinto ano, seus pais a enviaram para o Acampamento dos Pinheiros, um acampamento bíblico. Jeffrey Kane, um dos conselheiros, tinha uma banda, e eles tocaram na última noite do acampamento. Eles só tocavam música religiosa, e Jeffrey fazia as caretas mais ridículas e patéticas enquanto tocava, como se tivesse tendo algum tipo de epifania divina. Emily tinha certeza de que uma banda de escola católica chamada Carpe Diem seria a mesma coisa.

Acordes metálicos começaram a ser ouvidos. A visão que elas tinham do palco estava parcialmente bloqueada por um amplificador grande, por isso Emily via apenas um rapaz de cabelos bagunçados tocando percussão. Conforme a música evoluía, a banda Carpe Diem parecia mais chegada ao rock-emo do que à música de igreja. E quando o cantor começou o primeiro verso, Emily se surpreendeu ao constatar que a voz dele era... boa.

Ela saiu de trás do homem com os filhos para ter uma visão melhor da banda. Um rapaz magro, com um violão pendurado no ombro estava diante do microfone. Vestia uma camiseta surrada cor de aveia, jeans escuros e um par de tênis vinho do tipo que os skatistas usam, igual ao de Emily. Aquela era mais uma ótima surpresa: ela esperara que o cantor fosse um clone de Jeffrey Kane.

Uma garota que estava perto dela começou a cantarolar a música. Ouvindo a letra, Emily logo percebeu que eles estavam tocando sua música favorita da Avril Lavigne, *Nobody's Home*. Ela escutara essa música uma porção de vezes na viagem de avião para Iowa, sentido que *ela* era a garota vazia e confusa da qual Avril estava falando.

Quando a banda terminou a música, o cantor deu um passo para trás e olhou para o público. Seus olhos azul-claros pousaram em Emily, e ele sorriu. De repente, ela foi atingida por uma carga elétrica que começava no alto de sua cabeça e seguia até a ponta de seus pés. Era como se seu café tivesse sido turbinado com dez vezes mais cafeína do que o habitual. Emily olhou discretamente para o lado. Sua mãe tinha ido até o quiosque de café para conversar com suas amigas do coral, a sra. Jamison e a sra. Hart. Um bando de senhoras empertigadas sentou-se no banco como se aquilo fosse um serviço de igreja, olhando confusas para o palco. O padre Tyson estava perto do confessionário, dobrando-se de rir com algo que um homem havia acabado de dizer. Era incrível como ninguém havia testemunhado o que acabara de acontecer. Ela havia se sentido atingida por esse tipo de golpe duas vezes antes. A primeira vez foi quando beijou Ali na casa da árvore no sétimo ano. A segunda foi quando beijou Maya na cabine de fotos na festa de Noel Kahn no outono passado. Mas dessa vez era provavelmente uma reação por ter nadado tanto no treino. Ou uma reação alérgica ao novo sabor da barrinha de proteína que comera antes da aula.

O cantor colocou seu violão em um descanso e acenou para as pessoas.

– Eu sou Isaac e estes são Keith e Chris – disse ele, gesticulando na direção de seus companheiros de banda. – Nós vamos fazer uma pausa rápida, mas voltaremos.

Quando Isaac ficou de pé, ele olhou para Emily outra vez e deu um passo na direção dela. O coração de Emily deu uma cambalhota e ela levantou a mão para acenar para ele, mas logo depois o baterista deixou cair um dos pratos. Isaac voltou para sua banda.

– Seu retardado – disse Isaac com uma risada, batendo no ombro do baterista antes de seguir os outros garotos por uma cortina rosa-claro que os levava para os bastidores improvisados.

Emily rangeu os dentes. Por que ela *acenara*?

– Você o conhece? – perguntou uma voz cheia de inveja atrás dela.

Emily se virou.

Duas garotas vestidas com o uniforme da Academia da Santíssima Trindade — blusas brancas e saias plissadas pretas — estavam olhando para ela.

— Hã... Não — respondeu Emily.

As garotas viraram uma para a outra, satisfeitas.

— Isaac está na minha turma de matemática — guinchou a garota loura para sua amiga. — Ele é *tão* misterioso. Eu nem sabia que tinha uma banda.

— Ele tem namorada? — murmurou a amiga de cabelo preto.

Emily se ajeitou para não perder nada. Elas eram versões de escola católica de Hanna Marin: supermagras, com cabelos longos e lisos, maquiagem perfeita e bolsas Coach combinando. Emily tocou seu próprio cabelo encrespado pelo cloro e sem brilho e alisou sua calça cáqui da Old Navy, que era pelo menos um tamanho maior. Repentinamente se arrependeu de não ter colocado nenhuma maquiagem — ela não costumava usar mesmo.

Não havia, é claro, nenhuma razão para ela achar que estava competindo com aquelas garotas. Não era como se Emily *gostasse* daquele rapaz, Isaac. Aquela sensação eletrizante que passara por ela, e ainda ressoava na ponta de seus dedos, havia sido apenas um... acaso feliz. Um raio, algo que não cairia duas vezes no mesmo lugar. Sim, era isto. E foi aí que Emily sentiu alguém bater em seu ombro. Ela se assustou e virou.

Era Isaac.

E ele sorria para ela.

— Oi.

— Hum... oi — disse Emily, ignorando a vibração no peito.

— Eu sou Emily.

— Isaac.

Assim de perto, ele cheirava a xampu de laranja Body Shop — o mesmo que Emily havia usado por anos.

— Eu adorei sua versão de *Nobody's Home* — disse Emily antes que pudesse se conter. — Esta música realmente me ajudou a superar uma viagem que fiz para Iowa.

— Iowa, hum? Imagino que deva ser barra-pesada lá — brincou ele. — Eu fui com meu grupo jovem uma vez. Por que você foi para lá?

Emily hesitou, coçando a nuca. Ela podia sentir as garotas da escola católica olhando. Talvez tivesse sido um erro ter trazido Iowa à tona — ou admitir que ela se identificara com a letra tão desesperada e tão carregada de desamparado daquela música.

— Oh, apenas visitando a família — respondeu ela por fim, brincando com a borda de seu copo de plástico cheio de café. — Meus tios moram numa fazenda próxima a Des Moines.

— Saquei — disse Isaac. Ele deu espaço para que um bando de crianças do jardim de infância passasse. — Sei o que você disse sobre se identificar com a música. No começo, riram de mim porque eu estava cantando sobre uma garota, mas agora acho que a música se aplica a todo mundo. É porque... todos temos esses sentimentos que nos fazem dizer "onde eu me encaixo?" e "por que eu não consigo encontrar ninguém para conversar?". Acho que todo mundo sente isso de tempos em tempos.

— Eu também — concordou Emily, grata porque alguém se sentia do mesmo jeito que ela. Ela olhou por sobre o ombro para sua mãe. Ela ainda estava absorta na conversa com suas amigas perto do quiosque de café. O que era bom, Emily não tinha certeza se conseguiria administrar a curiosidade da mãe neste momento.

Isaac tamborilou os dedos no desgastado banco da igreja perto deles.

—Você não estuda na Academia da Santíssima Trindade.

Emily balançou a cabeça.

— Rosewood Day.

— Ah! — Isaac baixou a cabeça, tímido. — Escute, tenho que voltar para o palco em um minuto, mas talvez você queira conversar sobre música e coisas assim em outra hora. Jantar? Sair para dar uma volta? Você sabe, tipo um encontro.

Emily quase se engasgou com o café. Como um... *encontro*? Ela queria alertá-lo — ela não namorava rapazes —, mas era como se os músculos de sua boca não soubessem como formular aquelas palavras.

— Dar uma volta, neste tempo? — ela deixou escapar, apontando para a neve que forrava os vitrais.

— Por que não? — Isaac deu de ombros. — Talvez nós pudéssemos andar de trenó. Eu tenho trenós, e há uma enorme colina atrás de Hollis.

Emily arregalou os olhos.

— Você quer dizer a colina grande atrás do edifício industrial?

Isaac tirou o cabelo da testa e assentiu.

— Essa.

— Eu costumava levar minhas amigas lá sempre.

Uma das lembranças de inverno mais queridas para Emily era de quando Ali, ela e as outras andavam de trenó na Colina Hollis. Ali considerava andar de trenó uma bobagem depois do sexto ano, e Emily nunca mais encontrou alguém que quisesse ir com ela. Depois de respirar fundo, Emily disse:

– Eu adoraria ir com você.

Os olhos de Isaac brilharam.

– Ótimo! Eles trocaram seus números de telefones, o que deixou as meninas da Santíssima Trindade Sagrada boquiabertas. Quando Isaac acenou se despedindo e Emily foi na direção de sua mãe e suas amigas do coral, ela ficou pensando no que tinha acabado de aceitar. Ela não poderia ter acabado de marcar um *encontro* com ele. Eles iam sair, sim, mas como amigos. Ela iria colocá-lo na linha – por assim dizer – na próxima vez que o visse.

Só que quando Emily observou Isaac se afastar no meio das pessoas, parando com frequência para conversar com outras crianças ou membros da congregação, ela não teve certeza se *queria* que eles fossem apenas amigos.

De repente, ela não tinha certeza alguma do que queria.

7

UMA GRANDE FAMÍLIA HASTINGS FELIZ

No começo da manhã de terça-feira, Spencer seguiu sua irmã pelos degraus do fórum de Rosewood, o vento batendo em suas costas. Seus familiares iam se reunir com Ernest Calloway, o advogado da família Hastings, para a leitura do testamento de Nana.

Melissa segurou a porta da frente para ela. O corredor do fórum era frio e escuro, iluminado apenas por algumas luzes amarelas – ainda era muito cedo para que os funcionários já tivessem chegado. Spencer tremeu de pavor – a última vez em que estivera ali fora para assistir à apresentação de Ian diante da Corte. E a próxima vez que ela viesse a esse lugar, no final daquela mesma semana, seria para testemunhar no julgamento dele.

Seus passos ecoavam no piso duro de mármore enquanto elas subiam as escadas. A sala de conferência onde o sr. Calloway havia marcado a leitura ainda estava trancada. Spencer e Melissa foram as primeiras a chegar. Spencer se esgueirou até a parede do vestíbulo caminhando pelo tapete oriental que havia ali, e observou um grande retrato pintado a óleo de William W. Rosewood com cara de constipado. William fundara a cidade no século XVII com um grupo de quacres. Por mais de cem anos, toda a região pertencia apenas a três famílias de fazendeiros e havia mais vacas que pessoas. O Shopping King James foi construído sobre um enorme pasto antigo.

Melissa se apoiou na parede perto dela, apertando outro lenço de papel contra os olhos. Ela vivia chorando desde a morte de Nana. As irmãs ouviram o vento batendo contra as janelas, o que fazia o edifício inteiro ranger. Melissa tomou um gole do *cappuccino* comprado na Starbucks antes de chegarem. Ela viu Spencer olhando para seu copo e perguntou:

– Quer um gole?

Spencer acenou com a cabeça. Melissa estava muito gentil nos últimos tempos, uma estranha mudança no padrão habitual de briga de gato e rato e tentativas das irmãs de uma parecer melhor do que a outra – com Melissa geralmente ganhando. Era provável que fosse porque os pais delas estavam irritados com Melissa também. Ela mentira para a policia por séculos, dizendo que ela e Ian, seu namorado na época, estiveram juntos durante toda a noite em que Ali desapareceu. Na verdade, Melissa acordara no meio da noite e descobrira que Ian não estava mais ao seu lado. Ela tivera muito medo de dizer qualquer coisa porque ela e Ian tinham bebido, e a Senhorita Perfeitinha Oradora da Turma não fazia coisas mundanas como tomar um porre e dormir com o namorado. Ainda assim, Melissa parecia *extra*caridosa nesta manhã, o que fizera disparar alarmes de alerta dentro da cabeça de Spencer.

Melissa tomou um longo gole de café e olhou com cautela para Spencer.

—Você ouviu o que os noticiários estão divulgando? Estão dizendo que não há evidências suficientes para Ian ser condenado.

Spencer ficou tensa.

— Eu ouvi uma notícia a respeito esta manhã.

Mas ela também escutara a resposta de Jackson Hughes, o promotor de Rosewood, dizendo que eles estavam *cheios* de evidências e que as pessoas de Rosewood mereciam que aquele crime perturbador fosse resolvido. Spencer e suas amigas haviam se encontrado inúmeras vezes com o sr. Hughes para discutir o julgamento. Spencer encontrara Jackson algumas sessões a mais do que as outras porque, de acordo com o sr. Hughes, seu testemunho — no qual ela afirmava se lembrar de ter visto Ali e Ian momentos antes de Ali desaparecer — era a peça mais importante da acusação. Ele a preparara para cada uma das perguntas que ela iria responder, explicando o que falar, e como ela deveria ou não se comportar. Para Spencer, não parecia tão diferente de atuar em uma peça, exceto que em vez de todo mundo aplaudindo no fim, alguém iria para a prisão para o resto da vida.

Melissa fungou e Spencer deu uma olhada nela. Os olhos de sua irmã estavam baixos e os lábios apertados de preocupação.

— O que foi? — perguntou Spencer desconfiada. O alarme em sua cabeça estava ficando cada vez mais alto.

—Você sabe por que eles estão dizendo que não há evidências suficientes, certo? — perguntou Melissa pausadamente.

Spencer balançou a cabeça.

— É por causa de tudo aquilo que aconteceu com o prêmio Orquídea Dourada. — Melissa permaneceu imóvel, voltando os olhos apenas na direção da irmã. —Você mentiu a respeito da redação. Então eles não estão certos de que você seja... bem... confiável.

Spencer sentiu um bolo se formando na garganta.

— Mas isto é diferente!

Melissa apertou os lábios e olhou resolutamente pela janela.

—Você acredita em mim, não acredita? — perguntou Spencer com urgência na voz.

Por um longo tempo, ela não se lembrara de nada a respeito da noite em que Ali desaparecera. Depois, pequenos trechos começaram a voltar à sua memória, um por um. Sua última lembrança era a visão de duas figuras sombreadas na floresta — uma era Ali e a outra, definitivamente, era Ian.

— Eu sei o que vi — prosseguiu Spencer. — Ian estava *lá*.

— É só fofoca, Spencer — murmurou Melissa. Em seguida ela olhou para Spencer, mordendo o lábio superior com força.

— Há mais uma coisa. — Ela engoliu em seco. — Ian meio que... bem, ele me ligou na noite passada.

— Da cadeia? — Spencer teve a mesma sensação que tivera quando Melissa a empurrou do galho do grande orvalho no quintal da casa delas, primeiro um choque, e depois, quando atingiu o chão, uma dor assustadora. — O-o que ele disse?

O corredor estava tão silencioso que Spencer conseguia ouvir a irmã piscar.

— Bem, a mãe dele está muito doente, para começo de conversa.

— Doente... Como?

— Câncer, mas eu não sei que tipo. Ele está arrasado. Ian é muito próximo da mãe, e está com medo de que o julgamento e uma possível condenação piorem o estado dela.

Spencer tirou um fiapo de seu casaco, indiferente. *Ian* havia provocado o julgamento. Melissa limpou a garganta. Os olhos dela estavam vermelhos e marejados.

— Ele não entende por que fizemos isto com ele, Spence. Implorou para que não testemunhássemos contra ele no julgamento. Ele continua dizendo que tudo isso é um grande mal-entendido. Ele não a matou. Ele pareceu tão... desesperado.

O queixo de Spencer caiu.

— Você está dizendo que não vai testemunhar contra ele?

Uma veia saltou no longo pescoço de Melissa. Ela brincou, distraída, com seu chaveiro Tiffany.

— Eu apenas não consigo aceitar, só isso. Se Ian *fez mesmo* o que acham que ele fez... bem, éramos *namorados* naquela época. Como eu posso não ter suspeitado de nada?

Spencer concordou, repentinamente exausta. Apesar de tudo, ela entendia a perspectiva de Melissa. Melissa e Ian foram o casal modelo na escola, e Spencer se lembrava de como Melissa ficara irritada quando Ian terminou com ela no meio do primeiro ano letivo do ensino médio. Quando Ian voltou para Rosewood no outono para treinar o time de hóquei de Spencer — que coisa mais assustadora! —, ele e Melissa logo voltaram a namorar. Aparentemente, Ian era o namorado ideal: atencioso, meigo, honesto e verdadeiro. Era o tipo de rapaz que ajudava velhinhas a atravessar a rua. Seria como se Spencer e Andrew Campbell estivessem namorando e ele fosse preso por vender drogas dentro de seu MiniCooper.

Uma máquina de limpar neve rugiu lá fora, e Spencer olhou para cima com atenção redobrada. Não que ela e Andrew pudessem *ser* em qualquer momento futuro *um casal*. Aquilo era só um exemplo. Porque ela não *gostava* de Andrew.

Ele era simplesmente outro exemplo de um Garoto de Ouro de Rosewood Day, só isso.

Melissa começou a dizer mais alguma coisa, mas a porta principal lá embaixo abriu e o sr. e sra. Hastings entraram no saguão. O tio de Spencer, Daniel, sua tia Genevieve, e seus primos Jonathan e Smith vinham atrás deles. Pareciam cansados, como se tivessem atravessado o país de carro para chegar ali, quando na verdade eles viviam em Haverford, a apenas quinze minutos de distância.

O sr. Calloway foi a última pessoa a passar pela porta. Ele subiu as escadas, destrancou a sala de reuniões e pediu a todos que se acomodassem. A sra. Hastings entrou atrás de Spencer, tirando suas luvas Hermès de camurça com os dentes, envolta por uma nuvem de Chanel Nº 5.

Spencer sentou em uma das cadeiras giratórias de couro ao redor de uma grande mesa de conferência feita de cerejeira. Melissa ocupou a cadeira perto dela. O pai delas sentou no outro lado do aposento e o sr. Calloway perto dele. Genevieve tirou seu casaco de zibelina enquanto Smith e Jonathan desligavam seus BlackBerrys e ajeitavam suas gravatas da Brooks Brothers. Os dois, desde que Spencer conseguia se lembrar, sempre foram meio enjoadinhos. Quando as famílias comemoravam o Natal juntas, Smith e Jonathan sempre desembrulhavam cuidadosamente seus presentes para não rasgar o papel.

— Vamos começar? — O sr. Calloway colocou seus óculos de aros de tartaruga no nariz e tirou um documento volumoso da pasta.

A luz que pendia do teto fazia brilhar sua cabeça calva enquanto ele lia o preâmbulo do testamento de Nana, indicando que ela estava com mente e corpo sãos quando o compôs. Nana declarou que ela dividiria sua mansão na Flórida, a casa de praia de Cape May e sua cobertura na Filadélfia com a maioria de seu patrimônio liquido entre seus filhos: o pai de Spencer, tio Daniel e tia Penelope. Quando o sr. Calloway disse o nome de Penelope em voz alta, todos ficaram surpresos. Eles olharam ao redor, como se Penelope estivesse lá e ninguém tivesse notado. Mas é claro que ela não estava.

Spencer não tinha certeza de quando fora a última vez em que vira tia Penelope. A família nunca gostava de falar dela. Ela era o bebê da família e nunca se casara. Pulara de carreira em carreira, tentando a sorte em moda, passando para o jornalismo, e até começando um site de leitura de cartas de tarô on-line em sua casa de praia em Bali. Depois disso, ela desaparecera, viajando pelo mundo, torrando o dinheiro de seu fundo de investimentos, e não visitava ninguém da família durante anos. Estava bem claro que todos estavam horrorizados por Penelope ter recebido alguma coisa no testamento da mãe. Spencer de repente sentiu-se mais próxima à sua tia – talvez toda geração dos Hastings precisasse de uma ovelha negra.

– Como outros recursos de sra. Hastings – disse o sr. Calloway virando uma página –, ela deixa dois milhões de dólares para cada um de seus netos naturais como segue.

Smith e Jonathan se inclinaram. Spencer ficou boquiaberta. *Dois milhões de dólares.*

O sr. Calloway olhou de soslaio ao proferir as palavras:

– Dois milhões de dólares para seu neto Smithson, dois milhões de dólares para seu neto Jonathan e dois milhões de dólares para sua neta Melissa. – Ele fez uma pausa, os olhos pousando por um momento em Spencer. Uma expressão estranha tomou seu rosto. – E... tudo bem. Nós só precisamos que todo mundo assine aqui.

– Ah... – começou Spencer. Saiu como um grunhido e todos olharam. – De-desculpe-me – gaguejou ela, constrangida, tocando o cabelo. – Eu acho que você esqueceu um neto.

O sr. Calloway abriu a boca e a fechou novamente, como um dos peixes-dourados que nadavam no lago artificial do quintal dos Hastings. A sra. Hastings ficou de pé abruptamente, também imitando um peixe-dourado. Genevieve pigarreou, olhando fixamente para seu anel de esmeralda de três quilates. Tio Daniel respirou fundo, alargando suas narinas enormes. Os primos de Spencer e Melissa se reuniram para ler o testamento.

– Aqui – disse o sr. Calloway com calma, apontando para a página.

– Uh, sr. Calloway? – repetiu Spencer. Ela movimentou a cabeça de um lado para o outro, entre o advogado e seus pais. Finalmente deixou escapar uma risada nervosa. – Eu *fui* mencionada no testamento, não fui?

Seus olhos se arregalaram, Melissa pegou o testamento de Smith e o entregou a Spencer. Ela olhou o documento por um momento, seu coração como uma britadeira.

Lá estava. Nana havia deixado dois milhões de dólares para Smithson Pierpoint Hastings, Jonathan Bernard Hastings e Melissa Josephine Hastings. O nome de Spencer não estava em lugar nenhum.

– O que está acontecendo? – sussurrou Spencer.

Seu pai ficou de pé de repente.

– Spencer, talvez você devesse esperar no carro.

– Como assim? – guinchou Spencer, horrorizada.

O pai a pegou pelo braço e começou a guiá-la para fora da sala.

— Por favor — disse ele meio arfante. — Espere por nós lá fora, Spencer.

Ela não tinha certeza do que fazer além de obedecer. Seu pai fechou a porta atrás dela, a batida ecoando pelas silenciosas paredes de mármore do fórum. Spencer ouviu sua própria respiração por alguns momentos e depois, engolindo o choro, ela deu uma volta, correu até seu carro, ligou a ignição e arrancou para fora do estacionamento. Que se dane esse negócio de esperar. Ela queria ficar tão longe deste fórum — do que quer que tivesse acabado de acontecer — quanto pudesse.

8

ESSE NEGÓCIO DE ENCONTROS PELA INTERNET NÃO É SENSACIONAL?

No início da noite de terça, Aria se acomodou em um banco estofado no banheiro de sua mãe, sua bolsa de maquiagem da Orla Kiely com estampa floral no colo. Olhou para Ella através do espelho.

– Oh, meu Deus, *não* – disse ela, arregalando os olhos para as listras alaranjadas nas bochechas de Ella. – Você parece bronzeada demais. Era para você parecer beijada pelo sol, não *grelhada* por ele.

A mãe dela franziu a testa e limpou as maçãs do rosto com um lenço de papel Kleenex.

– Estamos no fim do inverno! Quem seria idiota suficiente para parecer "beijado pelo sol" a essa altura do ano?

– Você quer ficar com a mesma cor que tinha quando estivemos em Creta. Lembra como ficamos bronzeadas naquele bote inflável e... – Aria se deteve abruptamente. Talvez ela não devesse ter trazido a viagem à Creta à tona. Byron estivera com elas também.

Mas Ella não pareceu incomodada.

— Pele bronzeada grita melanoma.

Ela tocou o rolo esponjoso rosa em seu cabelo.

— Quando podemos tirar isso?

Aria olhou o relógio. O grande encontro de Ella com o homem que conhecera no site Match.com, o homem misterioso que amava Rolling Stones e que se chamava — *credo!* — Wolfgang, era naquela noite, e ele iria apanhá-la em quinze minutos.

— Agora, eu acho. — Ela tirou o primeiro rolo. Uma mecha do cabelo negro de Ella caiu em cascata sobre suas costas. Aria soltou o resto do cabelo, balançou a lata de Rave e deu uma borrifada rápida nos cabelos da mãe.

— *Voilà*.

Ella sentou.

— Está ótimo.

Cabelo e maquiagem normalmente não eram especialidades de Aria, mas arrumar Ella para seu grande encontro não havia sido apenas divertido, fora também o maior tempo que elas haviam passado juntas desde que Aria voltara para casa. Além disso, maquiar Ella era uma ótima maneira de não ficar o tempo todo pensando em Xavier. Nos últimos dois dias, Aria ficara obcecada com a conversa que eles tiveram na galeria, tentando entender se fora uma cantada ou um bate-papo amigável. Artistas são tão sensíveis — era impossível ter certeza do que eles queriam dizer. Ainda assim, ela esperava que ele ligasse. Aria havia deixado seu primeiro nome e o número de seu celular no livro de visitantes da galeria, colocando um asterisco perto dele. Os artistas olhavam aqueles livros, não olhavam? Ela não conseguia evitar pensar em como seria o primeiro encontro deles

— começaria com uma pintura a dedo e terminaria em uma sessão de amassos escandalosos no chão do estúdio de Xavier.

Ella pegou um rímel e se inclinou na frente do espelho.

— Tem certeza de que está tudo bem para você que eu vá a um encontro?

— É claro.

Mas a verdade é que Aria não tinha certeza se aquele era um encontro muito promissor. O nome do cara era Wolfgang, pelo amor de Deus. E se ele falasse em rimas? E se fosse o homem que personificou Wolfgang Amadeus Mozart no festival de História dos Grandes Compositores do Conservatório de Hollis? E se aparecesse de casaco acinturado e calção bufante e usando uma peruca?

Ella levantou-se e voltou para o quarto. Na metade do caminho, parou abruptamente.

— Oh.

Seus olhos estavam fixos no vestido azul-petróleo que Aria pusera sobre sua cama *queen-size*. Mais cedo naquela tarde, Aria havia passado pelo guarda-roupa de Ella em busca de algo apropriado para o encontro, preocupada em não encontrar nada entre os *kaftans*, as túnicas e os roupões de oração tibetanos que Ella geralmente usava. O vestido estava enfiado no fundo do armário, ainda envolto em um saco plástico de lavanderia. Era simples, emagrecia e tinha uma tira fininha de tecido para amarrar no pescoço... Aria considerou a escolha perfeita... Mas, a julgar pela expressão da mãe, ela não tinha tanta certeza.

Ella sentou perto do vestido, tocando seu tecido sedoso.

— Eu esqueci que tinha esse vestido — disse, com uma voz baixa. — Usei em um evento beneficente em Hollis, quando

Byron tomou posse. Foi na mesma noite em que você dormiu na casa de Ali DiLaurentis pela primeira vez. Nós tivemos que correr para providenciar um saco de dormir porque você não tinha um, lembra?

Aria afundou na poltrona listrada no canto do quarto. Ela se lembrava perfeitamente da primeira vez em que dormira na casa de Ali. Foi logo depois que Ali se aproximara dela durante um evento beneficente de Rosewood Day, pedindo ajuda para separar os itens de luxo. A primeira reação de Aria havia sido pensar que Ali queria pregar uma peça nela. Na semana anterior, Ali havia pedido a Chassey Bledsoe para experimentar um pouco de um novo perfume. Mas o "perfume" na verdade era água suja, cheia de lama e cocô de pato, vinda direto do lago do parque público de Rosewood.

Ella colocou o vestido sobre o colo.

– Eu acho que você sabe a respeito de Byron... que Meredith... – Ela colocou as mãos em forma de concha perto do estômago, imitando uma barriga de grávida.

Aria mordeu o lábio e concordou em silêncio, seu coração doendo. Esta era a primeira vez que Ella mencionava a condição de Meredith. Aria tentara ao máximo afastar Ella de todas as notícias de gravidez naquele mês, mas é claro que não conseguiria poupar a mãe daquilo tudo para sempre.

Ella suspirou, o maxilar tenso.

– Bem, eu acho que é hora de escrever uma nova história para este vestido. É hora de seguir em frente. – Ela olhou para Aria. – E você? Você seguiu em frente?

Aria ergueu uma sobrancelha.

– Com relação a Byron?

Ella colocou seu cabelo ondulado sobre o ombro.

— Não. Eu quis dizer seu professor. O sr... Fitz.
A mão de Aria flutuou até a boca.
—Você... *sabe* disto?
Ella seguiu a linha do zíper da lateral do vestido com o dedo.
— Seu pai me contou. — Ela sorriu, desconcertada. — Eu acho que o sr. Fitz foi para Hollis. Byron ouviu sobre pedirem a ele que deixasse Rosewood Day... por sua causa. — Ela olhou para Aria outra vez. — Eu gostaria que você tivesse me procurado para conversar sobre isso.

Aria olhou para o outro lado do quarto, onde havia uma enorme pintura abstrata que Ella fizera de Aria e Mike flutuando no espaço. Ela não procurara a mãe para falar sobre o que estava acontecendo naquela época pura e simplesmente porque Ella não atendia seus telefonemas.

Ella baixou os olhos, constrangida, como se também acabasse de ter se dado conta disso.
— Ele não... se aproveitou de você, não é?
Aria balançou a cabeça, escondendo-se atrás de seus cabelos.
— Não. Foi tudo muito inocente.
Ela pensou nas poucas vezes em que realmente estivera com Ezra — a sessão de beijos superquentes no banheiro do Snooker, um beijo na sala de aula, algumas horas roubadas em seu apartamento em Old Hollis. Ezra havia sido o primeiro homem que Aria pensou que amava, e parecera que ele a amava também. Quando ele dissera que ela deveria procurá-lo dentro de alguns anos, Aria achou que isso significava que ele esperaria por ela. Mas alguém que estava esperando por ela teria ligado de vez em quando, certo? Agora ela se perguntava se não tinha sido ingênua demais.

Aria respirou fundo.

— Vai ver não éramos certos um pro outro. Mas talvez eu tenha conhecido alguém novo.

— Sério? — Ella sentou na cama e começou a tirar os chinelos e as meias. — Quem?

— Só... alguém — disse Aria com suavidade. Ela não queria atrair má sorte falando demais naquilo. — Ainda não tenho certeza se vai acontecer alguma coisa.

— Bem, isso é ótimo. — Ella fez um cafuné tão carinhoso na filha que os olhos de Aria se encheram de lágrimas. Estavam finalmente conversando. Talvez as coisas entre elas estivessem entrando nos eixos outra vez.

Ella ergueu o vestido pelo cabide e o carregou para o banheiro. Quando fechou a porta e abriu a torneira, a campainha tocou.

— Droga! — Ella abriu a porta do banheiro e colocou a cabeça para fora, seus olhos esfumados arregalados. — Ele chegou cedo. Você pode atender?

— Eu? — grunhiu Aria.

— Diga a ele que eu desço em um segundo. — Ella bateu a porta.

Aria piscou. A campainha tocou outra vez. Ela se apressou até o banheiro.

— O que eu devo fazer se ele for realmente feio? — sussurrou ela atrás da porta. — E se ele tiver pelos nas orelhas?

— É apenas um encontro, Aria. — Riu Ella.

Aria endireitou os ombros e desceu a escada. Ela conseguia ver um vulto através do vidro mosqueado, andando de um lado para o outro. Respirando fundo, ela abriu a porta. Um rapaz de cabelo curto estava de pé na varanda. Por um instante, Aria não conseguiu falar.

— ...Xavier? — disse ela finalmente.

— Aria? — Xavier estreitou os olhos desconfiado. — *Você*... é...?

— Olá? — Ella desceu as escadas atrás deles, enquanto colocava um brinco de argola. O vestido azul-petróleo coube nela perfeitamente, e seu cabelo escuro caía sobre as costas.

— Oi — cantarolou Ella para Xavier, com um grande sorriso. — Você deve ser Wolfgang!

— Oh, Deus, não. — Xavier cobriu a boca com a mão. — Este é o nome que eu utilizo em meu perfil.

Seus olhos pulavam de Aria para Ella. Um sorriso brotou em seus lábios, quase como se estivesse tentando não gargalhar. De pé sob a luz do saguão, ele parecia um pouco mais velho — no início da casa dos trinta, mais ou menos.

— Meu nome é Xavier, na verdade. E você é Ella?

— Sim. — Ella colocou a mão sobre o ombro de Aria. — E esta é a minha filha Aria.

— Eu sei — disse Xavier devagar.

Ella pareceu confusa.

— Nós nos conhecemos no domingo — interrompeu Aria rapidamente, ainda sem conseguir disfarçar a surpresa em sua voz. — Na exposição. Xavier era um dos artistas.

— *Você* é Xavier Reeves? — perguntou Ella alegremente. — Eu ia à sua exposição, mas dei meu convite a Aria. — Ela olhou para a filha. — Eu estava tão ocupada hoje que nem perguntei! Foi bom?

Aria piscou.

— Eu...

Xavier tocou o braço de Ella.

— Ela não pode dizer nada ruim comigo aqui! Pergunte depois que eu for embora.

Ella sorriu como se esta fosse a coisa mais engraçada que alguém já dissera. Ela abraçou Aria, e a menina sentiu que a mãe tremia. *Ela está nervosa*, pensou Aria. Ella já estava doidinha por Xavier à primeira vista.

– Que coincidência louca, hum? – comentou Xavier.

– É uma coincidência *maravilhosa* – corrigiu Ella.

Ela se virou para Aria cheia de esperança. Aria teve que retribuir aquele sorriso idiota.

– Sim, maravilhosa – ecoou ela. Maravilhosamente *estranha*.

9

NÃO É PARANOIA SE ELE ESTIVER MESMO ATRÁS DE VOCÊ

Mais tarde na mesma terça-feira, Emily bateu a porta do Volvo de sua mãe e atravessou o enorme quintal dianteiro da casa de Spencer. Ela havia matado o segundo tempo da aula de natação para encontrar suas antigas amigas, como Marion tinha sugerido, para tomar conta uma da outra e conversar.

Quando estava prestes a apertar a campainha, seu Nokia tocou. Emily o pegou dentro do bolso de sua parca de esqui amarelo reluzente e olhou para a tela. Isaac enviara uma música para ela pelo celular. Quando abriu a mensagem, ela escutou sua canção favorita de Jimmy Eat World, a que incluía a estrofe "Você ainda consegue sentir as borboletas?". Ela a escutara muito durante o último mês de setembro, quando estava apaixonada por Maya. *Ei Emily!*, dizia o texto. *Esta música me faz lembrar de você. Nos vemos amanhã no Chem Hill!*

Emily enrubesceu, contente. Ela e Isaac haviam trocado mensagens o dia inteiro. Ele a enchera de detalhes sobre suas aulas de religião – dadas por ninguém menos que o padre

Tyson, que também apresentara *O senhor dos anéis* a Isaac – e Emily recapitulou o horror que havia sido seu seminário sobre a Batalha de Bunker Hill na aula de história. Eles haviam comparado seus livros e programas de televisão favoritos e descoberto que ambos gostavam dos filmes de M. Night Shyamalan, ainda que seus diálogos fossem fracos. Emily nunca fora uma daquelas garotas que ficavam grudadas ao telefone durante toda a aula – e, afinal, teoricamente isto era proibido em Rosewood Day –, mas quando escutava seu telefone produzir um *ping* baixinho, ela instantaneamente sentia urgência de escrever de volta para Isaac.

Ela se perguntara inúmeras vezes naquele dia o que estava fazendo e lutou para avaliar seus sentimentos. Ela *gostava* de Isaac? Ela seria *capaz* de gostar dele?

Um galho quebrou perto dela, e Emily olhou da calçada de Spencer para a rua quieta e escura. O ar estava frio, frio como nunca. Uma espessa cobertura de gelo havia transformado a bandeira vermelha da caixa de correios dos Cavanaugh em branca. Abaixo, na mesma rua, estava a casa dos Vanderwaal, vazia, com um ar sinistro – a família de Mona deixara a cidade depois de sua morte. Um arrepio percorreu a espinha de Emily. A havia morado a apenas alguns passos de distância de Spencer o tempo todo, e nenhuma delas soubera.

Dando de ombros, Emily colocou o telefone de volta no bolso do casaco e apertou a campainha de Spencer. Ouviu passos e, em seguida, Spencer abriu a porta, seu cabelo louro escuro escorrendo até os ombros.

– Nós estamos na sala de televisão – murmurou.

Um cheiro de manteiga pairava no ar, e Aria e Hanna estavam sentadas na ponta do sofá, segurando uma grande vasilha plástica com pipoca de micro-ondas. A televisão estava sintonizada em *The Hills*, sem som.

— E aí? — disse Emily, ajeitando-se em uma poltrona. — Temos que ligar para a Marion ou o quê?

Spencer deu de ombros.

— Ela não disse ao certo o que fazer. Só disse que nós deveríamos... *conversar*.

Todas olharam umas para as outras, em silêncio.

— Então, meninas, estamos todas fazendo nossas *vocalizações*? — disse Hanna, usando um tom falso de preocupação.

— *Ommmmm* — cantarolou Aria, sem conseguir segurar o riso.

Emily pegou um fiapo solto em seu blazer azul-marinho de Rosewood Day, meio que querendo defender Marion. Ela só estava tentando ajudar. Olhou ao redor da sala, percebendo algo apoiado na base da grande escultura de ferro forjado da Torre Eiffel. Era a fotografia em preto e branco de Ali de pé no bicicletário de Rosewood Day, o blazer da escola sobre o braço — a foto que Emily havia pedido que Spencer não queimasse.

Emily estudou o retrato. Havia algo muito incisivo e realista nele. Ela conseguia praticamente sentir o ar fresco de outono e sentir o cheiro das macieiras silvestres no gramado da frente de Rosewood Day. Ali olhava direto para a câmera, a boca aberta em um sorriso. Havia um pedaço de papel em sua mão direita. Emily apertou os olhos para ler as palavras. *A Cápsula do Tempo Começa Amanhã. Prepare-se!*

— Ei! — Emily pulou do divã e ergueu a foto para as outras verem. Aria leu o folheto e arregalou os olhos também. — Você se lembra deste dia? — perguntou Emily. — Quando Ali disse que iria encontrar uma das partes da bandeira?

— Qual dia? — Hanna desdobrou suas longas pernas e andou na direção delas. — Oh. Hum.

Spencer estava atrás delas agora, tinha ficado curiosa também.

— O pátio estava uma bagunça naquele dia, cheio de alunos. Todo mundo leu esse folheto.

Fazia tanto tempo que Emily não pensava sobre aquele dia. Ficara tão empolgada ao ver o folheto da Cápsula do Tempo. E depois, Ali viera até o pátio com Naomi e Riley, empurrara a multidão, arrancara o folheto e anunciara em alto e bom som que uma das partes da bandeira seria dela.

Emily olhou para cima, surpresa pela lembrança do que acontecera depois.

— Gente. Ian falou com ela. Lembram? — Spencer confirmou com a cabeça. — Ele a provocou dizendo que ela não deveria ficar anunciando que iria encontrar uma parte, porque alguém poderia tentar roubá-la.

Hanna levou a mão até a boca.

— E Ali disse que aquilo não ia acontecer, pois quem quisesse sua parte teria...

— ... que matá-la. — O rosto de Spencer estava pálido. — E depois Ian disse algo do tipo "Bem, se for necessário".

— *Céus* — sussurrou Aria.

O estômago de Emily revirou. As palavras de Ian haviam sido tão estranhamente proféticas, mas como elas poderiam saber que deveriam levá-lo a sério? Na época, a única coisa que Emily escutara a respeito de Ian Thomas fora que ele era o cara certo em Rosewood Day, caso elas precisassem de um representante graduado para ajudá-las em uma excursão para as crianças do ensino fundamental ou a segurar os garotos no refeitório quando uma tempestade de neve atrasasse os ônibus escolares. Naquele dia, depois que Ali se afastara sem rumo com sua comitiva, Ian dera as costas e andara calmamente até seu carro. Não parecia o comportamento de alguém que estivesse planejando um assassinato... O que tornava a coisa toda mais assustadora.

– E na manhã seguinte ela estava tão convencida, que todos tiveram certeza de que ela havia encontrado a peça – disse Spencer franzindo a testa, como se ainda se incomodasse com o fato de que Ali havia encontrado a bandeira em vez dela.

Hanna olhou a foto.

– Eu quis tanto a parte da bandeira da Cápsula do Tempo de Ali.

– Eu também – admitiu Emily. Ela olhou para Aria, que se moveu desconfortavelmente e pareceu se esforçar para evitar seus olhares.

– Todas nós queríamos vencer. – Spencer sentou outra vez no sofá e abraçou uma almofada azul de cetim no peito. – Do contrário, não teríamos aparecido em seu quintal dois dias depois para roubá-la.

– Não é estranho que *outra* pessoa tenha roubado a peça de Ali antes da gente? – perguntou Hanna, girando repetidas vezes uma grossa pulseira turquesa no pulso. – O que será que aconteceu com aquele pedaço de bandeira?

De repente, a irmã de Spencer, Melissa, entrou na sala. Vestia um suéter bege folgado e calças boca de sino. Seu rosto redondo estava pálido.

– Meninas. – Sua voz tremia. – Liguem no noticiário. *Agora.* – Ela apontou para a TV.

Emily e as outras olharam para Melissa por um instante sem se mover. Frustrada, Melissa pegou o controle remoto e colocou no canal quatro. A imagem mostrava uma multidão empurrando microfones no rosto de alguém. A imagem trepidou, como se a câmera estivesse sendo acotovelada a todo instante. Em seguida, algumas das cabeças se afastaram. Primeiro, Emily viu um rapaz com maxilar forte e lindos olhos verdes. Era Darren Wilden, o policial mais jovem de Rosewood Day, o que as ajudara a encontrar Spencer quando Mona a raptara. Quando Wilden se afastou, a câmera se fixou em alguém em um terno amarrotado. Seu cabelo dourado era inesquecível. Todo o corpo de Emily amoleceu.

— Ian? — sussurrou ela.

Aria pegou a mão de Emily.

Spencer olhou para Melissa, o rosto completamente branco.

— O que está acontecendo? Por que ele não está preso?

Melissa balançou a cabeça, desamparada.

— Não sei.

O cabelo louro de Ian brilhava como um raio de sol, mas seu rosto parecia pálido. A tela foi dividida e uma repórter do canal quatro apareceu.

— A mãe do sr. Thomas foi diagnosticada com um câncer de pâncreas agressivo — explicou ela. — Houve uma audiência de última hora e Thomas conseguiu uma fiança temporária para visitá-la.

— O quê? — gritou Hanna.

Uma legenda na parte de baixo da tela dizia JUIZ BAXTER DECIDE SOBRE O PEDIDO DE FIANÇA FEITO POR THOMAS.

O coração de Emily batia descontroladamente. O advogado de Ian, um homem de cabelos grisalhos e terno listrado, foi para a frente da multidão e se colocou diante das câmeras. Flashes espocaram.

— O desejo da mãe do meu cliente foi poder passar seus últimos dias com o filho — anunciou ele. — E eu estou emocionado que nós tenhamos vencido a petição com pedido de fiança. Ian ficará em prisão domiciliar até seu julgamento começar, na sexta-feira.

Emily se sentiu fraca.

— Prisão domiciliar? — repetiu ela, largando a mão de Aria. A família de Ian vivia em uma grande casa, estilo Cape Cod, a menos de dois quilômetros da casa de fazenda da família Hastings. Uma vez, quando Ali ainda estava viva, e Ian e Melissa estavam namorado, Emily ouvira por acaso Ian dizer a Melissa que conseguia ver o moinho de vento dos Hastings da janela de seu quarto.

— Isto não pode estar acontecendo — disse Aria, em uma voz quase catatônica.

Os repórteres empurraram o microfone no rosto de Ian.

— Como você se sente com a decisão? — perguntaram.

— Como tem sido a experiência na prisão do condado?

— Você acha que está sendo acusado injustamente?

— Sim, estou sendo acusado injustamente — disse Ian, com uma voz firme e raivosa. — E a prisão tem sido exatamente o que se poderia esperar... o inferno.

Ele franziu os lábios, olhando direto para a câmera.

— Vou fazer tudo o que puder para nunca mais voltar para cá.

Emily ficou gelada de pavor. Ela pensou em Ian naquela entrevista na internet que vira antes do Natal. *Alguém me quer preso aqui. Alguém está escondendo a verdade. Eles vão pagar.*

Os repórteres seguiram Ian enquanto ele andava até uma limusine preta.

– O que você quer dizer com "nunca mais voltar para cá?" – gritaram os repórteres.

– Outra pessoa fez isto? Você sabe algo que nós não sabemos?

Ian não respondeu. Ele deixou seu advogado levá-lo até a limusine que o esperava. Emily olhou para as outras meninas. Aria estava mordendo o colarinho de seu suéter. Melissa correu para fora da sala, deixando a porta bater atrás dela. Spencer ficou de pé e as encarou.

– Nós vamos ficar bem – disse, tentando parecer otimista. – Não podemos perder a cabeça.

– Ele pode vir nos procurar – sussurrou Emily, seu coração descontrolado. – Ele está com tanta raiva. E ele acha que a culpa é *nossa*.

Um pequeno músculo na boca de Spencer estremeceu.

A câmera da TV deu um zoom em Ian enquanto ele sentava no banco de trás do carro. Por um momento, pareceu que seus olhos desfocados estavam olhando para além das lentes das câmeras, como se ele pudesse ver Emily e suas amigas. Hanna deu um gritinho de medo.

As garotas assistiram enquanto Ian sentava no banco de couro e pegava algo no bolso de sua jaqueta. Depois o advogado de Ian bateu a porta atrás dele, e a câmera levantou, virando de volta para a repórter do canal quatro. Abaixo, a legenda agora dizia JUIZ BAXTER CONCEDE FIANÇA A THOMAS.

De repente o telefone de Emily tocou, fazendo-a pular de susto. Ao mesmo tempo, soou uma badalada na bolsa de Hanna. Depois ouve um bipe. O celular Treo de Aria, que estava em seu colo, acendeu. O Sidekick de Spencer tocou, dois toques altos, como os de um telefone britânico antigo.

A televisão piscava ao fundo. Tudo o que elas conseguiam ver eram as luzes traseiras da limusine de Ian, indo na direção da rua e se afastando aos poucos.

Emily trocou olhares com suas amigas, enquanto sentia seu sangue congelar devagarinho.

Ela olhou para a tela LCD de seu telefone.

Uma nova mensagem.

Suas mãos tremiam quando apertou LER.

Honestamente, cretinas... vocês realmente acham que eu deixaria vocês saírem impunes assim, tão fácil? Vocês ainda não receberam o que merecem. E eu mal posso esperar para dar isso a vocês.

Beijinho! – A

10

SANGUE É MAIS GROSSO QUE ÁGUA...
ISTO É, SE VOCÊ FOR MESMO DA FAMÍLIA

Segundos depois, Spencer estava ao telefone com o policial Wilden. Ela colocou a ligação no viva voz para que suas amigas pudessem ouvir.

— É isto mesmo — grunhiu ela no bocal. — Ian acabou de nos mandar uma mensagem ameaçadora.

— Tem certeza de que foi Ian? — A voz de Wilden falhou do outro lado.

— Sim, tenho certeza — afirmou Spencer. Ela olhou para as outras, que concordaram. Quem mais teria mandado aquilo, afinal de contas? Ian devia estar furioso com elas. As pistas que entregaram o mandaram para a cadeia, e o testemunho delas, especialmente o testemunho *dela*, no julgamento que estava para acontecer, o colocaria na prisão para o resto de sua vida. E mais, ele tinha enfiado a mão no bolso assim que a porta da limusine se fechara, como se à procura de um celular...

— Estou a alguns quilômetros da casa — respondeu Wilden. — Chego em um segundo.

Elas ouviram o carro dele parando na entrada um minuto depois. Wilden vestia uma jaqueta grossa, do departamento de polícia de Rosewood, que cheirava a naftalina. Havia uma arma em seu coldre e, como sempre, seu inseparável radiocomunicador. Quando ele tirou o chapéu de lã preto, seu cabelo estava amassado.

– Não acredito que o juiz o deixou sair. – A voz de Wilden estava sombria. – Eu realmente não consigo *acreditar* nisto. – Ele entrou pisando forte no vestíbulo, cheio de muita energia acumulada, como um leão impaciente em sua jaula no Zoológico da Filadélfia.

Spencer ergueu a sobrancelha. Ela não via Wilden nervoso assim desde o ensino médio, quando o diretor Appleton havia ameaçado expulsá-lo por tentar roubar sua motocicleta Ducati antiga. Mesmo na noite em que Mona morreu, quando Wilden teve que enfrentar Ian no quintal de Spencer para garantir que ele não fugisse, ele havia permanecido impassível e imperturbável.

Mas era reconfortante que ele estivesse tão furioso quanto elas.

– Aqui está a mensagem – disse Spencer, enfiando seu Sidekick debaixo do nariz de Wilden. Ele franziu a testa e observou a tela. Seu radiocomunicador fez uns barulhinhos, mas ele os ignorou. Finalmente, Wilden devolveu o aparelho para Spencer.

– E vocês acham que é de Ian?

– *Claro* que é de Ian – exaltou-se Emily. Wilden enfiou as mãos nos bolsos. Ele se afundou no sofá de estampa rosa da sala de estar.

– Eu sei que pode parecer – começou, com cuidado. – E eu juro que vou investigar. Mas quero que vocês considerem a possibilidade de que seja apenas um imitador.

– Um *imitador*? – esganiçou Hanna.

– Pense bem. – Wilden se inclinou para a frente, apoiando seus cotovelos nos joelhos. – Desde que a história de vocês saiu nos noticiários, há uma porção de pessoas mandando mensagens ameaçadoras, dizendo que são A. E, embora tenhamos tentado manter seus números de celular em segredo, as pessoas acham jeitos de conseguir informação. – Ele apontou para o telefone de Spencer. – Quem quer que tenha escrito aquilo, provavelmente o fez no momento em que Ian estava sendo solto, fazendo *parecer* que foi ele quem enviou a mensagem. Foi isso.

– E se realmente *foi* Ian? – perguntou Spencer com uma voz esganiçada. Ela gesticulou em direção à sala de televisão, onde a TV ainda estava ligada. – E se ele quiser nos assustar para nos manter caladas durante o julgamento?

Wilden sorriu para ela com a boca meio fechada, de uma maneira um pouco condescendente.

– Eu entendo por que você tiraria esta conclusão de cara. Mas tente enxergar a situação com os olhos de Ian. Mesmo que ele *seja* louco, está fora da prisão agora. Ele quer permanecer solto. Ele não tentaria algo tão obviamente burro como isto.

Spencer passou a mão na nuca. Ela se sentiu como quando experimentou uma das máquinas de treinamento de astronautas da NASA durante uma viagem familiar para o Centro Espacial Kennedy na Flórida – nauseada e sem saber que lado era o de cima.

– Mas ele matou Ali – disparou ela.

– Você não pode prendê-lo de novo até o julgamento? – sugeriu Aria.

– Pessoal, a lei não funciona assim – disse Wilden. – Não posso apenas sair por aí prendendo alguém só porque quero.

Não cabe a mim decidir. – Ele olhou para todas elas, notando a insatisfação geral. – Vou dar uma olhada em Ian pessoalmente, certo? E vamos tentar rastrear de onde veio a mensagem. Quem quer que as esteja mandando será detido, eu juro. Por enquanto, tentem não se preocupar. É de alguém que só quer mexer com vocês. Mais provavelmente, apenas um garoto burro que não tem nada melhor para fazer. Agora, podemos respirar fundo e tentar não pensar tanto nisto?

Nenhuma delas disse uma palavra. Wilden esticou o pescoço.

– *Por favor?*

Um chiado soou de seu cinto, fazendo todas elas estremecerem. Wilden olhou para baixo, soltando seu telefone celular.

– Tenho que atender isso, está bem? Vejo vocês depois. – Ele acenou para todas meio que se desculpando e saiu.

A porta se fechou sem barulho, enchendo o vestíbulo de ar gelado. A sala ficou em silêncio a não ser pelo murmúrio distante da televisão. Spencer virou o Sidekick em suas mãos.

– Eu *acho* que Wilden pode estar certo – disse ela baixinho, sem realmente acreditar em suas palavras.

– Talvez seja só um imitador.

– Sim – disse Hanna, parando para engolir. – Eu tenho umas duas mensagens de imitadores.

Spencer rangeu os dentes. Ela também recebera algumas; mas nada parecido com aquilo.

– Mesma coisa, eu imagino? – sugeriu Aria. – Se nós recebermos mais mensagens, contamos umas para as outras?

Todas deram de ombros concordando. Mas Spencer sabia como o plano tinha ido mal anteriormente – A havia mandado um monte de mensagens pessoais devastadoras que ela não tivera coragem de contar às outras, e suas amigas também não haviam contado sobre as delas. Só que aquelas mensagens eram de Mona, que, graças ao diário de Ali, sabia de seus segredos mais tenebrosos, e tinha conseguido permanecer incógnita, desencavando porcarias por todo lado. Ian estivera na prisão por mais de dois meses. O que ele realmente poderia saber sobre elas, além de que estavam com medo? Nada. E Wilden havia prometido investigar.

Não que essas coisas as fizessem sentir-se melhor.

Não havia nada a ser feito, exceto acompanhar suas velhas amigas até a porta. Spencer observou enquanto elas desciam em direção aos seus carros estacionados na entrada circular cuidadosamente limpa de toda a neve. O mundo estava completamente parado, como se assustado com o inverno. Várias estalactites longas e afiadas como armas jaziam penduradas na garagem, brilhando por causa da luz dos faróis.

Alguma coisa piscou perto da espessa fileira de árvores negras que separava parte do quintal de Spencer do de Ali. Então, ao ouvir alguém tossindo, Spencer virou-se e gritou. Melissa estava parada atrás dela no vestíbulo, suas mãos na cintura, uma expressão fantasmagórica no rosto.

– Céus – disse Spencer, apertando a mão contra o peito.

– Desculpe – grunhiu Melissa. Ela se moveu lentamente para a sala de estar e passou as mãos ao longo da harpa antiga. – Eu ouvi o que você contou ao Wilden. Todas receberam outra mensagem?

Spencer ergueu uma sobrancelha em suspeita. Melissa estivera rondando o vestíbulo, espionando?

– Se você estava ouvindo, por que não contou que Ian ligou para você da prisão e implorou para que não testemunhássemos? – exigiu Spencer. – Então Wilden teria acreditado que Ian escreveu a mensagem. Ele poderia prendê-lo de novo.

Melissa dedilhou uma corda da harpa. Havia uma expressão de desespero em seu rosto.

— Você viu Ian na TV? Ele parecia tão... magro. Era como se não o deixassem comer na prisão.

Raiva e incredulidade tomavam conta do corpo de Spencer. Melissa realmente estava com pena dele?

— Só admita — disse ela de uma vez. — Você acha que eu estou mentindo a respeito de ter visto Ian com Ali naquela noite, do mesmo jeito que menti sobre o prêmio Orquídea Dourada. E você preferiria que Ian *nos ferisse* a acreditar que ele pudesse tê-la matado... *e* que ele merece ir para a prisão.

Melissa deu de ombros e dedilhou outra corda. Uma nota amarga encheu a sala.

— É claro que eu não quero que ninguém machuque você. Mas... como eu disse. E se tudo isto for um erro? E se não foi Ian?

— *Foi* ele — gritou Spencer, seu peito ardendo. Interessante, ela pensou, que Melissa não admitisse que questionava se Spencer estava falando a verdade ou não.

Melissa fez um gesto de desistência, como se não quisesse mais falar no assunto.

— De qualquer forma, acho que Wilden está certo sobre estas mensagens. Não foi o Ian. Ele não seria burro o suficiente para ameaçar vocês. Ian pode estar chateado, mas não é idiota.

Frustrada, Spencer se afastou da irmã e espiou o quintal da frente, vazio e gelado, bem na hora que sua mãe parava o caro na entrada. Momentos depois, a porta que ligava a garagem e a cozinha bateu, e os saltos altos da sra. Hastings tamborilaram pelo chão da cozinha. Melissa suspirou e saiu pelo corredor. Spencer as ouviu murmurando, e depois o barulho das sacolas de compras.

O coração de Spencer começou a bater mais rápido. Ela só queria correr para o andar de cima, esconder-se em seu quarto e tentar não pensar sobre Ian ou qualquer outra coisa, mas era a primeira oportunidade que tinha de confrontar a mãe sobre o testamento de Nana.

Ajeitando os ombros, Spencer respirou fundo e andou pelo longo corredor até a cozinha. Sua mãe estava debruçada no balcão, tirando um pão de alecrim fresquinho de uma sacola da Fresh Fields. Melissa correu até a garagem, com uma caixa de champanhe Möet nos braços.

— Para que todo este champanhe? — perguntou Spencer, enrugando o nariz.

— A festa beneficente, é claro. — Melissa deu uma olhada estilo *dããã* para ela.

— Que festa beneficente?

Melissa abriu a boca, surpresa. Ela deu uma olhada para a mãe, mas a sra. Hastings continuou desempacotando vegetais orgânicos e macarrão integral, os lábios levemente apertados.

— Nós vamos dar uma festa beneficente no próximo final de semana, para levantar dinheiro para Rosewood Day — explicou Melissa.

Um ruído escapou da garganta de Spencer. Uma festa beneficente? Planejamento de eventos era algo que ela e a mãe faziam juntas. Spencer organizava os convites, ajudava a escolher o cardápio, recebia as confirmações de presença, e até fazia a lista de músicas clássicas. Era uma das poucas coisas que Spencer fazia melhor que Melissa — poucas pessoas eram obsessivas o suficiente para criar dossiês tão completos para cada convidado, com informações como quem não comia vitela e quem não se importava em sentar perto dos Pembrokes no jantar.

Spencer virou-se para a mãe, com o coração acelerado.

— Mamãe?

A mãe de Spencer virou-se. Ela tocou sua pulseira de diamantes de modo protetor, como se achasse que Spencer pudesse tentar roubá-la.

— Você... precisa de ajuda com a festa beneficente? — A voz de Spencer fraquejou por um instante.

A sra. Hastings segurou firme um pote de geleia de mirtilo orgânico.

— Está tudo sob controle, obrigada.

Havia um nó no fundo do estômago de Spencer. Ela respirou fundo.

— Eu também queria perguntar sobre o testamento de Nana. Por que fui deixada de fora? A lei permite dar dinheiro para alguns netos e não para outros?

Sua mãe guardou a geleia na prateleira da despensa e deu uma risadinha gélida.

— Claro que permite, Spencer. A vovó pode fazer o que quiser com o dinheiro dela. — Ela colocou sua capa sobre os ombros e passou por Spencer em direção à garagem.

— Mas... — gritou Spencer. Sua mãe não se virou.

Ela bateu a porta quando saiu. O chocalho pendurado na maçaneta balançou com força, acordando os dois cães.

O corpo de Spencer amoleceu. Era assim então. Ela estava realmente, verdadeiramente deserdada. Talvez seus pais tivessem contado à vovó sobre o problema do prêmio Orquídea Dourada alguns meses atrás. Talvez tivessem até encorajado Nana a alterar o testamento, deixando Spencer de fora deliberadamente, porque ela desgraçara a família. Spencer fechou os olhos e os apertou com força, pensando em como seria sua vida agora se ela apenas tivesse ficado quieta e aceitado o Orquídea Dourada. Ela conseguiria ter ido ao *Good Morning America*, como os outros ganhadores do prêmio, e aceitado os parabéns de todos? Conseguiria mesmo frequentar uma faculdade que a aceitasse com base no trabalho que ela não escrevera – e tampouco entendia? Se ela apenas tivesse ficado quieta, ainda haveria esta conversa de Ian poder ser absolvido por falta de evidência confiável? Ela debruçou na bancada de granito e deu um gemidinho patético. Melissa colocou uma sacola de compras dobrada na mesa e andou até ela.

– Eu sinto muito, Spence – disse ela baixinho. Ela hesitou por um momento e então passou seus braços finos em volta dos ombros de Spencer, que estava zonza demais para resistir.

– Eles estão sendo tão maus com você.

Spencer despencou em uma cadeira da mesa da cozinha, pegou um guardanapo do suporte e limpou os olhos cheios de lágrimas. Melissa sentou-se perto dela.

– Eu não entendo. Fiquei pensando e repensando, e não sei por que Nana a deixaria de fora do testamento.

– Ela me odiava – disse Spencer, de forma brusca, o nariz começando a coçar com aquela sensação de que está prestes a espirrar. Ela sentia isso toda vez que estava para se acabar de chorar. – Eu roubei seu artigo. Depois, admiti que roubei. Eu sou uma tragédia ambulante.

– Não acho que tenha nada a ver com isto. – Melissa se inclinou para mais perto dela. Spencer podia sentir o cheiro do protetor solar Neutrogena. Melissa era tão obcecada que passava protetor solar mesmo quando iria passar o dia todo dentro de casa. – Há alguma coisa muito suspeita nessa história.

Spencer baixou o guardanapo dos olhos.

— Suspeita... como?

Melissa arrastou a cadeira para mais perto.

— Vovó deixou dinheiro para cada um de seus *netos naturais*. — Ela bateu na mesa da cozinha duas vezes para enfatizar as últimas palavras, e então, encarou Spencer procurando uma resposta, como se a irmã devesse deduzir algo daquilo. Então, Melissa olhou pela janela, para onde sua mãe ainda estava descarregando as compras do carro. — Acho que há muitos segredos nesta família — sussurrou ela. — Coisas que não nos é permitido saber. Tudo tem que parecer tão perfeito por fora, mas... — Ela se calou.

Spencer espremeu os olhos. Mesmo não tendo ideia do que Melissa estava falando, uma súbita sensação de náusea começou a tomar conta dela.

— Você quer explicar logo o que está tentando dizer?

Melissa se endireitou na cadeira.

— *Netos naturais* — repetiu ela. — Spence... Talvez você seja adotada.

11

SE NÃO PODE VENCÊ-LA, JUNTE-SE A ELA.

Na quarta-feira de manhã, Hanna se enfiou embaixo do edredom, tentando não ouvir as escalas musicais que Kate cantarolava no chuveiro.

— Ela tem certeza de que vai conseguir o papel principal na peça — resmungou Hanna em seu BlackBerry. — Gostaria de poder ver a cara dela quando o diretor disser que é Shakespeare e não um musical.

Lucas deu uma risada.

— Ela realmente ameaçou delatar você, se não a levasse para conhecer o colégio?

— Bem, basicamente foi isso — grunhiu Hanna. — Posso morar com você até a formatura?

— Eu gostaria — murmurou Lucas — Mas acho que teríamos que dividir a cama.

— Eu não me importaria — ronronou Hanna.

— Eu também não.

Hanna percebeu que ele sorria ao dizer isso.

Houve uma batida na porta e Isabel colocou a cabeça para dentro. Antes de ficar noiva de seu pai, ela havia trabalhado como enfermeira na emergência de um hospital e ainda usava seus antigos uniformes para dormir. Eca.

— Hanna? — Os olhos de Isabel estavam ainda mais arregalados do que o habitual. — Nada de falar ao telefone se você ainda não fez a cama, lembra?

Hanna franziu a testa.

— *Tudo bem* — disse, suspirando.

Segundos depois que Isabel havia arrastado sua mala Tumi e substituído as venezianas estilo colonial de veludo molhado roxo feitas sob medida, ela estabelecera uma porção de regras: nada de internet depois de nove da noite. Sem conversa ao telefone se as tarefas domésticas não estivessem prontas. Absolutamente nenhum garoto dentro de casa quando Isabel e o pai de Hanna não estivessem lá. Hanna estava vivendo basicamente em um Estado Policial.

— Estão me obrigando a desligar o telefone — disse Hanna em seu BlackBerry, alto o bastante para Isabel ouvir.

— Tudo bem — disse Lucas. — Eu também preciso ir andando. Tenho reunião do clube de fotografia agora de manhã.

Ele fez um som de beijo pelo telefone e desligou. Hanna mexeu os dedos dos pés, todas as suas irritações e preocupações desaparecendo. Lucas era um namorado muito melhor do que Sean Ackard. Ele quase compensava o fato de que Hanna estava essencialmente sem amigas. Ele compreendia como era difícil para ela lidar com o que Mona havia feito, e sempre ria com suas histórias da Kate-malvada. Além disso, com um novo corte de cabelo e uma bolsa carteiro Jack Spade para substituir sua mochila JanSport asquerosa, Lucas não era metade do esquisitão que parecia quando se tornaram amigos.

Assim que Hanna teve certeza de que Isabel havia se retirado para o corredor que dava acesso ao quarto que ela dividia com seu pai – *eca* duplo –, ela se arrastou para fora da cama e deu uma esticada nas cobertas para que a cama parecesse arrumada. Depois sentou à sua penteadeira e ligou a televisão de LCD. A vinheta do jornal *The Action News* trombeteou nos alto-falantes. Uma barra com os dizeres A REAÇÃO DA CIDADE DE ROSEWOOD À LIBERTAÇÃO TEMPORÁRIA DE IAN THOMAS piscava em grandes letras pretas na parte de baixo da tela. Hanna parou. Embora ela não quisesse assistir à reportagem, não conseguia tirar os olhos dela. Uma repórter miudinha e ruiva estava na estação de trem local, sondando as pessoas que passavam por ali a respeito do julgamento.

– É desprezível – disse uma senhora magra e imponente, usando um casaco de *cashmere* de gola alta. – Eles não deveriam deixar aquele garoto sair nem por um minuto depois do que fez com a pobre menina.

A câmera se aproximou de uma garota de cabelo preto com cerca de vinte anos. Seu nome, Alexandra Pratt, aparecia abaixo de seu rosto. Hanna a reconheceu. Ela fora a estrela do time de hóquei de Rosewood Day, mas se formara quando Hanna estava no sexto ano, um ano à frente de Ian, Melissa Hastings e o irmão de Ali, Jason.

– Ele é definitivamente culpado – disse Alexandra, não se incomodando em tirar seus enormes óculos escuros Valentino. – Alison de vez em quando jogava hóquei com nosso grupo nos fins de semana. Ian às vezes falava com ela depois dos jogos.

Nunca conheci Ali muito bem, mas acho que ele a deixava desconcertada. Quero dizer, ela era tão jovem.

Hanna destampou seu creme cicatrizador Mederma. Não era bem assim que *ela* se lembrava daquela época. As maçãs do rosto de Ali ficavam vermelhas e os olhos dela brilhavam sempre que Ian estava por perto. Em uma das vezes em que dormiram todas na casa de uma dela, quando elas estavam praticando beijos na almofada de macaco que Ali havia costurado na aula de economia doméstica do sexto ano, Spencer fez cada uma delas confessar qual garoto elas queriam beijar de verdade.

— Ian Thomas — Ali deixara escapar, cobrindo a boca em seguida.

Uma foto de Ian no último ano da escola cobria a tela agora, seu sorriso tão branco, largo... e falso. Hanna desviou os olhos da TV. Na noite anterior, após mais um jantar estranho com sua nova família, ela pegara o cartão do oficial Wilden do fundo da bolsa. Ela queria perguntar a ele o que, exatamente, queria dizer "prisão domiciliar" no caso de Ian. Ele ficaria amarrado em sua cama? Ele teria uma daquelas tornozeleiras parecidas com a de Martha Stewart? Ela queria acreditar que Wilden estava certo a respeito da mensagem de A do dia anterior — que era apenas uma brincadeira idiota de alguém — mas cada palavrinha de conforto que pudesse ouvir ajudaria naquele momento. Além disto, ela achava que Wilden poderia lhe dar alguma informação extra. Ele sempre tentara ser amiguinho quando ele e sua mãe estavam namorando.

Wilden, porém, não esclareceu nada.

— Desculpe Hanna, mas eu não estou autorizado a discutir esse caso. — Mas depois, quando Hanna estava para desligar, Wilden limpara a garganta para dizer em seguida: — Olhe, eu quero tanto quanto você que ele receba o que merece. Ian merece ficar trancafiado por muito tempo por tudo que fez.

Hanna desligou a TV quando o noticiário diurno começou a mostrar uma matéria sobre o pânico causado pela descoberta da bactéria *E. Coli* na alface de uma quitanda local. Depois de mais algumas camadas de Mederma, base e pó de arroz, Hanna achou que sua cicatriz estava tão escondida quanto era possível. Ela borrifou em si um pouco de perfume Narciso Rodriguez, esticou a saia de seu uniforme, jogou suas tralhas dentro de uma bolsa com o logo da Fendi e desceu.

Kate já estava sentada à mesa de café da manhã. Quando viu Hanna, seu rosto inteiro irrompeu em um sorriso deslumbrante.

— Ai, meu Deus, Hanna! — gritou ela. — Tom comprou este melão incrível no Fresh Fields na noite passada. Você *tem* que experimentar.

Hanna odiava quando Kate chamava seu pai de *Tom*, como se ele fosse da idade dela. Hanna não chamava Isabel pelo primeiro nome. Na verdade, ela evitava chamar Isabel de qualquer nome. Hanna andou pela cozinha e se serviu com um pouco de café.

— Eu odeio melão — disse, de maneira afetada. — Tem gosto de esperma.

— *Hanna* — seu pai gritou. Hanna não havia percebido sua presença perto da bancada da cozinha, terminando um pedaço de torrada com manteiga.

Isabel estava ao lado dele, ainda vestindo aquela roupa de hospital verde-vômito medonho, e com um bronzeado alaranjado que parecia particularmente falso naquela manhã.

O sr. Marin se aproximou das garotas. Ele colocou uma das mãos sobre o ombro de Kate e a outra sobre o de Hanna.

— Estou saindo. Vejo vocês à noite.

— Tchau, Tom — disse Kate, de maneira doce.

O pai de Hanna saiu e Isabel subiu as escadas pisando duro. Hanna olhou para a capa do jornal *Philadelphia Inquirer* que seu pai havia deixado na mesa, mas, infelizmente, todas as manchetes eram sobre a audiência em que seria definida a liberdade condicional de Ian. Kate continuou comendo seu melão. Hanna teve vontade de levantar e sair, mas por que deveria ser *ela* a pessoa a sair? Esta era a casa *dela*.

— Hanna — disse Kate em uma voz baixa e triste. Hanna olhou para ela erguendo a sobrancelha. — Hanna, *desculpe* — apressou-se Kate. — Eu não consigo mais fazer isso. Eu simplesmente não consigo... ficar aqui sentada e não falar nada. Eu sei que você está com raiva de mim pelo que fiz no outono passado, por causa do que aconteceu no Le Bec-Fin. Eu estava tão confusa naquela época. Desculpe.

Hanna virou a página do jornal. Os obituários, bom. Ela fingiu estar fascinada com um artigo sobre Ethel Norris, oitenta e cinco anos, coreógrafa de um grupo de dança moderna na Filadélfia. Ela morrera no dia anterior enquanto dormia.

— Eu estou achando difícil também. — A voz de Kate tremeu. — Eu sinto falta do meu pai. Gostaria que ele ainda estivesse vivo. Nada contra Tom, mas é estranho ver a minha mãe com outra pessoa. E é estranho ficar feliz por eles, assim do nada. Eles não pensam em *nós*, pensam?

Hanna estava tão irritada que quis jogar o melão de Kate pela cozinha. Tudo que saía da boca de Kate era tão ensaiado, era como se ela tivesse baixado da internet algum discursinho perfeito fazendo a linha *oh, sinta-se mal por mim*.

Kate respirou fundo.

— Desculpe pelo que eu fiz com você na Filadélfia, mas havia outras coisas acontecendo naquele dia. E eu não deveria ter descontado em você. — Deu para ouvir o barulhinho da faca tocando a porcelana quando Kate pousou os talheres. — Algo realmente assustador aconteceu comigo pouco antes daquele jantar. Eu não havia contado à minha mãe ainda, e tinha certeza de que ela ia ficar muito brava.

Hanna franziu o cenho, olhando para Kate por uma fração de segundo. Um problema?

Kate afastou o prato.

— Eu estava saindo com este rapaz, Connor, no verão passado. Uma noite, um dos últimos fins de semana antes de começarem as aulas, as coisas foram... meio que longe demais. — Ela franziu a testa e seu lábio inferior começou a tremer. — Ele terminou comigo no dia seguinte. Mais ou menos um mês depois, eu fui ao ginecologista e houve complicações.

Hanna arregalou os olhos.

— Você estava *grávida*?

Kate balançou a cabeça rapidamente.

— Não. Era... outra coisa.

Hanna tinha certeza de que se sua boca abrisse um pouco mais, seu queixo cairia sobre a mesa. O cérebro funcionava a milhões de quilômetros por minuto, tentando adivinhar o que *complicações* queria dizer. Uma DST? Um terceiro ovário? Um mamilo esquisito?

— Então... você está bem?

Kate encolheu os ombros.

— Agora estou. Mas foi complicado por um tempo. Foi assustador, de verdade.

Hanna encarou Kate.

– Por que você está me dizendo tudo isto?

– Porque eu queria explicar o que estava acontecendo – admitiu Kate. Seus olhos brilharam com lágrimas. – Ah, por favor, não conte para ninguém o que eu disse a você. Minha mãe sabe, mas Tom não.

Hanna tomou um gole de seu café. Ela estava chocada com as palavras de Kate, e também um pouco aliviada. A perfeita Kate havia se ferrado. E nunca, nem em um zilhão de anos, Hanna poderia imaginar que veria Kate *chorar*.

– Eu não vou falar nada – disse Hanna. – Todas temos nossos problemas.

Kate fungou de um jeito escandaloso e um pouco duvidoso.

– Certo. Qual é o *seu* problema?

Hanna colocou sua xícara decorada com bolinhas sobre a mesa, pensando. No mínimo, aquela conversa revelaria se Ali contara a Kate seu segredo.

– Bem... Provavelmente você já sabe. A primeira vez que aconteceu foi quando Ali e eu fomos para Annapolis.

Ela olhou com atenção para Kate, tentando avaliar se ela entendia. Kate fincou sua faca em um pedaço de melão, olhando em volta, inquieta.

– Você ainda está fazendo aquilo? – perguntou, com calma. Hanna sentiu uma mistura de empolgação e decepção. Isso queria dizer que naquele dia, Ali *havia* corrido lá para fora e contado a ela.

– Na verdade, não – murmurou Hanna.

Houve silêncio por um momento. Hanna olhou pela janela para um grande monte de neve no quintal do vizinho. Ainda que o frio estivesse terrível, os gêmeos travessos de seis anos estavam no quintal, na neve, atirando bolas de neve nos esquilos. Depois Kate levantou a cabeça com um ar de dúvida.

— Eu queria perguntar... O que há entre você, Naomi e Riley?

Hanna trincou os dentes.

— Por que você está me perguntando isto? Elas não são suas novas melhores amigas?

Kate ficou pensativa e ajeitou uma mecha de seu cabelo castanho atrás da orelha.

— Sabe, eu acho que elas querem ser suas amigas. Talvez você devesse dar uma chance a elas.

Hanna bufou.

— Desculpe, eu não falo com garotas que me insultam na minha cara.

Kate se inclinou para a frente, apoiando-se sobre seus cotovelos.

— Elas provavelmente dizem aquelas coisas porque têm ciúmes de você. Se você for legal com elas, aposto que serão legais também. Pense nisso. Se nos juntarmos a elas, poderíamos ser imbatíveis.

Hanna ergueu uma sobrancelha.

— *Nós?*

— Pense bem, Hanna. — Os olhos de Kate brilhavam. — Você e eu comandaríamos *totalmente* o grupo delas.

Hanna piscou. Ela olhou para a prateleira pendurada sobre a bancada da cozinha, onde havia um monte de panelas e frigideiras da marca All-Clad que a mãe de Hanna comprara alguns anos antes na Willians-Sonoma. A sra. Marin havia deixado a maior parte de seus pertences pessoais quando partira para Cingapura, e Isabel não tivera problemas em reivindicá-los como dela.

Kate realmente estava certa. Naomi e Riley eram inseguras até não poder mais — elas eram assim desde que Alison DiLaurentis as abandonara sem nenhuma razão aparente no sexto ano e decidira ser amiga de Hanna, Spencer, Aria e Emily. Seria mesmo muito legal montar um grupo outra vez — especialmente um que ela pudesse comandar.

— Tudo bem. Eu estou dentro — decidiu Hanna.

Kate sorriu.

— Ótimo. — Ela ergueu seu copo de suco de laranja para um brinde. Hanna brindou com sua caneca de café. Ambas sorriram e beberam.

Depois, Hanna olhou de volta para o jornal, que ainda estava aberto diante dela. Seus olhos foram direto para uma propaganda de pacotes de viagem para Bermudas.

Todos os seus sonhos se tornarão realidade, dizia o anúncio.

Era melhor que se tornassem mesmo.

12

TUDO É APENAS QUESTÃO DE PERSPECTIVA

No começo da noite de quarta feira, Aria e Mike sentaram no Rabbit Rabbit, o restaurante vegetariano favorito da família Montgomery. O local cheirava a orégano, manjericão e queijo de soja. Uma música de Regina Spektor tocava alto, e o lugar estava lotado de famílias, casais e gente da idade dela. Depois da assustadora soltura de Ian e da nova mensagem de A no dia anterior, era bom estar cercada de tantas pessoas.

Mike olhou em volta franzindo a testa e ergueu o capuz de sua blusa de moletom larga Champion.

— Eu não entendo por que nós temos que conhecer este cara. Mamãe só saiu com ele *duas vezes*.

Aria não entendia também. Quando Ella voltara para casa de seu encontro com Xavier na noite anterior, contara toda entusiasmada sobre como tudo havia sido maravilhoso e como ela e Xavier se conectaram facilmente. Aparentemente, Xavier havia feito um *tour* pelo estúdio com Ella naquela tarde, e quando Aria chegou em casa da escola, encontrou um recado de Ella na mesa da cozinha, pedindo que ela e Mike se arrumassem e a encontrassem no Rabbit Rabbit às sete da noite em ponto. Oh, sim, Xavier estaria presente. Quem poderia imaginar que seus pais se apaixonariam outra vez com tanta facilidade? E eles ainda nem estavam oficialmente divorciados.

Aria se sentia feliz pela mãe, é claro, mas desconcertada por si mesma. Estivera tão certa de que Xavier se interessara por *ela*. Era frustrante perceber que ela havia se enganado sobre o que rolara entre eles na galeria.

Mike fungou alto, tirando Aria de seus pensamentos.

— Esse lugar cheira a mijo de coelho. — Ele fez um som de quem se esforçava para vomitar.

Aria revirou os olhos.

—Você só está com raiva porque mamãe escolheu um lugar que não serve asinhas de frango.

Mike amassou o guardanapo.

— E você me culpa? Um homem viril não pode viver só à base de saladinha.

Aria se encolheu, enojada porque Mike usava as palavras *viril* e *homem* para descrever a si mesmo.

— Como foi seu encontro com Savannah no outro dia, aliás?

Mike estalou os dedos, passando-os pelo cardápio.

— Isso é problema meu. Pode ficar aí, curiosa.

Aria ergueu uma sobrancelha.

— Ahá! Você não me corrigiu imediatamente dizendo que *não* foi um encontro.

Mike deu de ombros, enfiando sua faca no cacto no centro da mesa. Aria pegou um lápis azul anil no pequeno copo no meio da mesa. No Rabbit Rabbit havia lápis no meio das mesas para encorajar os clientes a desenhar na parte de trás de seus jogos americanos. Os desenhos concluídos eram pendurados nas paredes do restaurante, que já estavam todas cobertas com as pinturas. Os funcionários, portanto, começaram a pendurar jogos americanos no teto.

— Vocês vieram! — exclamou Ella, enquanto se aproximava pelo corredor com Xavier. O cabelo de Ella pintado recentemente brilhava. As maçãs do rosto de Xavier estavam adoravelmente rosadas devido ao frio.

Aria tentou sorrir, mas teve a sensação de que o resultado foi mais como uma careta. Ella fez um gesto brincalhão para Xavier.

— Aria, vocês dois já se conhecem. Mas Xavier, este é o meu filho, Michelangelo.

Mike pareceu que ia vomitar.

— *Ninguém* me chama assim.

— Eu não chamarei. — Xavier esticou a mão. — Prazer. — Ele olhou para Aria. — Bom ver você outra vez.

Aria deu um sorriso contido, desconcertada demais para fazer contato visual. Ela olhou em volta, procurando o último desenho que Ali fizera naquele lugar antes de desaparecer. Ali fora ao restaurante com a família de Aria e fizera o desenho de uma garota e um garoto de mãos dadas, saltitando em direção a um arco-íris.

— Eles são namorados *secretos* — anunciou ela para a mesa, seus olhos presos em Aria. Aquilo acontecera não muito depois que Aria e Ali flagraram Byron com Meredith... Mas olhando para trás agora, talvez Ali estivesse se referindo ao seu relacionamento secreto com Ian.

Xavier e Ella tiraram seus casacos e se acomodaram. Ele olhou ao redor, claramente encantado com todos os desenhos nas paredes. Ella continuava cacarejando, nervosa, mexendo no cabelo, em seus acessórios, na faca. Depois de alguns segundos de silêncio, Mike estreitou os olhos para Xavier.

– Qual a sua idade, afinal?

Ella lhe lançou um olhar incisivo, mas Xavier respondeu:

– Trinta e quatro.

– Você sabe que a minha mãe tem quarenta, certo?

– *Mike* – ofegou Ella.

Mas Aria achou fofa a preocupação do irmão. Ela nunca vira Mike ser protetor com Ella antes.

– Eu sei. – Xavier sorriu. – Ela me disse.

A garçonete deles, uma garota de seios grandes, com *dreads* no cabelo e *piercing* no nariz, perguntou o que desejavam beber. Aria pediu chá verde, e Xavier e Ella pediram duas taças de Cabernet. Mike tentou pedir Cabernet também, mas a garçonete fez uma careta e se afastou.

– E aí, soube que vocês moraram na Islândia por um tempo. Eu até fui lá algumas vezes.

– Jura? – soou Aria surpresa.

– E deixe eu adivinhar... você amou aquele lugar... – Mike usou um tom de voz cômico, mexendo na pulseira de lacrosse de Rosewood Day ao redor do punho. – Porque é *tão* cheio de cultura. Uma terra tão *pura e intocada*. E todo mundo é tão *instruído* por lá.

Xavier coçou o queixo.

– Na verdade, achei a Islândia estranha. Quem quer tomar banho em águas com cheiro de ovo podre? E qual é a da obsessão pelo cavalo em miniatura? Eu não entendo isso.

Os olhos de Mike quase saltaram do rosto. Ele olhou para Ella, abismado.

— Você mandou que ele dissesse isso? — Ella balançou a cabeça, parecendo surpresa também. Mike virou-se para Xavier, adorando o que acabara de ouvir. — *Obrigado*. É isso o que eu venho tentando explicar para minha família há anos! Mas *nããããão*, todos eles amavam os cavalos! Todo mundo achava que eles eram tão fofos. Mas você sabe o que aconteceria se um daqueles cavalinhos bobocas saísse na porrada com um cavalo da raça Clydesdale dos comerciais de Budweiser? O Clydesdale chutaria o traseiro dele. Esse cavalinho fresco não dava nem para o começo!

— Exatamente! — concordou Xavier, de maneira enfática.

Mike esfregou as mãos, parecendo bem animado. Aria tentou esconder um sorriso de desdém. Ela possuía suas próprias suspeitas sobre a verdadeira razão que fazia Mike odiar os cavalos islandeses. Poucos dias depois que eles chegaram a Reykjavík, ela e o irmão foram cavalgar em uma trilha vulcânica. Embora o rapaz do estábulo tivesse oferecido a Mike o cavalo islandês mais velho, gordo e lento, no minuto em que ele pulou na sela seu rosto ficou assustadoramente pálido. Ele disse que estava com cãibra e que por isso ficaria para trás. Mike nunca tivera uma cãibra antes... nem depois daquele dia, pra falar a verdade. Mas ele nunca admitira que ficara apavorado.

A garçonete trouxe as bebidas, e Mike e Xavier conversaram sobre todas as coisas que eles odiaram na Islândia. Que um dos aperitivos do país era tubarão podre. Como todos os islandeses acreditavam que *huldufolk* — elfos — moravam em pedras e rochedos. Como todos eles, de forma muito esquisita, chamavam uns aos outros apenas pelo primeiro nome, porque todo mundo descendia das mesmas três tribos vikings incestuosas.

A todo instante, Ella olhava para Aria, provavelmente imaginando por que Aria não estava defendendo a Islândia. Mas Aria simplesmente não estava com vontade de falar.

No fim do jantar, quando eles estavam terminando um prato de biscoitos caseiros de aveia orgânica, famoso no restaurante, o iPhone de Mike tocou. Ele olhou para a tela e se levantou.

– Espere aí – murmurou de forma evasiva, afastando-se da mesa na direção da porta do restaurante.

Aria e Ella trocaram um olhar cúmplice. Em geral, Mike não via nenhum problema em falar no telefone à mesa de jantar, mesmo se a conversa fosse, por exemplo, sobre o tamanho dos peitos das meninas.

– Estamos desconfiadas de que Mike tem uma namorada – sussurrou Ella para Xavier, e se levantou também. – Volto em um minuto – disse ela, saindo em direção ao banheiro feminino.

Aria brincou com o guardanapo em seu colo sem saber o que fazer, enquanto observava Ella passando por entre as mesas. Ela desejou seguir a mãe, mas não podia deixar Xavier perceber que não queria ficar a sós com ele. Ela conseguia sentir os olhos de Xavier pousados nela. Ele deu um gole longo e lento de sua segunda taça de vinho.

– Você passou o jantar tão quieta – comentou ele.

Aria deu de ombros.

– Talvez eu seja sempre quieta.

– Eu duvido.

Aria olhou-o com atenção. Xavier sorriu, mas sua expressão não era particularmente fácil de ler. Ele tirou um lápis verde-escuro do copo à sua frente e começou a rabiscar em seu jogo americano.

—Você aceita bem essa história? — perguntou ele. — Sua mãe e eu?

— Ahã — respondeu Aria de imediato, mexendo com a colher seu *cappuccino* pós-jantar. Ele estava perguntando aquilo porque percebera que ela gostava dele? Ou porque ela era filha de Ella e aquela era a coisa certa a fazer?

Xavier colocou o lápis verde de volta no copo e pegou um preto.

— Sua mãe disse que você é uma artista também.

— Sim, acho que sou — disse Aria, com ar distante.

— Quais são as suas influências?

Aria mordeu o lábio, sentindo-se posta contra a parede.

— Eu gosto dos surrealistas. Sabe, Klee, Max Ernst, Magritte, M.C. Escher.

Xavier fez uma careta.

— Escher.

— Qual o problema com Escher?

Ele balançou a cabeça.

—Todo mundo na minha escola tinha um pôster de Escher no banheiro, pois achavam que eles eram muito profundos. *Ohhh*, pássaros se transformando em peixe. *Ahhh*, uma das mãos desenhando a outra. Perspectivas diferentes. *Que viagem*.

Aria se inclinou de volta na cadeira, animada.

— O que aconteceu, você conheceu M.C. Escher pessoalmente? Ele chutou você quando era um garotinho? Roubou seu triciclo?

— Ele morreu no começo dos anos 1970, eu acho — disse Xavier, bufando. — Eu não sou *tão* velho assim.

— Sério? Então você engana bem. — Aria ergueu uma sobrancelha.

Xavier deu uma risada.

— É só que... Escher é muito *vendido ao sistema*.

Aria balançou a cabeça.

— Ele foi brilhante! Como você pode se vender ao sistema se está morto?

Xavier olhou para ela por um momento, sorrindo vagamente.

— Tudo bem, senhorita fã de Escher. O que acha de uma aposta?

Ele rodopiou um lápis em sua mão.

— Nós dois desenhamos algo aqui e agora. Quem fizer o melhor desenho tem razão sobre Escher. *E* o vencedor ganha aquele último biscoito de aveia. — Ele apontou para o prato. — Eu percebi você dando uma olhada para ele. Ou você não pegou porque está fazendo uma dieta secreta?

Aria debochou.

— Eu nunca fiz dieta na minha vida.

— É o que toda garota diz. — Os olhos de Xavier brilharam. — Mas todas elas estão mentindo.

— Como se você soubesse tudo sobre garotas! — disse Aria, rindo com a provocação. Ela sentiu como se eles estivessem em seu filme antigo favorito, *Núpcias de Escândalo,* no qual Katharine Hepburn e Cary Grant estavam sempre apostando um com o outro.

— Eu aceito a aposta.

Aria pegou um lápis vermelho. Ela jamais conseguia resistir a uma chance de exibir seu talento.

— Mas vamos fixar um limite de tempo. Um minuto.

— Tudo bem. — Xavier olhou para o relógio em formato de tomate no bar. O ponteiro maior estava no doze. — Vamos lá.

Aria procurou ao redor do restaurante algo para desenhar.

Finalmente, parou em um homem curvado no bar, brincando com uma caneca de cerâmica. Seu lápis voou habilmente sobre o jogo americano, capturando sua expressão cansada mas tranquila. Depois que ela colocou um pouco mais de detalhes em seu desenho, o ponteiro maior do relógio apontou para o número doze outra vez.

— Tempo — disse ela. Xavier cobriu o jogo americano com a mão.

— Você primeiro — disse ele.

Aria empurrou seu desenho para ele. Ele acenou, impressionado, seus olhos indo do papel para o senhor.

— Como você fez isso em um minuto?

— Anos de prática — respondeu Aria. — Eu costumava desenhar os garotos na minha escola em segredo o tempo todo. Então isto significa que eu ganhei o biscoito? — Ela cutucou a mão de Xavier, que ainda cobria o desenho. — Pobre sr. Pintor Abstrato. O seu está tão ruim que está sem graça de mostrar?

— Não — disse Xavier, movendo suas mãos do jogo americano.

Seu desenho, todo em linhas delicadas e sombreado, era de uma garota bonita, de cabelos negros. Ela usava brincos grandes de argola, exatamente como Aria. E esta não era a única semelhança.

— Ah! — Aria engoliu em seco. Xavier tinha capturado até o pequeno sinal em formato de maçã de seu rosto e as sardas que cobriam seu nariz. Era como se ele a tivesse estudado a noite toda, esperando por aquele momento.

O cheiro incisivo de pasta de gergelim flutuou até eles vindo da cozinha, fazendo o estômago de Aria revirar. Por um lado, o desenho de Xavier era muito doce: o namorado de sua mãe estava tentando se aproximar dela. Por outro... era meio errado.

—Você não gostou? – perguntou Xavier, parecendo surpreso. Aria estava abrindo a boca para responder quando ouviu um barulho de badalar dentro de sua bolsa.

— Hum, só um segundo – murmurou ela. Tirou seu Treo do compartimento que havia na bolsa: *2 novas mensagens de imagem*. Aria cobriu a pequena tela do telefone com as mãos para afastar a claridade.

Xavier ainda olhava para ela com atenção, então Aria lutou para não engasgar. Alguém havia enviado uma foto de Aria e Xavier na exposição de arte no domingo. Eles estavam inclinados, muito próximos, os lábios de Xavier quase encostando na orelha de Aria. A foto seguinte abriu logo depois, esta era de Aria e Xavier nesta mesa no Rabbit Rabbit. Xavier estava cobrindo o desenho com as mãos, e Aria estava se inclinando sobre a mesa, cutucando-o de maneira provocativa, tentando fazê-lo mostrar. A câmera havia conseguido capturar a fração de segundo em que parecia que eles estavam de mãos dadas, alegres. As duas fotos revelavam uma imagem bem convincente.

E a segunda havia sido *apenas uns poucos segundos antes*. Com o coração na boca, ela olhou pelo restaurante. Lá estava Mike, ainda conversando do lado de fora de maneira animada. Sua mãe voltava do banheiro. O homem que ela havia desenhando estava no meio de um acesso de tosse.

O telefone zumbiu uma última vez. Com as mãos trêmulas, Aria abriu a nova mensagem. Era um poema.

Artistas gostam de *ménage à trois*,
Talvez a mamãe também goste.

Mas se você *fermer la bouche* com relação a mim...

... Eu farei o mesmo por você. – A

O celular escorregou pelos dedos de Aria. Ela ficou de pé de forma abrupta, quase derrubando seu copo de água.

– Eu tenho que ir – deixou escapar, arrancando o desenho de Xavier da mesa e colocando-o dentro da bolsa.

– O quê? Por quê? – Xavier parecia confuso.

– Apenas... porque sim. – Ela colocou o casaco ao redor dos ombros e apontou para o biscoito no canto do prato em forma de espiga. – É seu. Foi um bom trabalho. – Em seguida ela se virou, quase colidindo com a garçonete que carregava uma bandeja grande de tofu ligeiramente frito na manteiga. Imitação de A ou não, as fotos provavam uma coisa: quanto mais longe ela ficasse de sua mãe e do novo namorado dela, melhor.

13

ROLANDO QUÍMICA ABAIXO

Naquele mesmo momento, na quarta-feira, assim que a lua se ergueu sobre as árvores e os grandes refletores do estacionamento de Hollis acenderam, Emily ficou de pé no topo da Colina de Química, segurando um trenó arredondado nas mãos protegidas por luvas.

—Você tem certeza de que quer entrar em uma corrida comigo? — provocou Isaac, que segurava seu próprio trenó. — Sou a melhor condutora de trenó de Rosewood.

— Quem foi que disse? — Os olhos de Isaac brilharam. — Você nunca disputou *comigo* antes.

Emily pegou as alças lilás do trenó.

— O primeiro que chegar à árvore grande no fundo da colina vence. Em seus lugares... Preparar...

—Vamos! — Isaac se adiantou, pulando em seu trenó e escorregando colina abaixo.

— Ei! — gritou Emily, caída de barriga sobre o trenó.

Ela ficou de joelhos, erguendo as botas para que não se enterrassem no chão, e inclinou seu trenó na direção da parte mais íngreme da colina. Infelizmente, Isaac estava guiando o seu trenó nesta direção também. Emily se aproximou dele em uma velocidade perigosa, e eles colidiram no meio da colina, caindo de seus trenós e rolando pela neve macia.

O trenó de Isaac continuou colina abaixo sem ele, indo direto para a floresta.

— Ei! — gritou ele, apontando para o trenó enquanto ele deslizava para trás da árvore designada como linha final. — Tecnicamente eu venci!

— *Você trapaceou!* — rosnou Emily bem-humorada. — Meu irmão costumava começar corridas antes de mim também. Isto me deixava louca.

— Isto significa que eu deixo você louca também? — Isaac sorriu de forma travessa.

Emily olhou para suas luvas vermelhas de lã.

— Eu não sei — disse ela, se acalmando. — Talvez.

As maçãs de seu rosto começaram a ficar vermelhas. No momento em que Emily entrou no estacionamento do prédio de química e avistou Isaac de pé perto de sua caminhonete com dois trenós nas mãos, seu coração disparou. Isaac ficava ainda mais fofo todo arrumado para brincar na neve do que em seu estilo camiseta emo-rock e jeans. Seu gorro de lã azul-marinho cobria-lhe a testa, amassando o cabelo sobre as orelhas e fazendo com que seus olhos parecessem ainda mais azuis. Suas luvas tinham renas costuradas nas palmas. Um pouco envergonhado, ele admitira que a mãe fazia um par novo para ele todos os anos. E havia algo sobre como seu cachecol estava enrolado duas vezes ao redor de seu pescoço, cobrindo cada centímetro de pele, que o fazia parecer doce e vulnerável.

Emily queria pensar que os sentimentos que queimavam intensamente dentro dela eram só pela empolgação em fazer um novo amigo... ou talvez fossem efeitos colaterais de uma hipotermia aguda, já que o termômetro dentro do Volvo de sua mãe indicava sete graus negativos do lado de fora. Mas a verdade era que ela não tinha ideia de como explicar suas emoções.

— Eu não venho aqui há anos — Emily quebrou o silêncio, olhando para o muro do prédio de química ao pé da colina.

— Meus irmãos descobriram este lugar. Eles estão na faculdade agora, na Califórnia. Eu não entendo como podem ter ido morar em um lugar que nunca neva.

— Você tem sorte de ter irmãos — admitiu Isaac. — Eu sou filho único.

— Antigamente, eu desejava ser filha única. Minha casa estava sempre cheia demais. E eu nunca ganhava roupas novas... só de segunda mão.

— Ah, não, ser filho único é solitário — comentou Isaac. — Quando eu era pequeno, minha família morava em uma vizinhança em que não havia muitas crianças por perto, então eu tinha que me distrair sozinho. Eu costumava caminhar só, fingindo ser um explorador. Eu narrava o que fazia para mim mesmo. *Agora, o Grande Isaac avança contra a poderosa correnteza. Agora, o Grande Isaac descobriu uma montanha.* Tenho certeza de que qualquer um que ouvisse acharia que eu era louco.

— O Grande Isaac, é? — Emily deu uma risada, achando Isaac um fofo. — Bem, irmãos podem ser superestimados. Eu não sou tão próxima dos meus irmãos. Nós, na verdade, tivemos algumas discussões feias nos últimos tempos.

Isaac se apoiou sobre um cotovelo, encarando-a.

— Por quê?

A neve estava começando a encharcar os jeans e a calça de lã que ela usava como proteção contra o frio, e a umedecer sua pele. Ela estava se referindo à reação de sua família à notícia de que ela gostava de Maya. Não apenas Carolyn enlouquecera, como Jake e Beth haviam-na retirado de sua lista de e-mails de piadas por um tempo.

— Oh, só aquelas coisas normais de família — disse ela, por fim. — Nada muito interessante.

Isaac acenou com a cabeça, ficou de pé e anunciou que era melhor que ele descesse para resgatar o trenó dele na floresta antes que ficasse escuro demais. Emily o observou descendo a colina, com um sentimento incômodo no peito. Por que ela não havia contado a Isaac a verdade sobre quem ela era? Por que isto parecia tão... difícil?

Depois, seus olhos se deslocaram até o estacionamento vazio do prédio de química. Um carro estava fazendo um círculo largo ao redor dos espaços do estacionamento, parando sob um refletor no pé da Colina Hollis, não muito longe de onde ela e Isaac haviam caído. Na lateral do carro era possível ler *Polícia de Rosewood*. Emily estreitou os olhos, reconhecendo o cabelo castanho familiar do motorista. Era Wilden.

A testa de Wilden estava enrugada de preocupação, e parecia que ele estava brigando com alguém ao telefone, bem irritado. Emily observou por um momento. Quando ela era mais jovem, ela e Carolyn costumavam levar a televisão portátil da cozinha para o quarto delas e assistir a filmes de terror de madrugada com o volume bem baixinho. A leitura labial de Emily estava enferrujada, mas ela estava bem certa de que havia captado Wilden dizendo a alguém no telefone para "ficar longe".

O coração de Emily acelerou. *Fique longe?* Naquele momento, Wilden notou que Emily estava na colina. Ele arregalou os olhos. Depois de um segundo, fez um aceno discreto e depois baixou a cabeça.

Emily se virou, constrangida, imaginando se Wilden havia ido até lá para ter um pouco de privacidade e cuidar de algo pessoal. Era ingenuidade pensar que toda a sua vida girava em torno do caso de Ali.

Quando seu telefone, guardado dentro de um bolso fechado em sua parca, começou a tocar, Emily deixou escapar um grito. Ela o tirou do bolso, o corpo soltando faíscas. O nome de Aria piscava no seu identificador de chamadas.

— Oi. — Emily suspirou, aliviada. — Tudo bem?

— Você recebeu mais alguma mensagem estranha? — perguntou Aria.

Quando Emily mudou de posição, deixou as marcas de seus pés na neve. Ela observou Isaac desaparecer em meio à densa floresta de pinheiro, procurando por seu trenó.

— Não...

— Eu recebi. Agora mesmo. Quem quer que seja, tirou uma foto minha, Emily. *Esta noite.* Esta pessoa sabe onde estamos e o que estamos fazendo.

Uma rajada de vento atingiu o rosto de Emily, levando lágrimas a seus olhos.

— Você tem certeza?

— Liguei para Wilden na delegacia vinte minutos atrás — prosseguiu Aria —, mas ele disse que estava indo a uma reunião importante lá e não podia falar.

— Espera aí — Emily coçou seu maxilar dormente, confusa —, Wilden não está na delegacia. Eu acabei de vê-lo, um segundo atrás.

Ela olhou novamente para a base da colina. O lugar onde o carro de Wilden estivera agora estava vazio. O nó em seu estômago apertou. Wilden deve ter dito a Aria que estava dirigindo, não que estava indo a uma reunião. Ela provavelmente entendera errado.

— Onde você está afinal? — perguntou Aria.

Isaac saiu da floresta com seu trenó. Ele olhou para ela e acenou. Emily engoliu em seco, o coração na boca.

— Eu tenho que ir — disse ela de repente. — Ligo para você depois.

— Espere! — Aria pareceu preocupada. — Mas eu não...

Emily fechou o telefone, cortando Aria no meio da frase. Isaac ergueu o trenó sobre a cabeça, triunfante.

— O Grande Isaac teve que lutar por ele contra um urso! — gritou ele. Emily forçou um sorriso, tentando se recompor. Tinha que haver uma explicação lógica para a mensagem de Aria. Não poderia ser nada sério.

Isaac colocou seu trenó no chão e a observou com atenção.

— Ei, não decidimos meu prêmio por vencer a corrida na colina.

Emily fungou, permitindo-se relaxar no momento.

— O que acha do título de O Maior Trapaceiro do Mundo? Ou uma bola de neve, direto no seu rosto?

— Ou que tal isto? — perguntou Isaac. Antes que ela soubesse o que estava acontecendo, Isaac se inclinou em sua direção, beijando seus lábios com suavidade.

Quando ele se afastou, Emily colocou as mãos na boca. Ela sentiu o gosto do Tic Tac que Isaac havia comido, e seus lábios formigaram, como se tivessem sido picados.

Os olhos de Isaac se arregalaram, registrando a expressão de Emily.

— Está tudo... bem?

Emily sorriu feito uma tonta.

— Sim — disse ela devagar. E assim que as palavras deixaram seus lábios, ela sabia que, de alguma forma, *estava* tudo bem.

Isaac sorriu enquanto pegava as mãos dela. A cabeça de Emily girava como se tivesse estado em uma roda-gigante descontrolada.

De repente, seu telefone apitou outra vez.

— Desculpe. Minha amiga acabou de ligar — explicou ela, pegando o telefone. — Provavelmente é ela de novo.

Ela virou ligeiramente e olhou para a tela: *1 nova mensagem*.

O coração de Emily deu uma cambalhota. Olhou ao redor da colina vasta e escura, mas ela e Isaac eram as únicas pessoas ali. Devagar, ela abriu a mensagem.

Oi, Em!

A Bíblia não diz que bons garotos cristãos não deveriam beijar garotas como você?

Então, OQEF – O Que Eu Faria? Eu não confessarei seus pecados se você não confessar os meus.

Bj, – A

14

¡VIVA LA HANNA!

Um pouco depois naquela noite de quarta-feira, Hanna andou para lá e para cá na entrada do Rive Gauche, o bistrô francês do Shopping King James, contorcendo o punho e relaxando depois. A música de Serge Gainsbourg brotava alegre dos alto-falantes cuidadosamente escondidos, e o ar cheirava a bife, queijo de cabra derretido e perfume J'Adore da Dior. Se Hanna fechasse os olhos, praticamente conseguiria imaginar que estava no inverno anterior, com Mona ao seu lado. Nada tinha dado errado ainda – o corpo de Ali não havia aparecido naquele buraco terrível, não havia nenhuma cicatriz horrorosa em seu queixo, não havia um Ian assustador livre andando por aí, nenhuma mensagem falsa de A a atingia e Hanna e Mona ainda eram melhores amigas, verificando seus reflexos nos espelhos antigos pendurados nas cabines e olhando com desejo as novas edições das revistas *Elle* e *Us Weekly*.

Ela fora muitas vezes ao Rive Gauche depois da confusão com Mona, claro – Lucas trabalhava lá nos fins de semana, e ele sempre dava Coca-Cola Diet para Hanna de graça, com um pouquinho de rum. Mas não era Lucas de pé ao lado dela esta noite. Era... Kate.

Kate parecia bem – fabulosa, até. Seu cabelo castanho estava preso para trás por um uma faixa de seda preta. Ela usava um vestido até o joelho, combinado com um par de botas marrom-escuro Loeffler Randall. Hanna estava usando seus sapatos de couro envernizado Marc Jacobs pretos, um gorro magenta de *cashmere*, calças jeans *skinny*, e batom da Nars ultravermelho. Juntas, elas pareciam um zilhão de vezes melhores do que Naomi e Riley, que estavam encolhidas como feios gnomos de jardim na legítima mesa de *Hanna*.

Hanna brilhava. O cabelo supercurto de Naomi e o pescoço atarracado faziam com que ela parecesse uma tartaruga. O nariz de rato de Riley tremeu enquanto ela limpava os lábios quase inexistentes com um guardanapo. Kate olhou para Hanna, registrando o que estava acontecendo.

– Elas não são mais suas inimigas mortais, lembra? – disse ela pelo canto da boca.

Hanna deixou escapar um suspiro. Teoricamente, ela apoiou o plano "se você não pode com elas, junte-se a elas" de Kate. Mas na realidade...

Kate encarou Hanna e, como era sete centímetros mais alta que ela, precisava olhar para baixo quando falava.

– Nós precisamos delas como amigas – disse Kate, com calma. – O poder está nos números.

– É só...

– Você ao menos *sabe* por que as odeia? – perguntou Kate.

Hanna não deu de ombros. Ela as odiava porque elas eram cretinas... e porque Ali as odiara. Se bem que Ali nunca explicara a tal coisa odiosa que Naomi e Riley haviam feito com ela e que a fizera retribuir dando um gelo nas duas. E não era como se Hanna pudesse perguntar a Naomi e Riley o que elas haviam feito. Ali fez Hanna e as outras prometerem nunca falar com Naomi e Riley. *Nunca.*

— Vamos lá. — Kate colocou as mãos nos quadris. — Vamos fazer isso.

Hanna gemeu, olhando fixamente para sua futura meia-irmã. Havia uma microindicação de uma mancha no canto do lábio de Kate. Hanna não tinha certeza se era apenas uma espinha... ou outra coisa. Ela estivera obcecada pelo segredo intrigante que Kate mencionara no café da manhã do dia anterior — que ela havia dormido com um rapaz, mas isto a levara a uma *complicação*. Herpes certamente era uma complicação, não era? E herpes não causava feridas na boca?

— Tudo bem, vamos — rosnou Hanna. Kate sorriu, pegou sua mão outra vez e foi na direção da mesa de Naomi e Riley. As garotas as notaram, acenando para Kate, mas olhando com desconfiança para Hanna. Kate foi direto para a banqueta e se estatelou no assento vermelho macio.

— Como *vocês* estão, meninas? — perguntou, mandando beijos no ar para elas.

Naomi e Riley bajularam Kate por alguns minutos, admirando seu vestido, a pulseira e as botas, empurrando as batatas fritas ainda intocadas na direção dela. Depois Naomi olhou para Hanna, que permanecera em pé perto do carrinho de sobremesa.

— O que *ela* está fazendo aqui? — perguntou Naomi em voz baixa.

Kate colocou uma batata na boca. Ela era, Hanna havia observado, o tipo de garota que poderia comer porções gigantescas de tudo sem ganhar um quilo. *Cretina*.

– Hanna está aqui porque ela tem algo para dizer a vocês – anunciou Kate. Riley ergueu uma sobrancelha.

– Ela tem?

Kate afirmou com a cabeça, dobrando as mãos.

– Ela quer se desculpar por todas as coisas maldosas que fez a vocês durante estes anos.

O quê? Hanna estava chocada demais pra falar. Kate tinha sugerido que elas deveriam ser *legais*, não se humilhar. Por que *ela* deveria se desculpar com Naomi e Riley? Elas fizeram tanto mal a Hanna durantes os últimos anos quanto Hanna fizera a elas.

Kate prosseguiu:

– Quer recomeçar de uma forma tranquila com vocês. Ela me contou que nem sabia por que vocês estavam brigando, em primeiro lugar.

Hanna lançou a Kate um olhar que poderia ter congelado lava derretida. Mas Kate não se encolheu. *Confie em mim*, sua expressão dizia. *Isto funcionará*.

Hanna olhou para a frente, correndo as mãos pelos cabelos.

– Bem – murmurou ela, abaixando os olhos. – Desculpem.

– Muito bom! – cantarolou Kate. Ela olhou para as outras de forma animadora. – Então, trégua?

Naomi e Riley se olharam, depois sorriram.

– Trégua! – exclamou Naomi em voz alta, fazendo as pessoas que comiam na mesa ao lado a delas olharem incomodadas. – Mona sacaneou a gente também! Ela agiu como se fosse muito nossa amiga e nos deu o fora depois do seu acidente de carro. Por razão nenhuma!

— Bem, *agora* nós sabemos a razão — corrigiu Riley, levantando um dedo. — Ela queria se livrar da gente para voltar a ficar do seu lado. Então, tipo, ninguém desconfiaria que ela atropelou você com o carro dela.

— Deus. — Riley apertou a palma da mão contra o peito. — *Que plano demoníaco.*

Hanna franziu o cenho. Elas realmente precisavam entrar nesse assunto agora?

— Enfim, nós nos sentimos tão mal pelo que você teve que passar, Hanna... — Naomi sorriu de maneira afetada. — E nos desculpe também a respeito de nossa briga. Então, trégua, definitivamente! — Ela dava pulinhos de empolgação para cima e para baixo.

— Ótimo! — exclamou Kate. Ela cutucou Hanna, que reuniu coragem para dar um sorriso também.

— Então, sente-se, Hanna — disse Naomi. Hanna se sentou com cuidado, sentindo-se como um chihuahua que havia entrado no jardim de um rottweiler impaciente. Parecia fácil demais.

— Nós estávamos vendo a nova *Teen Vogue* — anunciou Riley, empurrando a revista na direção delas.

— Neste fim de semana tem aquela festa beneficente. Nós precisamos superar aquelas vacas feias com os melhores vestidos.

Achando aquilo tudo muito suspeito, Hanna ergueu uma sobrancelha, reparando na data na capa da *Teen Vogue*.

— Eu achei que este exemplar ainda fosse demorar mais algumas semanas a chegar.

Riley tomou um gole de seu suco de cranberry e água mineral com gás.

— Minha prima trabalha lá. Este é só um esboço, mas o exemplar já foi finalizado. Ela sempre me manda exemplares adiantados. Às vezes até me manda convites de bazares locais, coisas para as quais o público nunca é convidado.

Os olhos azuis de Kate ficaram enormes.

— Que legal!

Riley folheou algumas páginas da revista e apontou para um glamouroso vestido de noite preto.

— Oh, meu Deus, este iria ficar muito bonito em você, Hanna.

— Quem fez este? — Curiosa, Hanna se inclinou para a frente.

Naomi apontou para um vestido tubinho azul-claro feito pela BCBG.

— A Prada faz uns sapatos de cetim lindos, exatamente da mesma cor desse tubinho. Você já foi à loja Prada? É logo ali. — Ela apontou.

Kate balançou a cabeça. Naomi bateu a mão na boca, fingindo estar horrorizada.

Kate deu uma risada e olhou para a revista outra vez.

— Eu aposto que podemos levar acompanhantes para esta festa beneficente, certo? — perguntou ela, tocando as páginas brilhantes. — Eu nem *conheço* os garotos daqui.

— Você não tem com o que se preocupar. — Naomi revirou os olhos. — Todos os garotos na escola têm falado sobre você.

Riley virou uma página.

— E Hanna, você já tem um acompanhante.

Hanna ficou tensa imediatamente. Aquilo que ela havia detectado na voz de Riley era sarcasmo? E o que era aquele sorriso retorcido no rosto de Naomi? De repente, ela percebeu

– estavam prestes a fazer um comentário irritante sobre Lucas. Sobre sua obsessão pelas atividades extracurriculares, talvez, ou sobre a camiseta esquisita que ele tinha que usar quando servia mesas no Rive Gauche, ou que ele não era um jogador de lacrosse. Havia inclusive aquele rumor ridículo – e falso – que Ali havia espalhado anos antes, de que Lucas era hermafrodita.

Hanna cerrou os punhos, esperando. Ela sabia que esta coisa de perdoe-e-esqueça estava boa demais para ser verdade.

Mas Naomi lhe deu um sorriso meigo. Riley fez um muxoxo.

– Cretina de sorte.

Uma garçonete magra como uma modelo colocou o livreto de couro com a conta no canto da mesa. No outro lado do salão, um jovem casal de vinte anos estava sentado sob o pôster francês, antigo favorito de Hanna, um grande diabo dançando com uma garrafa de absinto. Hanna espiou Naomi e Riley, as garotas que tinham sido suas inimigas desde que ela conseguia se lembrar. As coisas que ela e Mona faziam para provocá-las de repente não pareciam valer mais. A paixão de Riley por *leggings* era na verdade bem *à frente da moda* – ela começara a usá-las antes de Rachel Zoe pegá-las de Lindsay Lohan. E o novo corte de cabelo de Naomi *fazia* com que ela parecesse chique, e ela definitivamente merecia crédito por experimentar algo tão ousado.

Ela olhou para a revista, de repente se sentindo magnânima.

– Riley, você ficaria estonteante neste Foley e Corrina – disse ela, apontando para um vestido verde-esmeralda.

– Eu estava pensando a mesma coisa! – concordou Riley, batendo a mão na de Hanna. Depois ela olhou animada para as amigas. – Escutem, o shopping ainda fica aberto por mais uma hora. Querem dar uma volta na Saks?

Os olhos de Naomi se iluminaram. Ela olhou para Hanna e Kate.

— O que vocês acham, meninas?

Hanna de repente se sentiu como se alguém a tivesse enrolado em uma echarpe de *cashmere* grande e confortável. Aqui estava ela, no Rive Gauche com um grupo de garotas, preparando-se para bater perna em todas as suas lojas favoritas. Isso fazia com que todas as suas preocupações sumissem. Quem tinha tempo para ficar rancoroso ou com medo quando havia compras a fazer com suas novas melhores amigas? Hanna pensou no sonho que havia tido no hospital depois do acidente, em que Ali se inclinava sobre Hanna na cama do hospital e dizia que tudo ficaria bem. Talvez a Ali do sonho estivesse se referindo a *este* momento.

Quando ela se abaixou para pegar sua bolsa e seguir as outras, percebeu que seu BlackBerry estava piscando com uma nova mensagem. Hanna olhou para os lados. Kate estava ocupada encolhendo os ombros para entrar em seu casaco princesa, Naomi estava assinando a conta e Riley retocando o gloss. Os garçons circulavam pelo Rive Gauche, levando pedidos e limpando pratos. Ela jogou o cabelo atrás dos ombros e abriu a mensagem.

Querida Porquinha:
Aqueles que não se lembram do passado estão condenados a repeti-lo.
Você se lembra de seu "acidente" desafortunado? Conte para todo mundo sobre *moi*, e desta vez eu me certificarei de que você não acorde.

Mas só para mostrar que estou querendo jogar limpo, aí vai uma dica útil: alguém na sua vida não é o que aparenta ser.

Amo vc! – A

— Hanna? — Hanna cobriu a tela do BlackBerry rapidinho. Kate estava a alguns passos de distância, esperando perto do bar de mármore. — Tudo bem?

Hanna respirou fundo e, aos poucos, os pontos que dançavam na frente de seus olhos recuaram.

Ela deixou o celular escorregar para dentro de sua bolsa. *Que seja.*

Que se dane essa falsa A – qualquer um poderia ter ouvido a respeito daquela coisa da Porquinha e de seu acidente. Ela estava de volta no topo ao qual ela pertencia, e não ia deixar qualquer idiota mexer com ela.

— Tudo perfeito – disse Hanna, fechando a bolsa. Em seguida, andou pelo restaurante e se juntou às outras.

15

NEM AS BIBLIOTECAS ESTÃO A SALVO

Spencer observava com o olhar vazio enquanto o vapor que saía de sua garrafa de café de aço inox desaparecia no ar. Andrew Campbell sentou diante dela, folheando um enorme livro de exercícios de economia avançada. Ele deu um tapinha num gráfico que estava destacado.

— Certo, esse texto explica que o Banco Central controla a distribuição de dinheiro — explicou Andrew. — Por exemplo, se o Banco Central teme que a economia esteja entrando em recessão, ele baixa suas exigências de reserva e suas taxas de juros para empréstimos de dinheiro. Lembra-se de quando falamos sobre isto na aula?

— Ah... ahã... — balbuciou Spencer vagamente.

A única coisa que ela sabia sobre o Banco Central era que quando ele baixava as taxas de juros, seus pais ficavam empolgados porque significava que o volume de dinheiro circulando aumentaria e sua mãe poderia redecorar a sala — *mais uma vez*. Mas Spencer não se lembrava de forma alguma de esse assunto ter sido discutido em sala de aula. Economia avançada a deixava tão frustrada e perdida quanto aquele sonho recorrente no qual ela era imobilizada em um quarto subterrâneo que aos poucos ia enchendo de água. Toda vez que tentava discar 911, para a emergência, os números no telefone ficavam mudando de lugar. Em seguida, os botões se transformavam em balas de goma em formato de ursinho e a água cobria seu nariz e sua boca.

Eram oito da noite de uma quarta-feira e Spencer e Andrew estavam sentados em uma das salas de estudos da Biblioteca Pública de Rosewood, revisando a última unidade do livro de economia. Porque Spencer havia plagiado um trabalho de economia, a direção do colégio Rosewood Day decidira que se ela não tirasse nota A naquele semestre, seria afastada do curso de forma permanente. Seus pais certamente não iriam gastar dinheiro com um professor particular – e eles ainda não haviam desbloqueado o cartão de crédito dela –, então ela cedera, ligando para Andrew, que era o melhor aluno de economia da turma. O mais esquisito era que Andrew ficara contente em encontrá-la, ainda que eles tivessem toneladas de deveres de inglês avançado, cálculo e química para fazer naquela noite.

– E depois, temos uma equação monetária de troca aqui – disse Andrew, dando um tapinha no livro de novo. – Você se lembra disso? Vamos resolver alguns problemas do capítulo usando isso aqui.

Uma mecha do cabelo louro e espesso de Andrew caiu sobre seus olhos e ele apanhou sua calculadora. Spencer pensou ter detectado o cheiro de castanha de seu sabonete masculino favorito, Kiehl's Facial Fuel. Ele sempre usara essa marca ou ela era nova? Ela estava certa de que não era isso que ele usava quando a levou ao baile de caridade. Aquela fora a última vez em que ela estivera tão próxima dele.

— Spencer, Terra chamando! — Andrew acenou com a mão em frente a seu rosto. — Olá?

Spencer piscou.

— Desculpe — murmurou ela.

Andrew dobrou as mãos sobre o livro.

— Você ouviu alguma coisa do que eu disse?

— Claro — garantiu Spencer, mas quando ela tentava se lembrar de algo que ele dissera, acabava pensando em outras coisas. Como, por exemplo, a mensagem de A que elas haviam recebido depois que Ian fora liberado. Ou as notícias sobre o julgamento de Ian na próxima sexta-feira. Ou que sua mãe estava planejando angariar fundos sem ela. Ou, a cereja do bolo, que Spencer não era uma Hastings de nascimento.

Melissa não tinha muito no que apoiar a teoria que deixara escapar na noite de terça. Sua única prova de que Spencer talvez fosse adotada era que seu primo Smith a provocara a respeito disso quando elas eram bem pequenas. Genevieve dera uns tapas nele e lhe mandara de castigo para o quarto. E pensando bem, Melissa não conseguia se lembrar de sua mãe grávida de Spencer por nove meses.

Não era muito, mas quanto mais Spencer pensava nisto, mais sentia que outra peça do quebra-cabeça se encaixava no lugar. Exceto pelo cabelo louro escuro, ela e Melissa não eram nada parecidas. E Spencer sempre imaginava por que sua mãe havia agido de maneira tão rude quando pegou Spencer, Ali e as outras jogando Somos Irmãs Secretas no sexto ano. Elas haviam criado uma fantasia em que a mãe biológica delas era uma mulher rica e cheia de contatos importantes, mas que perdera suas cinco filhas lindas no aeroporto de Kuala Lumpur (principalmente porque elas gostavam das palavras Kuala Lumpur), porque ela era *esquizo* (principalmente porque elas gostavam da palavra *esquizo*). A sra. Hastings costumava fingir que Spencer e suas amigas não existiam. Mas, ao ouvir a brincadeira das meninas, intercedera no ato, dizendo que não era engraçado fazer piadas sobre doenças mentais ou mães abandonando suas filhas. Oi? Elas estavam só *brincando*!

Uma adoção explicaria muitas outras coisas. Como... O motivo de os pais sempre terem gostados mais de Melissa. Ou o porquê de Spencer ser sempre uma decepção para eles. Talvez não fosse decepção – talvez eles a estivessem desprezando porque ela não era realmente uma Hastings. Mas por que não haviam admitido isto anos antes? Afinal, não havia nada de mais em uma adoção. Kirsten Cullen era adotada. Sua mãe biológica era da África do Sul. No primeiro mostre-e-conte de todos os anos do ensino fundamental, Kirsten levava fotos de sua viagem de verão para Cape Town, sua cidade natal, e todas as garotas da turma de Spencer faziam *"ooh"* de inveja. Spencer costumava desejar ser adotada também. Parecia tão exótico.

Ela olhou pela janelinha da sala de estudo para o móbile azul num estilo arte moderna pendurado no teto da biblioteca.

– Desculpe. Estou um pouco estressada – ela teve que admitir.

Andrew franziu a testa.

– Por causa da sua nota em economia?

Spencer respirou profundamente, pronta para dar uma resposta grosseira, dizendo que aquilo não era da conta dele. Mas Andrew olhava para ela com tanto entusiasmo... E ele *estava* ajudando-a. Ela pensou mais sobre aquela terrível noite do baile de caridade. Andrew realmente ficara empolgado quando pensou que eles estavam num encontro. E ficara triste e com raiva quando descobriu que ela o estava usando. Toda aquela coisa de A e Toby Cavanaugh havia acontecido logo depois que Andrew descobrira que Spencer estava se encontrando com outra pessoa. Ela havia ao menos se desculpado de maneira apropriada?

Spencer começou a tampar seus marcadores de texto coloridos e colocá-los cuidadosamente de volta no estojo, certificando-se de que todos estivessem virados exatamente na mesma posição. Assim que colocou a caneta azul-elétrico no lugar, tudo dentro dela começou a borbulhar, como se ela fosse um daqueles vulcões expostos em feiras de ciências, entrando em erupção.

— Recebi a ficha de inscrição para um curso de verão em Yale ontem, mas minha mãe jogou fora antes que eu pudesse preenchê-la — ela deixou escapar. Ela não podia contar para Andrew a respeito de Ian ou de A, mas era bom poder dizer *alguma coisa*. — Ela disse que não havia chance alguma de Yale me deixar entrar no programa de verão deles. E... meus pais estavam planejando uma arrecadação de fundos em Rosewood Day neste fim de semana, mas minha mãe não me contou a respeito. Eu costumo ajudá-la a planejar esse tipo de coisa. E além disso minha avó morreu na segunda e...

— Sua avó morreu? — Andrew arregalou os olhos. — Por que você não disse nada?

Spencer piscou, sem entender. Por que ela *contaria a Andrew* que sua avó havia morrido? Não era como se eles fossem amigos.

— Eu não sei. Mas enfim, ela deixou um testamento e eu não fui incluída nele — prosseguiu ela. — Primeiro, pensei que fosse por causa da coisa toda com o Orquídea Dourada, mas depois minha irmã ficou falando de como o testamento se referia a *netos naturais*. Não levei a sério no início, mas depois comecei a pensar no assunto. Faz muito sentido. Eu deveria ter percebido.

— Espere — disse Andrew, sacudindo a cabeça. — Não entendi. Você deveria ter percebido... o quê?

Spencer respirou fundo.

— Desculpe — disse ela com calma. — *Netos naturais* quer dizer que um de nós *não* é neto *biológico* dela. Quer dizer que eu sou... adotada.

Spencer tamborilou as unhas na grande mesa de mogno na sala de estudos. Alguém havia carvado *Angela é uma galinha* no tampo. Parecia estranho para Spencer dizer as palavras em voz alta: *Eu sou adotada*.

— Talvez isso seja uma coisa boa — Spencer divagou, esticando suas longas pernas sob a mesa. — Talvez minha mãe biológica possa realmente gostar de mim. E talvez eu possa dar o fora de Rosewood.

Andrew estava quieto. Spencer olhou para ele, imaginando se havia dito algo ofensivo. Finalmente, ele se virou e olhou diretamente nos olhos dela.

— *Eu amo você* — disse ele.

Os olhos de Spencer quase saltaram.

— *Como é que é?*

É um site — continuou Andrew com calma. Sua cadeira rangia enquanto ele se inclinava para trás. — Eu amo você ponto com. Talvez o "você" seja escrito "vc", não tenho certeza. Reúne crianças adotadas com suas mães biológicas. Uma garota que conheci na viagem para a Grécia me falou a respeito dele. Ela me escreveu um dia desses dizendo que funcionou. Iria se encontrar pessoalmente com a mãe biológica na semana seguinte.

— Ah. — Spencer fingiu esticar sua saia já perfeitamente passada, sentindo-se um pouco perturbada. Claro que ela não havia pensado que Andrew estava mesmo dizendo que *a* amava, nem nada.

—Você quer se cadastrar nele? — Andrew começou a guardar seus livros na mochila. — Se você não for adotada, eles simplesmente não encontrarão uma combinação. Se você for... talvez encontrem.

— Hum... — A cabeça de Spencer girava. — Certo. Claro.

Andrew andou em linha reta através da biblioteca até o laboratório de informática, e Spencer foi atrás. O salão principal de leitura estava praticamente vazio, exceto por alguns estudantes noturnos, dois garotos parados perto da copiadora — sem dúvida tentando decidir se iriam xerocar seus rostos ou seus traseiros — e o que parecia uma reunião *cult*, com mulheres de meia-idade usando chapéus azuis. Spencer pensou ter visto alguém se abaixar atrás das estantes de autobiografia, mas quando olhou outra vez, não havia ninguém lá.

O laboratório de informática ficava na parte da frente da biblioteca, isolado por grandes janelas de vidro. Andrew se sentou em frente a um terminal e Spencer puxou uma cadeira para perto dele. Ele mexeu o mouse e a tela acendeu.

—Vamos lá. — Andrew começou a digitar e virou a tela na direção de Spencer. — Olha só.

Reconectando famílias, anunciavam os dizeres em tons rosados no topo da página. Do lado esquerdo da tela havia uma série de fotos e depoimentos de pessoas que haviam usado os serviços do site. Spencer se perguntou se a amiguinha da Grécia de Andrew estaria ali — e se ela era bonita. Não que ela tivesse ficado com ciúmes ou coisa do tipo.

Spencer clicou em um link que dizia *Cadastre-se aqui*. Uma nova página se abriu, pedindo que ela respondesse várias questões sobre si, que o site usaria depois para conectar Spencer à sua mãe em potencial.

Os olhos de Spencer flutuaram de volta para os depoimentos. "Eu pensei que nunca encontraria meu filho!" Sadie, quarenta e nove anos, escrevera. "Agora estamos juntos e somos os melhores amigos do mundo!" Uma garota chamada Angela, vinte e quatro anos, disse: "Eu sempre imaginei quem seria minha mãe verdadeira. Agora eu a encontrei, e estamos começando uma loja de acessórios juntas!" Spencer sabia que o mundo não era tão inocente e ingênuo assim — as coisas não funcionavam exatamente daquele jeito. Mas lá no fundo, desejava que o mesmo acontecesse com ela.

Ela engoliu em seco.

— E se funcionar de verdade?

Andrew colocou as mãos nos bolsos de seu blazer.

— Bem, isso seria bom, não seria?

Spencer coçou o maxilar, respirou fundo e começou a digitar seu nome, número do celular e endereço de e-mail. Ela preencheu os espaços referentes à data e local de seu nascimento, os problemas de saúde que enfrentara e seu tipo sanguíneo. Quando chegou à questão que dizia "Por favor, explique por que você está fazendo esta busca", seus dedos pairaram sobre o teclado, buscando a resposta apropriada. *Porque minha família me odeia*, ela quis digitar. *Porque eu não significo nada para eles.*

Andrew lia por cima do ombro dela. *Curiosidade*, Spencer finalmente digitou. Em seguida respirou fundo e apertou "enviar".

Brilha, brilha, estrelinha tocou nos pequenos alto-falantes do computador e a figura animada de uma cegonha voando ao redor do mundo apareceu na tela, como se buscasse, cuidadosamente, a pessoa ligada a Spencer.

Spencer estalou as juntas dos dedos das mãos, anestesiada com o que acabara de fazer. Quando olhou ao redor, de repente tudo parecia estranho. Frequentara aquela biblioteca durante toda a sua vida, mas nunca percebera que todas as pinturas a óleo nas paredes da sala de informática eram de florestas. Ou que havia uma placa grande atrás da porta que dizia USUÁRIOS DA BIBLIOTECA, QUANDO ESTIVERAM NA INTERNET, NUNCA USEM O FACEBOOK OU O MYSPACE. Ela nunca reparara nos pisos de madeira cor de areia, ou nas enormes luminárias em forma de pentágono que pendiam majestosamente do teto da biblioteca.

Quando ela olhou para Andrew, ele parecia um pouco diferente também – no bom sentido. Spencer ficou vermelha, se sentindo vulnerável.

– Obrigada.

– De nada. – Andrew ficou de pé e se apoiou no batente da porta. – Então, está se sentindo mais calma?

Ela confirmou com a cabeça.

– Sim, estou.

– Que bom. – Andrew sorriu e olhou o relógio. – Eu tenho que ir, mas vejo você na aula amanhã.

Spencer observou enquanto ele andava pela biblioteca, acenava para a sra. Jamison, a bibliotecária, e passava pela catraca. Ela voltou seus olhos para o computador e acessou sua conta de e-mail. O site de adoção havia mandado uma mensagem de boas-vindas, avisando que era provável que ela recebesse algum tipo de resposta num período que poderia variar entre alguns dias ou seis meses. Quando ela estava para desligar o computador, um novo e-mail apareceu na caixa de mensagens. O nome do remetente era uma confusão de letras e números e o assunto do e-mail era *Eu estou de olho*.

Arrepios percorreram as costas de Spencer. Ela abriu o e-mail e leu com atenção.

Pensei que você era minha amiga, Spence.
Mandei uma mensagenzinha fofa e você ligou para a polícia... O que eu preciso fazer para manter vocês, meninas, caladas? É sério, não me provoquem! – A

– Ai, meu Deus – sussurrou Spencer.

Houve um ruído atrás dela. Spencer se virou, tensa. Não havia ninguém na sala de informática. Um holofote brilhava no pátio atrás da biblioteca, mas não havia uma única pegada na neve branca resplandecente. Então Spencer percebeu alguma coisa no lado de fora dos vidros da janela – uma respiração condensada no vidro, que desaparecia rapidamente.

O sangue de Spencer congelou. *Eu estou de olho*. Alguém estivera bem ali poucos segundos antes... e ela nem tinha percebido.

16

ESQUISITO ATRAI ESQUISITO

Na manhã seguinte, Aria desceu as escadas esfregando os olhos. O cheiro do café orgânico que Ella comprava na cooperativa dos agricultores – um dos poucos itens pelos quais ela pagava caro sem reclamar – foi o que a atraiu até a cozinha. Ella já havia saído para o trabalho, mas Mike estava comendo sua tigela de cereal Fruity Pebbles e twittando em seu iPhone. Quando Aria viu quem estava sentado próximo a Mike, deu um grito.

– Ah!

Xavier olhou para cima, alarmado.

– Oi Aria, e aí?

Xavier vestia uma camisa branca simples e uma calça de pijama xadrez muito familiar. Primeiro, Aria pensou que poderia ser uma das que Byron havia deixado para trás, mas depois percebeu que eram de *Ella*. A caneca de café da Hollis College favorita de Byron estava diante de Xavier, assim como o criptograma do *Philadelphia Inquirer* daquele dia. Aria cruzou os braços sobre o peito, castamente. Ela não pensara em vestir um sutiã para o café da manhã.

Uma buzina tocou do lado de fora. A cadeira fez um barulho alto quando Mike ficou de pé, leite escorrendo pelo queixo.

— É o Noel. — Ele pegou sua enorme bolsa de lacrosse e se despediu de Xavier. — Wii hoje à noite, certo?

— Estarei lá — respondeu Xavier.

Aria olhou para o relógio.

— São sete e vinte. — A escola só começava em uma hora e Mike geralmente enrolava até o último segundo.

— Nós vamos pegar lugares ótimos no Steam pra podermos espiar Hanna Marin e a gostosa da meia-irmã dela. — Os olhos de Mike brilharam. — Você já *viu* essa Kate? Eu não consigo acreditar que as duas moram juntas! Você fala com Hanna às vezes... Sabe se elas dormem na mesma cama?

Aria lhe lançou um olhar exasperado.

— Você honestamente espera que eu responda?

Mike jogou sua bolsa sobre o ombro e atravessou o corredor derrubando o enorme totem com rosto de sapo que Ella havia encontrado em um brechó na Turquia. A porta da frente bateu com força. Aria escutou um motor ligando... E depois nada.

A casa estava desesperadamente quieta. A única coisa que Aria ouvia era o som de uma cítara, de um CD de música indiana que Ella sempre escutava antes de trabalhar — era comum que ela deixasse o CD tocando o dia todo, porque afirmava que aquela musica era tranquilizante para o gato deles, Polo, e para as plantas.

— Você quer uma parte do jornal? — disse Xavier, quebrando o silêncio.

Ele segurava a página da frente. No topo da página, podia-se ler em letras garrafais a manchete *Ian Thomas jura encontrar o verdadeiro assassino de DiLaurentis antes do julgamento amanhã*. Aria tremeu.

— Não, tudo bem. — Ela se serviu com pressa de uma xícara de café e disparou na direção da escada.

— Espere. — Aria parou de maneira tão abrupta que derramou parte de seu café no chão. — Desculpe se eu deixei você desconfortável no restaurante ontem à noite — disse Xavier, com ar sério. — Era a última coisa que eu tinha intenção de fazer. E eu queria ter ido embora antes de você descer hoje. Não queria deixá-la ainda mais desconfortável. Sei o quanto tudo isso deve ser estranho para você.

Aria desejou perguntar se ele queria dizer que aquilo tudo era estranho porque ele sabia que ela tinha ficado interessada nele, ou porque ele estava passando a noite com sua ainda-não-divorciada-mãe.

— Está... tudo bem. — Aria colocou sua xícara de café sobre a mesa de telefone perto da porta. Estava cheia de folhetos e cartões-postais dos recentes *vernissages* de Xavier. Ella devia ter pesquisado a fundo seu trabalho. Depois Aria ajeitou o short de seu pijama curtinho de algodão. Se ela ao menos não estivesse vestindo aquele pijama que tinha um enorme Pegasus cor-de-rosa estampado na traseira...

Aria pensou na mensagem de A que recebera no Rabbit Rabbit no dia anterior. Wilden havia prometido ligar para ela assim que investigasse a origem da última mensagem de A. Ela esperava notícias dele para poder esquecer toda essa história.

Aria se perguntara se deveria explicar as fotos dela e Xavier para Ella antes que A tivesse a chance de fazer isso. Ela tentou imaginar como seria. *Bem, eu meio que gostei de Xavier antes de você começar a se encontrar com ele*, ela poderia dizer. *Mas não é que eu goste agora! Então, se alguém mandar uma mensagem com fotos para você, ignore-as, tudo bem?* Mas a relação delas estava frágil demais para levantar questões como esta — especialmente se não fosse absolutamente necessário.

A verdade é que Wilden devia ter razão. As mensagens deviam estar vindo de alguma garota idiota. E não havia motivo para Ella ficar com raiva de Xavier — ele apenas desenhara Aria, um desenho realmente *bom*. Só isso. Mesmo que ela visse as fotos que A enviara para Aria, Xavier poderia se intrometer e explicar que nada acontecera. Ele provavelmente nem tinha notado o que fizera, desenhando o retrato de Aria tão detalhadamente. Xavier era um *artista*, antes de mais nada, e artistas não são as criaturas mais sociáveis no mundo. Veja Byron: quando ele promovia coquetéis para seus estudantes de Hollis, com frequência se escondia no quarto, forçando Ella a distrair os convidados.

Xavier se levantou, limpando o queixo com um guardanapo.

— O que acha de uma recompensa? Vou me vestir e depois dou uma carona a você.

Aria baixou os ombros. Ella havia levado o carro para o trabalho nesta manhã, e uma carona definitivamente pouparia o trabalho de pegar o ônibus de Rosewood Day, que era cheio de garotos do primário que nunca se cansavam de concursos de pum.

— Tudo bem — concordou ela. — Obrigada.

Vinte minutos depois, Aria estava colocando o casaco de botões que havia comprado em um brechó em Paris e andando até a varanda da frente. Xavier aguardava por ela em seu BMW

2002 do fim dos anos 1970, impecavelmente restaurado e com o escapamento barulhento, na entrada de carros da casa deles. Aria se acomodou no banco da frente, admirando o lustroso interior cromado.

— *É assim* que carros antigos devem ser! — Ela assobiou impressionada. — Já viu o Honda velho da minha mãe? Há mofo crescendo no bando de trás.

Xavier deu uma risada.

— Meu pai tinha um desses quando eu era mais novo. — Ele manobrou na estrada de carros. — Depois que meus pais se separaram e ele se mudou para o Oregon, senti mais falta do carro do que dele.

Ele deu uma olhada amistosa para Aria.

— Eu *sei* o quanto isso tudo é estranho. Minha mãe começou a namorar logo depois que eles se separaram. Eu odiei cada momento.

Então, era isto que ele queria dizer. Aria olhou fixamente para a outra direção, observando alguns estudantes mais novos da escola pública esmagando os montes de neve que rapidamente derretiam no ponto de ônibus. A última coisa que ela queria ouvir era mais uma história estilo *eu já passei por isso*. Sean Ackard, com quem ela havia saído por mais ou menos um minuto no último outono, tinha falado seriamente sobre as dificuldades que enfrentara com a morte da mãe e o novo casamento do pai. E Ezra ficou se lamentando, dizendo que quando seus pais se separaram, ele fumou toneladas de haxixe. Uhuh, a vida de todo mundo era uma droga também, mas saber disso não tornava os problemas de Aria mais fáceis.

—Todos os namorados da minha mãe tentaram se aproximar de mim — prosseguiu Xavier. — Eles me compravam equipamentos de esporte, como luvas de beisebol, bolas de basquete, uma vez até um uniforme completo de hóquei, com acessórios e tudo. Se *realmente* tivessem tentado aprender alguma coisa a meu respeito, teriam descoberto que eu queria uma batedeira. Ou formas de bolo. Ou formas de *muffin*.

Aria olhou intrigada para ele.

— Formas de *muffin*?

Xavier sorriu sem jeito.

— Eu gostava mesmo era de cozinhar. — Ele freou antes da faixa de pedestres para esperar que um bando de crianças passasse. — Ajudava a me acalmar. Eu era especialmente bom em suspiros. Mas isso foi antes de eu descobrir a arte. Eu era o único rapaz do clube de economia doméstica da escola. Na verdade, é daí que vem o meu apelido no Match.com, Wolfgang. Eu era obcecado por Wolfgang Puck quando estava no ensino médio. Ele era o dono de um restaurante em Los Angeles chamado Spago, e uma vez no ensino médio, dirigi de Seattle até lá, pensando que poderia simplesmente entrar sem reserva. — Ele revirou os olhos. — Acabei a noite jantando no Arby's.

Aria olhou para ele, percebendo sua expressão séria. Ela riu.

— Você é *tããão menininha*.

— Eu sei. — Xavier abaixou a cabeça. — Eu não era muito popular no colégio. Ninguém me entendia.

Aria correu os dedos através de seu longo rabo de cavalo preto.

— Eu também já fui nem um pouco popular.

— Você? — Xavier balançou a mão. — Não acredito.

— Verdade — disse Aria com calma. — Ninguém me entendia mesmo.

Ela se recostou no banco do carro, perdida em seus pensamentos. Aria sempre tentara não pensar nos anos solitários, sem amigas de verdade, que precederam sua amizade com Ali, mas ver aquela foto em preto e branco dela no outro dia – a foto da época em que a Cápsula do Tempo fora anunciada – havia reavivado um monte de lembranças.

Quando Aria estava no quarto ano, todo mundo na sua turma em Rosewood Day era amigo de todo mundo. Mas no quinto ano, de repente as coisas... mudaram. Panelinhas de fofoca surgiram literalmente da noite para o dia, e todo mundo sabia o seu lugar. Era como um jogo das cadeiras: depois que a música parava, todas as suas companheiras de turma logo encontravam uma cadeira, enquanto Aria andava para lá e para cá, sem rumo, sem cadeira.

Ela bem que tentou encontrar um grupo. Uma semana, ela usava roupas pretas e coturnos e andava com os desajustados que furtavam qualquer coisa no supermercado Wawa e dividiam cigarros atrás do escorregador em formato de dragão antes das aulas. Mas ela não tinha nada em comum com eles. Todos eles desprezavam a leitura, mesmo coisas divertidas como *Nárnia*. Na semana seguinte, ela desencavava suas roupas *vintage* cheias de babado e tentava se juntar às garotas enjoadas que amavam Hello Kitty e achavam os garotos rudes. Elas eram difíceis de aguentar. Uma dessas meninas chorou por *três horas* depois de pisar sem querer em uma joaninha durante o intervalo. Aria não se encaixava em nenhum grupo, e, por fim, parara de tentar. Passava muito tempo sozinha, ignorando todo mundo o máximo que conseguia.

Bem, ela ignorava todo mundo que não fosse Ali. Claro, Ali era uma Típica Garota de Rosewood, mas havia algo nela que deixava Aria fascinada. No dia em que Ali desfilara pela escola anunciando que encontraria o pedaço de bandeira da Cápsula do Tempo, Aria não conseguiu evitar desenhar o lindo rosto de Ali, aquele rosto em formato de coração, com seu sorriso estonteante. Ela invejava a maneira como Ali conseguia se tornar querida pelos garotos sem esforço nenhum, inclusive os mais velhos, como Ian. Mas a coisa de que Aria mais gostava em Ali era de seu irmão mais velho, sensível e lindo.

No dia em que Jason foi para cima de Ian mandando que deixasse Ali em paz, Aria já tinha se apaixonado por ele de forma irrefreável e muito dolorosa. Durante semanas, ela tinha entrado furtivamente pela biblioteca do ensino médio durante seus períodos livres para observá-lo com seu grupo de estudos de alemão. Escondia-se atrás de uma árvore que oferecia uma visão panorâmica dos campos de futebol para espiá-lo enquanto ele, que jogava na posição de goleiro, se agachava abaixo da trave. Em alguns momentos, ela folheou os antigos Livros do Ano na sala do Livro do Ano para encontrar todas as informações que pudesse a respeito de Jason. Era uma das poucas ocasiões em que Aria ficava satisfeita de não ter amigos. Ela podia curtir sua paixão não correspondida em paz, sem ter que explicar nada a ninguém.

Logo depois de a Cápsula do Tempo ser anunciada, ela colocou o exemplar assinado de *Matadouro 5*, de Vonnegut, na mochila. Uma das coisas que havia lido sobre Jason era o quanto ele amava Kurt Vonnegut. O coração de Aria saltava enquanto ela esperava Jason voltar da sala de jornalismo depois de sua aula de fundamentos de redação jornalística. Quando o viu, pegou o livro na bolsa, esperando mostrá-lo para ele quando passasse. Quando Jason descobrisse que Aria também gostava de Vonnegut, talvez percebesse que os dois eram almas gêmeas.

Mas a sra. Wagner, a secretária-chefe, passou na frente de Aria no último minuto e pegou o braço de Jason. Havia uma ligação importante para ele no escritório.

— Uma garota — explicou a sra. Wagner. Ele passou por Aria sem nem mesmo olhar para ela.

Aria colocou o livro de volta na mochila, desconcertada. A garota no telefone provavelmente era da idade de Jason e de uma beleza estonteante, enquanto Aria não passava de uma esquisitona do sexto ano. No dia seguinte a este, Aria, Emily, Spencer e Hanna apareceram todas ao mesmo tempo no quintal de Ali. Elas tinham claramente a mesma esperança, o mesmo plano: roubar a bandeira da Cápsula do Tempo de Ali. Aria nem ligava tanto para roubar a bandeira — ela queria apenas outra oportunidade para ver Jason. Mal sabia ela que teria finalmente seu desejo atendido.

Xavier puxou o freio da antiga BMW, arrastando Aria de volta para a realidade. Eles estavam em uma vaga de estacionamento bem em frente a Rosewood Day.

— Eu ainda não acho que as pessoas me entendam — concluiu Aria, olhando para o imponente muro da escola na frente deles —, nem mesmo agora.

— Bem, talvez seja porque você é uma artista — comentou Xavier, gentilmente. — Artistas nunca se sentem compreendidos. Mas é o que torna você especial.

Aria correu os dedos na parte lateral de sua bolsa de pelo de iaque.

— Obrigada — disse ela, apreciando de verdade as palavras dele. Em seguida, acrescentou, com um sorriso afetado: — *Wolfgang*.

Xavier franziu a testa.

– Até mais. – Ele acenou e saiu com o carro.

Aria observou enquanto a BMW serpenteou pela pista em direção à rua principal. Depois ouviu o que parecia uma risada perto de seu ouvido. Ela virou, tentando adivinhar de onde vinha, mas ninguém estava olhando para ela. O estacionamento da escola estava cheio de garotos. Devon Arliss e Mason Byers tentavam empurrar um ao outro em uma poça de lama. Scott Chin, o fotógrafo do Livro do Ano, estava apontando sua câmera para os galhos nus e tortos no topo de uma árvore, e, um pouco afastada dele, estava Jenna Cavanaugh com seu cão-guia, seguindo pelo caminho escorregadio. A cabeça de Jenna estava erguida, sua pele pálida brilhava, e o cabelo escuro esvoaçava sobre sua capa de veludo vermelha. Se não fosse o bastão branco e o cão-guia, Jenna seria uma linda Típica Garota de Rosewood.

Jenna parou apenas a alguns passos de Aria, parecendo olhar para ela.

Aria parou por um instante.

– Oi, Jenna – disse, devagar.

Jenna inclinou a cabeça, sem ouvir, e certamente sem ver, antes de puxar a coleira do cachorro e continuar caminhando até a escola.

Os braços e as pernas de Aria se arrepiaram e um tremor gelado correu de sua cabeça até a ponta dos dedos dos pés. Ainda que estivesse gelado do lado de fora, Aria estava bem certa de que a temperatura não era responsável por aquelas sensações.

17

AH, OS SACRIFÍCIOS PARA SER POPULAR

— Parece que Kirsten Cullen engordou um pouco — sussurrou Naomi no ouvido de Hanna. — Os braços dela não estão mais cheios?

— Definitivamente — cochichou Hanna de volta. — Mas isso acontece quando você bebe cerveja nas festas de Natal.

Ela observou enquanto Sienna Morgan, uma linda garota do terceiro ano passou por elas, sua bolsa Vuitton pendendo do ombro.

— E vocês sabem a verdade a respeito da bolsa de Sienna, não é, meninas? — Ela olhou para as outras, parando para um efeito dramático. — Ela comprou em um *outlet*.

Naomi pôs a mão na boca. Riley colocou a língua para fora, enojada. Kate sacudiu o cabelo castanho sobre o ombro, buscando um batom dentro de sua autêntica Vuitton.

— Ouvi que as coisas em *outlets* são falsas — murmurou Kate.

Era quinta-feira de manhã, antes das aulas, e Hanna estava sentada com Kate, Naomi e Riley na melhor mesa do Steam.

Música clássica começou a tocar nos alto-falantes, o que significava que era hora da primeira aula. Hanna e Kate se levantaram e saíram de braços dados, e Naomi e Riley seguiram atrás. Elas eram uma parada de quatro garotas, seguida por um séquito de rapazes. O cabelo ruivo de Hanna balançava no ritmo de seus passos. Naomi parecia avançada na moda com suas botas verde-floresta até o tornozelo. Normalmente reta como uma tábua, Riley parecia mais... cheinha naquele dia, graças ao sutiã Wonderbra que as amigas a haviam obrigado a comprar no Shopping King James no dia anterior. Sem dúvida nenhuma fora a maior farra de compras que Hanna tivera nos últimos tempos. Não era de se estranhar que um pequeno grupo de meninas do terceiro ano perto do *Achados e perdidos* lançasse olhares carregados de inveja para elas. Não era de se estranhar que Noel Kahn, Mike Montgomery, James Freed e o restante do time de lacrosse estivessem dando uma olhadela para elas da mesa no fundo da cafeteria. Fazia pouco tempo desde que Hanna se desculpara com Naomi e Riley, mas todo mundo na escola já entendera que *elas* formavam o novo grupo de garotas a se invejar, as garotas que todos deveriam conhecer. E aquela era uma sensação *muito* boa.

De repente, Hanna sentiu a mão de alguém em seu braço.

— Você tem um segundo?

Spencer encolhia-se contra os armários. Seu cabelo louro escuro estava puxado para trás e seus olhos iam de um lado para o outro. Parecia um brinquedo de corda cuja chave tivesse recebido todas as voltas que podia.

— Ah... Eu estou ocupada — disse Hanna, tentando se livrar da amiga.

Mesmo assim, Spencer a empurrou no vão que ficava ao lado da alcova da fonte de água. Kate olhou por sobre o ombro para ela, levantando uma sobrancelha, mas Hanna fez um gesto indicando que estava tudo bem.

Depois se virou para sua antiga amiga.

— Meu Deus, *o que foi?* — perguntou ela.

— Recebi outra mensagem ontem à noite. — Spencer enfiou seu Sidekick sob o nariz de Hanna. — Olhe.

Hanna leu a mensagem em silêncio. *Eu pensei que fôssemos amigas, Spence!* Blá-blá-blá.

— Sei. E daí? — respondeu Hanna.

— Eu estava na biblioteca de Rosewood na hora. E quando virei, vi o vidro da janela embaçado. *Marcas de respiração.* Eu juro por Deus que é Ian. Ele está nos observando.

Hanna fungou. Aquele provavelmente era o momento de mostrar a mensagem que também recebera de A no dia anterior, mas isso significaria que ela acreditava que as mensagens fossem algo a temer.

— Wilden nos disse que é alguém imitando A — sussurrou ela. — *Não é Ian!*

— Tem que ser Ian! — gritou Spencer, perdendo o controle, e um grupo de garotas mais jovens vestidas com uniformes de inverno de chefes de torcida olharam com espanto na direção delas. — Ele está fora da cadeia. Ele não quer que nós testemunhemos contra ele, então está tentando nos assustar. Faz muito sentido, não faz?

— Ian está em prisão domiciliar — Hanna lembrou a ela. — É mais provável que essas mensagens venham de algum garoto idiota de Rosewood que a viu no noticiário, achou que você era sexy, e acredita que esta seja uma forma de conseguir sua atenção. E você sabe o quê? Ele conseguiu sua atenção. Ele venceu. A melhor coisa que você pode fazer é ignorá-lo.

— Aria também recebeu outra mensagem. — Spencer virou a cabeça e deu uma olhada no corredor, como se Aria fosse se materializar ali miraculosamente. — Ela falou sobre isso com você? Você sabe se Emily recebeu alguma?

— Por que você não vai incomodar Wilden com isso? — disse Hanna apressada, dando um passo para trás.

— Você acha que eu deveria? — Spencer colocou o dedo no queixo. — A mensagem diz que eu deveria ficar quieta.

Hanna zombou dela.

— Você é tão boba — disse ela. — É... um... imitador.

Com isto, ela deu de ombros e virou-se. Spencer deu um gritinho de indignação, mas Hanna a ignorou. Ela não ia deixar esse falso A manipulá-la — ela *não* seria a mesma garotinha fraca e assustada de poucos meses atrás. Sua vida estava diferente agora.

Kate, Naomi e Riley estavam juntas no fim do corredor, perto da janela que dava para o campo de futebol coberto de neve. Hanna foi até elas, esperando não ter perdido nada legal. Elas estavam conversando sobre o que vestiriam na festa de arrecadação de fundos para Rosewood Day na casa de Spencer no sábado à noite. O plano era fazer uma sessão de bronzeamento artificial na Sun Land pela manhã, depois fazer pés e mãos no Fermanata à tarde para, em seguida, ir à casa de Naomi trocar de roupa e fazer a maquiagem antes de entrarem em um carro alugado. Elas consideraram alugar uma grande limusine Hummer, mas Kate as informara que Hummers eram *tão dois anos atrás...*

— Os fotógrafos das colunas sociais podem estar lá, então vou usar meu vestido frente única Derek Lam. — Naomi tirou uma mecha de franjas de seu cabelo louro claríssimo dos olhos.

— Minha mãe disse que eu tenho que guardá-lo para o baile, mas eu sei que ela esquecerá em uma semana e me deixará comprar outra coisa.

— Ou todas nós poderíamos usar vestidos parecidos — sugeriu Riley, parando para olhar seu estojo de pó compacto Dior.

— O que acham daqueles vestidos da Sweetface que nós vimos na Saks ontem?

— Sweetface, eca. — Naomi colocou a língua para fora.

— Não deveriam deixar celebridades desenharem roupas.

— Aqueles vestidos são curtos e muito fofos — insistiu Riley.

— Parem de brigar — disse Kate, incomodada. — Nós vamos ao King James outra vez hoje à tarde, tudo bem? Deve haver toneladas de lojas lá que ainda não vimos. Todas nós encontraremos alguma coisa fabulosa. O que você acha, Hanna?

— Combinado. — Hanna balançou a cabeça. Naomi e Riley logo concordaram.

— E nós precisamos encontrar um namorado para você também, Kate. — Naomi abraçou Kate pela cintura. — Há tantos meninos fofos nesta cidade.

— E o irmão do Noel, Eric? — sugeriu Riley, encaixando seu traseiro magricela na saída de ar quente. — Ele é tão sexy.

— Ele saiu com Mona. — Naomi olhou para Hanna. — Isso não é, tipo, estranho?

— Não — disse Hanna rapidamente. Pela primeira vez ela não sentira uma pontada de dor ao ouvir o nome de Mona.

— Eric *seria mesmo* perfeito para Kate. — Naomi arregalou os olhos. — Ouvi dizer que quando ele estava namorando Briony Kogan, eles escaparam para Nova York e ficaram em uma cobertura no Mandarin Oriental. Eric a levou em um passeio de carruagem pelo Central Park e comprou para ela uma pulseira do amor da Cartier.

— Eu *também* ouvi falar sobre isto! — Riley se empolgou.

— Bem, eu não reclamaria de namorar um cara romântico assim — admitiu Kate. Fazendo um beicinho dissimulado, Hanna acenou com a cabeça, entendendo sua referência à relação secreta, desastrosa e *complicada* com o Garoto Herpes em Annapolis. Ainda que Kate não tivesse confirmado que era herpes, ela havia pedido que Hanna não tocasse neste assunto com suas novas amigas.

Hanna sentiu outra mão em seu braço e virou assustada, achando que fosse Spencer outra vez. Mas era Lucas.

— Oh, oi. — Hanna passou a mão pelo cabelo fazendo charme. Nos últimos dias, ela havia se comunicado com Lucas apenas por e-mails e mensagens rápidas, ignorando suas muitas ligações. Ela estivera ocupada, cultivando seu novo grupo, que era uma arte tão delicada quanto bordar um vestido de alta-costura. Com certeza Lucas entenderia.

Hanna percebeu uma pequena mancha do que deveria ser um restinho da cobertura de uma rosquinha na ponta do nariz de Lucas. Geralmente, ela achava fofa esta falta de habilidade que ele tinha de conseguir colocar toda a comida na boca, mas, na frente de Kate, Naomi e Riley, era desconcertante. Ela limpou aquilo. A vontade dela era também colocar a camisa dele dentro da calça, amarrar os cadarços de seus tênis Converse bem apertados e arrumar seu cabelo — parecia que ele havia esquecido de usar o gel Ceylon-scented que ela havia comprado para ele na Sephora —, mas aquilo a faria parecer esnobe.

Kate deu um passo para a frente, rindo alto.

— Oi, Lucas. Legal ver você outra vez.

Os olhos de Lucas foram do braço de Kate, que estava de braços dados com Hanna, para o rosto de Hanna, depois de volta para o braço de Kate. Hanna sorriu de maneira tola, rezando para Lucas ficar de boca calada. A última vez que ele havia visto Hanna e Kate juntas havia sido nas férias de inverno, quando ele fora apanhar Hanna para esquiar. Hanna nem havia se incomodado em apresentar Kate a ele, fingindo que sua meia-irmã não era nada além de uma peça na mobília da sala. Ela não tivera tempo de contar a ele a respeito das últimas reviravoltas.

Kate tossiu, parecendo se divertir.

— Bem, nós deveríamos deixar os pombinhos a sós, meninas.

— Eu alcanço vocês — disse Hanna de maneira discreta.

— Tchau, Lucas — disse Kate enquanto ela, Naomi e Riley desciam o corredor.

Lucas mudou os livros de braço.

— Bem...

— Eu sei o que você vai dizer — interrompeu Hanna, com a voz tensa. — Decidi dar uma chance a Kate.

— Mas eu achei que você tinha dito que ela era demoníaca.

Hanna colocou as mãos na cintura.

— E o que eu devo fazer? Ela vive na minha casa. Meu pai praticamente disse que me rejeitaria se eu não fosse legal com ela. Ela se desculpou, e eu decidi aceitar as desculpas. Por que você não pode simplesmente aceitar e ficar feliz por mim?

— Tudo bem, tudo bem. — Lucas deu um passo para trás, rendendo-se. — Eu *estou* feliz por você. Não tive a intenção de parecer que não estava. Desculpe.

Hanna suspirou.

—Tudo bem. — Mas Lucas tinha acabado com sua paciência. Ela tentou ouvir o que Kate, Naomi e Riley estavam dizendo, mas elas estavam longe demais. Será que ainda estavam falando sobre vestidos ou teriam mudado para sapatos?

Lucas abanou a mão na frente de Hanna com um olhar preocupado no rosto.

—Você está bem? Você parece meio... estranha.

Hanna deu seu melhor sorriso.

— Eu estou bem. Ótima, na verdade. Mas nós deveríamos ir, certo? Vamos nos atrasar para a aula.

Lucas concordou, ainda olhando engraçado para Hanna. Finalmente, ele suspirou, inclinou-se e beijou seu pescoço.

— Falamos mais sobre isto depois.

Hanna observou enquanto Lucas se dirigia para a o setor das salas de ciências da escola. Nas férias de inverno, Hanna e Lucas haviam construído uma grande mulher de neve, algo que Hanna não fazia desde que era pequena. Lucas dera à mulher de neve grandes seios de cirurgia plástica, e Hanna havia amarrado seu cachecol da Burberry ao redor do pescoço dela. Depois que terminaram, tiveram uma guerra de bola de neve, em seguida entraram e fizeram cookies de chocolate. Hanna, polidamente, comera apenas *dois*.

Aquela era sua lembrança preferida das férias de inverno, mas agora Hanna se perguntava se ela e Lucas não deveriam ter feito algo mais maduro. Tipo dar uma escapada para o Mandarin Oriental em Nova York, por exemplo, e comprar joias na Quinta Avenida.

Os corredores estavam quase vazios, e muitos professores já fechavam as portas de suas salas de aula. Hanna começou a andar pelo corredor, balançando o cabelo e tentando ao máximo espantar aquela sensação de estranheza. Um pequeno toque soou dentro de sua bolsa, fazendo-a pular. Seu celular.

Um nó de preocupação começou a pulsar no estômago de Hanna. Quando ela olhou para a tela, ficou aliviada ao ver que era de Lucas.

> Esqueci de perguntar: nós ainda vamos nos encontrar esta tarde? Mande uma mensagem quando você receber esta.

A música clássica que eventualmente servia de sinal já silenciara, o que significava que Hanna estava atrasada. Ela havia esquecido que oferecera ajuda a Lucas para escolher novas calças jeans no shopping. Mas ela odiava a ideia de Kate, Naomi e Riley comprando vestidos sem ela, e parecia estranho ter a companhia de Lucas.

Não posso, respondeu ela, digitando enquanto andava. *Desculpe.*

Ela apertou enviar e fechou o telefone. Quando virou a esquina, viu suas novas melhores amigas de pé no fim do corredor, esperando por ela. Hanna sorriu e as alcançou, afastando a sensação de culpa e desolação. Afinal, ela era Hanna Marin, e era fabulosa.

18

UM JÚRI DE UM SÓ JURADO

Na noite de quinta-feira, Spencer se sentou à mesa de jantar sozinha. Melissa havia ido se encontrar com uns amigos uma hora antes, e seus pais saíram porta afora, mal dizendo adeus. Ela teve que vasculhar na geladeira em busca de algumas caixas de comida chinesa velha para jantar.

Spencer olhou para a pilha de correspondência sobre a mesa. Fenniworth College, uma escola insignificante do centro da Pensilvânia, lhe enviara um catálogo e uma carta dizendo que seria um prazer mostrar o campus para ela. Mas a única razão pela qual Fenniworth ainda desejava que Spencer se inscrevesse era provavelmente o dinheiro de sua família. Dinheiro ao qual ela pensara ter direito – até agora.

Ela tirou o celular Sidekick do bolso e verificou sua caixa de e-mail pela terceira vez em quinze minutos. Nenhuma novidade do site de adoção. Nenhuma novidade do novo assustador A. E, infelizmente, nenhuma novidade de Wilden. Seguindo a sugestão de Hanna, Spencer ligara para ele para contar sobre a mensagem recebida na biblioteca, acrescentando que estava certa de que alguém a estava observando pelas janelas.

Mas Wilden parecera distraído. Ou talvez ele não acreditasse nela – talvez a considerasse uma testemunha não confiável também. Ele lhe garantira mais uma vez que aquilo era apenas uma brincadeira sem graça de algum garoto entediado atrás de confusão, e que ele e o restante da força policial de Rosewood estavam investigando a origem das mensagens. Em seguida, ele desligou o telefone enquanto Spencer estava no meio de uma frase. Ela olhou para o celular, louca de raiva.

Candace, a empregada, começou a esfregar o fogão, enchendo o ambiente com o cheiro de eucalipto do produto de limpeza. A última temporada de *America's Next Top Model*, o programa favorito de Candace, soava baixinho na tela da TV sobre os armários. O pessoal do *buffet* tinha acabado de deixar parte da comida para a festa de angariação de fundos de sábado e a adega já entregara várias caixas de vinho. Algumas garrafas grandes estavam sobre a bancada da cozinha, recordações constantes de que Spencer *não estava incluída* nos preparativos da festa. Se ela estivesse, certamente não teria pedido Merlot – teria pedido algo com mais classe, como Barolo.

Spencer olhou para a televisão enquanto um monte de garotas lindas desfilavam em uma passarela improvisada em um necrotério, exibindo o que parecia ser uma cruza entre biquínis e camisas de força. De repente, a tela da televisão escureceu. Spencer ergueu a cabeça. Candace deixou escapar um grunhido frustrado. O logo do noticiário local surgiu na tela.

– Furo de reportagem em Rosewood! – disse um jornalista. Spencer pegou o controle remoto e aumentou o volume.

Um repórter com olhos de besouro cercado por um grupo de pessoas estava diante do fórum de Rosewood.

— Temos novas informações sobre o julgamento antecipado do caso Alison DiLaurentis. Apesar da especulação sobre a falta de evidências, a promotoria anunciou há poucos minutos que o julgamento acontecerá na data marcada.

Spencer apertou o cardigã de *cashmere* ao redor do pescoço, deixando escapar um grande suspiro de alivio. Depois a reportagem passou a mostrar a imagem da grande casa de Ian, com uma bandeira americana se agitando na varanda da frente.

— O sr. Thomas foi liberado em fiança temporária até o início de seu julgamento — anunciou o repórter. — Falamos com ele na noite passada para saber como estava.

A imagem de Ian surgiu na tela.

— Eu sou inocente — protestou ele, os olhos arregalados. — Alguém é responsável por isto, não eu.

— Credo — disse Candace, balançando a cabeça. — Não posso acreditar que esse garoto já esteve nesta casa!

Ela pegou uma lata do purificador de ar Febreeze e jogou um jato na direção da televisão, como se a mera presença de Ian na tela tivesse deixado um odor ruim no ambiente.

O repórter terminou e *ANTM* voltou. Spencer ficou de pé, sentindo-se tonta. Ela precisava de um pouco de ar... e tirar Ian da cabeça. Com passos incertos, saiu pela porta dos fundos em direção ao jardim, quando uma rajada de ar gelado atingiu seu rosto. O termômetro em forma de garça que balançava em uma estaca perto da churrasqueira indicava que a temperatura era de apenas um grau, mas Spencer não se preocupou em entrar em casa para pegar um casaco.

Estava calmo e escuro na varanda. A floresta atrás do celeiro – o último lugar em que Spencer vira Ali viva – parecia mais sombria que de costume. Quando ela virou e olhou para o seu quintal da frente, uma luz na casa dos Cavanaugh acendeu. Uma figura alta, de cabelos escuros, andou perto da janela da sala. Jenna. Ela estava passando por ali, falando ao telefone, seus lábios movendo-se com rapidez. Spencer sentiu um calafrio, incomodada. Era de uma estranheza tão grande ver alguém usando óculos escuros dentro de casa... e à noite.

– Spencer – alguém sussurrou muito perto.

Spencer virou na direção da voz e seus joelhos falharam. Ian estava de pé no outro lado da varanda. Ele vestia uma jaqueta preta da North Face fechada até o nariz e um gorro de esqui preto que cobria suas sobrancelhas. A única coisa que Spencer conseguia ver eram seus olhos. Ela começou a gritar, mas Ian levantou a mão.

– *Shhhh*. Escute só um segundo.

Spencer estava tão assustada que poderia jurar que seu coração estava saltando no peito.

– Co-como você saiu da sua casa?

Os olhos de Ian brilharam.

– Eu tenho os meus meios.

Ela deu uma olhada para a janela da cozinha, mas Candace havia saído de lá. Seu Sidekick estava a uma pequena distância, guardado em sua capa verde-hortelã de couro Kate Spade, sobre a mesa molhada do jardim. Ela tentou alcançá-lo.

– Não – implorou Ian, falando num tom mais suave. Ele abriu um pouco seu casaco e tirou o gorro. Seu rosto parecia mais magro e o cabelo ficou bagunçado.

— Eu só quero falar com você — disse ele. — Nós costumávamos ser bons amigos. Por que você fez isso comigo?

Spencer ficou boquiaberta.

— Porque você matou minha melhor amiga, por isso!

Ian vasculhou o bolso do casaco, sem que seus olhos se desviassem dela em nenhum momento. Devagar, ele tirou uma caixa de cigarros Parliament do bolso e acendeu um com seu isqueiro Zippo. Era algo que Spencer pensava que nunca veria. Ian costumava fazer propagandas das campanhas governamentais de combate ao fumo ao lado de outros garotos bem-comportados de Rosewood.

Uma nuvem de fumaça azulada serpenteou para fora de sua boca.

— Você sabe que eu não matei Alison. Eu não tocaria em um fio de cabelo dela.

Spencer segurou as estacas lisas de madeira ao longo da lateral da varanda para se equilibrar.

— Você a *matou* — reiterou ela, sua voz vacilante. — E se você acha que as mensagens que nos enviou vão nos assustar para não testemunharmos contra você, está enganado. Nós não temos medo de você.

Ian inclinou a cabeça, triste.

— Que mensagens?

— Não banque o idiota — grunhiu Spencer.

Ian fungou, ainda confuso. Spencer olhou para o buraco no quintal dos DiLaurentis. Estava *tão próximo*. Seus olhos se deslocaram para o celeiro, o lugar onde dormiram juntas pela última vez. Todas elas estavam muito empolgadas porque o sétimo ano tinha acabado. Claro, havia alguma tensão entre todas elas, e claro, Ali havia feito muitas coisas que irritaram Spencer, mas ela estava certa de que se passassem tempo suficiente juntas naquele verão, longe de todo mundo do colégio, se tornariam tão próximas quanto antes.

Mas houve aquela briga estúpida sobre fechar as cortinas para que Ali pudesse hipnotizá-las. Antes que Spencer percebesse, a discussão saíra do controle. Ela disse a Ali para ir embora... e Ali foi.

Por muito tempo, Spencer se sentiu mal pelo que havia acontecido. Se ela não tivesse dito a Ali para ir embora, talvez a amiga não estivesse morta. Mas agora ela sabia que nada que tivesse feito teria feito diferença. Ali planejara escapar dali. Ela provavelmente estava doida para encontrar Ian, para saber o que ele havia decidido – terminar com Melissa, ou deixar Ali contar para todo mundo a respeito da relação ooooh-tão-inapropriada deles. Ali se empolgava com coisas assim, com a possibilidade de medir seu poder de manipulação sobre as pessoas. Ainda assim, aquilo não dava a Ian o direito de assassiná-la.

Os olhos de Spencer se encheram de lágrimas. Ela pensou na foto antiga que elas viram antes de os noticiários anunciarem a liberação de Ian, a foto do dia do anúncio da Cápsula do Tempo. Ian tivera a audácia de ir até Ali e dizer que a mataria. Quem sabe, talvez ele quisesse mesmo matá-la já naquela época. Talvez ele desejasse vê-la morta desde então. E talvez pensasse ter cometido o crime perfeito. *Ninguém nunca suspeitará de mim*, ele poderia ter pensado. *Afinal de contas, eu sou Ian Thomas.*

Tremendo, ela olhou para Ian.

– Você realmente achou que fosse escapar depois do que fez? O que estava passando pela sua cabeça enquanto você se divertia com Ali? Você não sabia que era errado? Você não percebeu que estava se aproveitando dela?

Um corvo grasnou na distância, um som alto e feio.

— Eu não estava me aproveitando dela — disse Ian.

Spencer fungou.

— Ela estava no sétimo ano... você estava no fim do ensino médio. Isto não parece estranho para você? — Ian piscou. — Então ela importunou você com um ultimato idiota — prosseguiu Spencer, com as narinas dilatadas. —Você não precisava levá-la a sério. Você deveria ter simplesmente dito a ela que não queria mais vê-la!

— É isso que você acha que aconteceu? — Ian parecia mesmo espantado. — Que Ali gostava mais de mim do que eu dela? — Ele sorriu. — Ali e eu flertávamos muito, mas era só isso. Ela nunca pareceu interessada em levar nada adiante.

— *Ah, tá bom...* — disse Spencer com os dentes cerrados.

— Mas então... de repente... ela mudou de ideia — prosseguiu Ian. — Primeiro, pensei que ela estava me dando atenção para irritar alguém.

Os segundos se arrastavam, lentos. Um pássaro pousou no comedouro, na parte de trás da varanda, bicando o alpiste. Spencer colocou as mãos na cintura.

— E eu suponho que seria *eu*, certo? Ali decidiu gostar de você porque isto me irritaria?

— O quê? — Uma rajada de vento ergueu as pontas do cachecol preto de Ian.

Spencer bufou. Ela teria que soletrar?

— Eu gostava. De você. No sétimo ano. Eu sei que Ali contou para você. Ela o convenceu a me beijar.

Ian suspirou, a sobrancelha ainda franzida.

— Eu não sei. Foi há muito tempo.

— Pare de mentir! — exclamou Spencer, suas bochechas queimando. — Você matou Ali — repetiu ela. — Pare de fingir que não.

Ian abriu a boca, mas nenhum som saiu.

— E se eu disser que há algo que você não sabe? — ele finalmente deixou escapar.

O som de um avião distante ecoou sobre eles. Poucas casas adiante, o sr. Hurst ligava sua máquina de limpar neve.

— Do que você está falando? — perguntou ela, aos sussurros.

Ian deu outra tragada em seu cigarro.

— É algo importante. Acho que os policiais sabem disto também, mas estão ignorando. Eles estão tentando me enquadrar, mas amanhã terei em minhas mãos uma evidência que provará minha inocência. — Ele se aproximou ainda mais de Spencer, soprando fumaça em seu rosto. — Acredite. É algo que vai virar sua vida de cabeça para baixo.

O corpo inteiro de Spencer entorpeceu.

— Então me diga o que é.

Ian olhou para longe.

— Ainda não posso dizer. Quero ter certeza.

Spencer sorriu com amargura.

— Você espera que eu... acredite na sua palavra? *Eu* não devo a *você* nenhum favor. Talvez fosse melhor você conversar com Melissa em vez de tentar me convencer. Acho que ela será mais receptiva a sua historinha chorosa.

Um olhar desconfiado que Spencer não conseguiu entender cruzou o rosto de Ian, como se ele não gostasse nada daquela ideia. A fumaça tóxica do cigarro de Ian se acomodou sobre eles como uma mortalha.

— Eu podia estar bêbado naquele noite, mas sei o que eu vi — disse Ian. — Eu saí de lá com a *intenção* de me encontrar com Ali... Mas vi duas loiras junto às árvores em vez disto. Uma delas era Alison. A outra... — Ele ergueu a sobrancelha de maneira sugestiva.

Duas loiras na floresta.

Spencer balançou a cabeça com rapidez, entendendo o que Ian estava sugerindo.

— Não era eu. Eu segui Ali até que ela saísse do celeiro. Mas depois ela me deixou... Para encontrar *você*.

— Era outra loira, então.

— Se você viu alguém, por que não disse aos policiais quando Ali desapareceu?

Os olhos de Ian se desviaram para a esquerda. Ele deu uma nova tragada nervosa. Spencer estalou os dedos e apontou para ele.

—Você nunca disse nada porque *nunca viu nada*. Não há um grande segredo que os policiais estão ignorando de propósito... ponto. *Você* a matou, Ian, e vai pagar por isso. Fim da história.

Ian a encarou por longos segundos. E depois arremessou a ponta de cigarro no quintal.

— Você não entendeu nada — disse ele, com voz sombria. Depois deu as costas para ela e deixou a varanda, fugindo pelo pátio de Spencer e desaparecendo por entre as árvores. Spencer esperou até que ele sumisse para então desabar de joelhos no chão, sem forças, mal percebendo quando a lama encharcou sua calça jeans. Lágrimas quentes de pavor escorreram pelo seu rosto. Vários minutos se passaram até ela perceber que seu Sidekick, ainda sobre a mesa do pátio, estava tocando.

De um salto, ela pegou o telefone. Havia uma nova mensagem na caixa postal.

Pergunta:
Se a pequena-senhorita-não-tão-perfeita-assim desaparecer, alguém se importaria? Você me dedurou duas vezes. Três jogadas e nós descobriremos se seus "pais" chorarão pela perda de sua vida patética.
Se liga, Spence. – A

Spencer olhou na direção das árvores na parte de trás da propriedade.

– Não está enviando mensagens, não é, Ian? – gritou ela para o vazio, sua voz áspera. – Apareça para que possa vê-lo!

O vento rodopiou em silêncio. Ian não respondeu. A única evidência de que ele estivera ali era a ponta com brasa avermelhada de seu cigarro, que aos poucos ia se apagando no meio do quintal.

19

BISCOITOS DA SORTE NÃO COSTUMAM FAZER REVELAÇÕES TÃO EMOCIONANTES ASSIM

Na noite de quinta-feira, depois do treino de natação, Emily se colocou diante do grande espelho do vestiário de natação de Rosewood Day, examinando sua roupa. Vestia suas calças favoritas, de veludo cotelê chocolate, uma blusa rosa-claro com apenas um pouco de babado, e rasteirinhas pink. O traje era apropriado para o jantar no China Rose com Isaac? Ou era muito menininha e pouco Emily? Não que ela soubesse o que seria o estilo Emily nos últimos tempos.

— Por que você está tão fofa? — Carolyn apareceu de repente ao lado de Emily, fazendo-a pular. — Você tem um encontro?

— Não! — disse Emily, assustada.

Carolyn ergueu a cabeça, maliciosa.

— Quem é ela? Alguém que eu conheço?

Ela. Emily estalou a língua.

— Eu só estou indo encontrar um rapaz para jantar. Um amigo. Só isso.

Carolyn andou ao redor da irmã e ajustou o colar dela.

— É esta a história que você contou para a mamãe também?

Na verdade, esta *era* a história que Emily havia contado para sua mãe. Ela era provavelmente a única garota em Rosewood que poderia contar a seus pais que ia sair com um garoto sem ter que ouvir um sermão paranoico sobre como sexo é uma coisa séria que deve acontecer entre duas pessoas que são muito mais velhas e que estão apaixonadas.

Desde seu beijo com Isaac no dia anterior, estivera vagando em uma bruma de perplexidade. Ela não tinha a mínima ideia do que acontecera em suas aulas naquele dia. Seu sanduíche de geleia com manteiga de amendoim no almoço poderia ter sido feito com serragem e sardinhas que ela não teria notado. E mal piscou quando Mike Montgomery e Noel Kahn acenaram para ela no estacionamento depois do treino, perguntando se ela tivera boas férias de Natal.

— Há uma versão lésbica do Papai Noel? — gritara Mike, todo animado. — Você sentou no colo dela? Existem elfas lésbicas?

Emily não se ofendera com aquilo, o que também a preocupava. Se piadas sobre gays não a incomodavam mais, significava que ela não era gay? Mas aquela não tinha sido a coisa mais séria e assustadora que descobrira sobre si nos últimos meses? A razão de ter sido enviada para Iowa por seus pais? Se ela nutria por Isaac os mesmo sentimentos que tinha por Maya e Ali, o que isto fazia dela? Hétero? Bi? Confusa?

Mas, ao mesmo tempo que queria contar a sua família sobre Isaac — ele era, ironicamente, o tipo certo de rapaz para levar em casa e apresentar a seus pais —, ela se sentia envergonhada. E se não acreditassem nela? E se rissem? E se ficassem com raiva? Ela causara muita confusão na família no outono anterior. Agora ela gostava de um garoto outra vez, assim, do nada? E a mensagem que recebera de A tocara em um ponto importante. Ela não sabia se Isaac era conservador e como ele reagiria aos segredos de seu passado. E se a revelação o deixasse constrangido e ele nunca mais falasse com ela?

Emily bateu a porta de seu armário, fechou o cadeado e depois pegou sua bolsa de lona.

— Boa sorte — cantarolou Carolyn, enquanto Emily deixava o quarto de vestir. — Tenho certeza de que *ela* vai achar você linda.

Emily fez uma careta, mas não a corrigiu.

O restaurante China Rose ficava a alguns quilômetros da Route 30, um pequeno prédio jovial que se erguia, solitário, ao lado de uma estrutura de pedra bastante desgastada que, em outros tempos, costumava ser uma fonte. Para chegar lá, Emily precisava dirigir pelo estacionamento de uma Kinko, uma loja de aviamentos e o mercado Amish, que vendia manteiga de maçã caseira e pinturas de animais de fazenda em tábuas envernizadas de madeira. Quando ela saiu do carro, o estacionamento estava estranhamente silencioso. Silencioso *demais*? Os cabelos de sua nuca começaram a ficar arrepiados. Emily não ligara de volta para Aria para discutir sobre o novo A. Na verdade, Emily estava com medo demais de falar com qualquer um a respeito, e decidiu que se não pensasse no assunto, talvez tudo desaparecesse. Aria também não ligara de volta. Emily se perguntou se ela também estava tentando esquecer a história toda.

O boliche, The Rosewood Bowl-O-Rama, também fazia parte do complexo de lojas, apesar de estar sendo reformado para virar outro Whole Foods.

Emily, Ali e as outras costumavam jogar boliche naquela ruela às sextas à noite no começo do sexto ano, logo depois que se tornaram amigas. Primeiro, Emily pensara que aquilo era meio esquisito. Ela presumira que se encontrariam no Shopping King James, onde Ali e seu antigo grupo costumavam ir nos fins de semana. Mas Ali disse que precisava de um tempo do King James — e de todo mundo em Rosewood Day.

— Novas amigas precisam de tempo sozinhas, vocês não acham? — perguntara Ali a elas. — E ninguém da escola nos encontrará lá.

Fora ali que Emily fizera a Ali sua única pergunta sobre o jogo da Cápsula do Tempo — e a coisa assombrosa que Ian dissera a Ali naquele dia. Elas estavam de bobeira em uma das pistas de boliche, consumindo montes de refrigerante açucarado e vendo quem conseguia derrubar mais pinos jogando a bola por entre as pernas. Emily se sentia corajosa naquela noite, disposta a escavar o passado que todas elas tentavam tanto evitar. Quando Spencer ficou de pé para jogar e Hanna e Aria escaparam até as máquinas de refrigerante, Emily se virou para Ali, que estava ocupada desenhando carinhas sorridentes nas bordas do cartão de pontos.

— Você se lembra daquela briga que Ian Thomas e o seu irmão tiveram no dia em que a Cápsula do Tempo foi anunciada?

Emily fez a pergunta de maneira casual, como se não tivesse pensado naquilo por semanas. Ali deitou a caneta do cartão de pontos e olhou para Emily por quase um minuto. Finalmente, ela se inclinou e refez o laço em seu sapato.

— Jason é um doido — murmurou ela. — Eu reclamei com ele sobre isso quando ele me deu uma carona para casa naquele dia.

Mas Jason *não dera* uma carona para Ali naquele dia – ele fora embora em um carro preto, e Ali e seu grupo seguiram na direção da floresta.

– Então aquela briga não chateou você?

Ali olhou para cima, sorrindo.

– Calma aí, Delegada! Eu sei cuidar de mim! – Aquela foi a primeira vez que Ali a chamara de Delegada, como se ela fosse sua pitbull, sua guarda-costas particular, e o apelido pegara.

Olhando agora para o passado, Emily se perguntava se Ali não fora na verdade se encontrar com Ian e escondido o fato com a mentira sobre pegar carona para casa com Jason. Livrando a cabeça de todos os pensamentos sobre Ali, Emily bateu a porta do Volvo, colocou as chaves no bolso e seguiu pela pequena passagem murada que levava até a porta de entrada do China Rose. O interior do restaurante era decorado para parecer uma cabana com telhado de palha, com teto coberto de bambu e havia um grande aquário cheio de peixes dourados brilhantes e gordos. Emily deu uma volta na área de entregas, o cheiro de gengibre e cebolinha fazendo cócegas em seu nariz. Na caótica cozinha aberta, era possível ver um bando de cozinheiros pairando sobre as *woks*. Felizmente, ela não viu ninguém de Rosewood Day.

Isaac acenou para ela de uma mesa nos fundos. Emily acenou de volta, imaginando se seu rosto deixava transparecer seu nervosismo. Vacilante, ela foi em direção a ele, tentando não bater em nenhuma mesa naquele lugar apertado.

– Oi – disse Isaac. Ele vestia uma camisa azul-escura que realçava-lhe os olhos. Seu cabelo estava penteado para trás, mostrando maçãs do rosto bem marcadas.

— Oi — respondeu Emily. Houve uma pausa esquisita quando eles sentaram.

— Obrigado por vir — disse Isaac, um pouco formal demais.

— De nada — disse Emily, tentando parecer tímida e modesta.

— Eu senti saudades — acrescentou ele.

— Ah! — Emily arrulhou, sem saber como responder.

Ela deu um gole em sua água para não ter que dizer nada. Uma garçonete os interrompeu, entregando menus e toalhas para as mãos. Emily colocou a toalha sobre os pulsos, tentando se acalmar. Sentir o calor úmido contra a sua pele a fez pensar na ocasião em que ela e Maya foram nadar no córrego de Marwyn no outono. A água estava tão morna por causa do sol da tarde, tão relaxante quanto uma banheira.

O barulho de panelas que chegava da cozinha interrompeu os pensamentos de Emily. Por que estava com a cabeça em *Maya*? Isaac olhava para ela curioso, como se soubesse o que ela estava pensando. Isto a fez ficar mais vermelha ainda.

Ela encarou o jogo americano com figuras do zodíaco chinês, louca para parar de pensar em Maya. Pelas bordas do jogo americano havia símbolos do zodíaco tradicional também.

— Qual é o seu signo? — perguntou ela de forma brusca.

— Virgem — respondeu Isaac. — Generoso, envergonhado e perfeccionista. Qual é o seu?

— Touro — respondeu Emily.

— Isto significa que somos compatíveis. — Isaac deu um pequeno sorriso para ela.

Emily ergueu uma sobrancelha, surpresa.

— Você conhece astrologia?

— Minha tia entende disso — explicou Isaac, passando a toalha quente por sobre as palmas das mãos. — Ela está sempre em nossa casa e faz meu mapa algumas vezes por ano. Sei tudo a respeito da minha lua e de meu signo ascendente desde que tinha seis anos. Ela pode fazer seu mapa, se você quiser.

Emily sorriu, empolgada.

— Eu adoraria.

— Mas na verdade, você sabia que nós não somos realmente os signos astrológicos que temos? — Isaac tomou um gole de chá verde. — Eu vi alguma coisa a respeito disso no Science Channel. As pessoas criaram o zodíaco milhares de anos atrás, mas entre aquela época e agora, a Terra aos poucos mudou seu eixo. As constelações do zodíaco e os meses aos quais eles correspondem no céu estão fora de sincronia. Eu não entendi bem toda a logística, mas tecnicamente, você não é taurina. Você é de Áries.

Emily hesitou. *Áries?* Impossível. Sua vida toda se alinhava perfeitamente com o que era certo para um taurino, desde escolher as cores para vestir até qual era seu melhor meio de competição. Ali costumava brincar que taurinos confiáveis e teimosos sempre tinham os horóscopos mais entediantes, mas Emily gostava de seu signo. A única coisa que ela sabia a respeito de Áries era que eles eram impacientes, tinham que ser o centro das atenções, e às vezes eram meio promíscuos. Spencer era ariana. Ali também. Ou na verdade elas eram piscianas?

Isaac se inclinou para a frente, colocando o menu de lado.

— E eu sou de Leão. Nós *ainda* somos compatíveis. — Ele abaixou seu cardápio. — Então, agora que resolvemos a questão astrológica, o que mais devo saber sobre você?

Uma pequena voz incômoda na cabeça de Emily dizia que havia muitas coisas que ele *deveria* saber, mas ela a ignorou solenemente.

— Por que não falamos sobre você primeiro?

— Tudo bem... — Isaac tomou um gole de água, pensando. — Bem, além de tocar violão, também toco piano. Faço aulas de música desde os três anos.

— Nossa! — Emily arregalou os olhos. — Tive aulas quando era mais nova, mas achei muito chato. Meus pais costumavam brigar comigo porque eu nunca praticava.

Isaac sorriu.

— Meus pais me forçaram a praticar também. Então, o que mais? Bem, meu pai tem um *buffet*. E porque eu sou um cara legal e filho dele, além de mão de obra barata, trabalho em muitos dos eventos.

Emily sorriu.

— Então você sabe cozinhar?

Isaac balançou a cabeça.

— Não, sou uma tragédia. Não consigo nem fazer uma torrada. Tudo o que eu faço é servir. Na próxima semana, vou trabalhar em uma arrecadação de fundos em um lugar para reabilitação de vítimas de queimaduras. É um hospital de cirurgia plástica também, mas ainda bem que a festa não é para levantar dinheiro para nada *disto*. — Ele fez uma careta.

Emily arregalou os olhos. Havia apenas uma clínica de reabilitação de queimadura/cirurgia plástica nas redondezas.

— Você está falando da clínica William Atlantic?

Isaac confirmou com a cabeça, sorrindo com curiosidade.

Emily o fitou, sem pensar em nada, olhando fixamente o grande gongo de bronze perto da bancada da recepcionista. Um menininho sem dois dentes da frente estava tentando desesperadamente chutá-lo enquanto seu pai o detinha. Fora na William Atlantic — ou Bill Beach, como muitas pessoas chamavam — que Jenna Cavanaugh havia sido tratada de suas queimaduras depois que Ali sem querer a cegara com os fogos de artifício. Ou talvez Ali a tivesse queimado de propósito... Emily não sabia mais o que era verdade. Mona Vanderwaal fora tratada lá por causa das queimaduras que tivera na mesma noite.

Isaac baixou os olhos.

— Qual é o problema? Eu disse algo errado?

Emily deu de ombros.

— Eu, ah... Eu conheço o garoto cujo pai fundou a clínica.

— Você conhece o filho de David Ackard?

— Ele frequenta a mesma escola que eu.

Isaac concordou.

— Verdade. Rosewood Day.

— Eu sou bolsista parcial — disse Emily. A última coisa que ela queria era que ele pensasse que ela era uma daquelas garotas ricas mimadas, privilegiadas.

— Você deve ser muito inteligente — disse Isaac.

Emily abaixou a cabeça.

— Que nada.

Uma garçonete passou carregando vários pratos de General Tso's Chicken.

— Meu pai também vai servir comida em uma arrecadação de fundos de Rosewood Day no sábado. É em alguma casa de fazenda de dez quartos.

— Ah, é mesmo? — O coração de Emily quase parou.

Isaac obviamente estava falando do evento na casa de Spencer. Os alunos ouviram um pronunciamento sobre a arrecadação de fundos naquela manhã durante a chamada. Quase todos os pais iam às arrecadações de fundos da escola, e a maioria dos estudantes também, já que ninguém conseguia resistir à oportunidade de se arrumar e roubar taças de champanhe enquanto seus pais não estavam observando.

— Então eu vejo você lá? — O rosto de Isaac se iluminou.

Emily pressionou os dentes de seu garfo na palma da mão. Se ela fosse, as pessoas perguntariam por que eles estavam juntos. Mas se ela *não fosse* e Isaac perguntasse por ela, alguém poderia contar a verdade sobre o passado dela. Alguém como Noel Kahn ou Mike Montgomery ou até Ben, o antigo namorado de Emily. Talvez o novo A também estivesse lá.

— Acho que você me verá lá.

— Ótimo! — Isaac sorriu. — Serei um dos garçons vestindo smoking.

Emily ficou vermelha.

— Talvez você possa me dar servir pessoalmente — disse ela, num tom de flerte.

— Combinado — disse Isaac. Ele apertou a mão dela, e o coração de Emily deu uma cambalhota.

De repente, Isaac olhou para além da cabeça de Emily, sorrindo para algo que estava atrás dela. Quando Emily girou, seu coração afundou até o joelho. Ela piscou várias vezes, esperando que a garota de pé ali fosse apenas uma miragem.

— Oi, Emily. — Maya St. Germain tirou uma mecha de cabelo encaracolado da frente dos olhos amarelos tigrados. Ela usava um suéter branco pesado, uma saia de brim, e uma malha branca amarrada na cintura. Seus olhos iam de Emily para Isaac, tentando imaginar o que faziam juntos.

Emily afastou sua mão da mão de Isaac.

— Isaac — ela desafinou –-, esta é Maya. Nós somos da mesma escola.

Isaac se levantou um pouco, oferecendo a mão.

— Oi, eu sou o namorado de Emily.

Maya arregalou os olhos e deu um passo para trás, como se Isaac tivesse acabado de dizer que era um esterco de vaca.

— Certo — ironizou ela. — *Namorado* dela. Boa.

Isaac ficou sério.

— Desculpe?

Maya franziu a testa. E depois o tempo pareceu passar mais devagar. Emily viu o momento preciso em que o entendimento cruzou os olhos de Maya — não, isso *não é* piada. Um sorriso lento e divertido brotou em seus lábios. *Você está mesmo namorando com ele.* Os olhos de Maya brilhavam de forma perversa. *E você não disse a ele a verdade sobre você, assim como não contou para Toby Cavanaugh.* Emily entendeu como Maya deveria estar com raiva dela. Emily sacaneara Maya o outono inteiro, a traíra com Trista, uma garota que conhecera em Iowa, acusara Maya de ser A, e depois não trocara uma palavra com ela por meses. Naquele momento era a grande chance de Maya dar o troco em Emily por tudo aquilo.

Quando Maya abriu a boca para falar, Emily se levantou de repente, arrancou seu casaco das costas da cadeira, pegou a bolsa e começou a andar por entre as mesas na direção da porta. Não havia razão para estar ali quando Maya contasse a Isaac. Ela não queria ver a decepção — e mais certamente, o desgosto — no rosto dele.

O ar gelado atingiu seu rosto em cheio. Quando alcançou seu carro, inclinou-se sobre o capô, tentando se recompor. Ela não ousou olhar para dentro do restaurante. O melhor a fazer era entrar no carro, dirigir para longe, e nunca mais voltar a esse centro comercial.

O vento rodopiava no estacionamento de forma desoladora. Um grande poste acima da cabeça de Emily piscava e balançava um pouco. Em seguida, algo farfalhou atrás de um enorme Cadilac Escalade. Emily ergueu-se na ponta dos pés. Aquilo era uma sombra? Alguém estava *ali*? Ela vasculhou em busca das chaves, mas estavam no fundo de sua bolsa. O celular tocou e Emily deixou escapar um grito abafado. Ela se atrapalhou para pegá-lo no bolso, suas mãos tremendo. *1 nova mensagem.* Ela abriu o telefone.

Oi Em!
Você não odeia quando sua ex aparece e acaba com uma noite romântica? Imagino como ela soube onde encontrar você... Que isto sirva de aviso. Fale, e seu passado será o último de seus problemas. – A

Emily correu as mãos pelo cabelo. Fazia total sentido. A havia enviado uma mensagem a Maya dizendo que ela estava no restaurante. E Maya, querendo vingança, mordera a isca. Ou ainda pior, talvez Maya *fosse* a nova A.

– Emily?

Ela se virou, seu coração disparando. Isaac estava atrás dela. Ele não colocara o casaco, e suas bochechas estavam vermelhas por causa do frio.

– O que você está fazendo aqui fora? – perguntou ele.

Emily olhou para as luzes fluorescentes que demarcavam os lugares no estacionamento, incapaz de encarar os olhos dele.

– E-eu pensei que seria melhor eu ir embora.

– *Por quê?*

Ela parou. Isaac não parecia aborrecido. Ele parecia... *confuso*. Ela olhou através das janelas do restaurante, observando enquanto as garçonetes andavam para cima e para baixo no corredor de mesas. Era possível que Maya não tivesse dito nada?

— Desculpe pelo que eu disse lá dentro — prosseguiu Isaac, tremendo. — Que eu era seu namorado. Eu não tinha a intenção de definir nosso relacionamento assim.

O rosto dele demonstrava arrependimento sincero. De repente, Emily viu a cena da perspectiva dele — o que *ele havia* deixado escapar, o erro bobo que pensou ter cometido.

— Não se desculpe — apressou-se ela, firmando suas mãos geladas. — Deus, *por favor* não se desculpe!

Isaac piscou. Um canto de sua boca levantou em uma tentativa de sorriso.

— Eu queria que isso fosse um namoro. — Emily respirou fundo. Assim que ela disse isto, sabia que era a verdade absoluta. — Aliás, será que seu pai não daria a você uma folga na noite da arrecadação de fundos para Rosewood Day? Eu adoraria que você fosse comigo... como *meu* namorado.

Isaac sorriu.

— Eu acho que ele poderia me dar uma folga desta vez. — Depois de dizer isso, ele apertou as mãos dela com força, a puxou para mais perto e murmurou: — Então, quem era aquela garota no restaurante, afinal?

Emily enrijeceu, uma sensação aguda de culpa cutucando suas costelas. Ela deveria contar a verdade a Isaac antes que A contasse. Será que seria realmente tão ruim? Ela não passara todo o outono pensando em como falar sobre aquilo de forma natural e assumir quem e o que era?

Mas não, o trato era: se Emily mantivesse a boca fechada a respeito de A, A não falaria de sua vida para Isaac. Certo? Os braços dele eram tão confortáveis e acolhedores, e parecia uma pena arruinar o momento.

– Oh, é só uma garota que estuda comigo – respondeu ela finalmente, empurrando a verdade para o lado. – Ninguém importante.

20

QUE BELA FIGURA PATERNA

Uma hora depois na quinta-feira, Aria sentou ereta no sofá do escritório de sua casa. Mike sentou ao lado dela, mexendo na configuração de seu Wii, que Byron comprara para ele de presente Natal como pedido de desculpas por destruir a família e engravidar Meredith. Mike estava montando um novo personagem Mii, escolhendo as opções possíveis para olhos, orelhas e nariz.

— Por que eu não posso fazer com que meus bíceps fiquem maiores? — rosnou ele, avaliando seu personagem. — Pareço tão fraco.

— Você deveria fazer sua *cabeça* ficar maior — resmungou Aria.

— Quer ver o Mii que Noel Kahn fez de você? — Mike clicou de volta na tela principal, lançando a Aria um olhar de *alguém ainda gosta de você*. Noel tivera uma quedinha por Aria no outono. — Ele fez um dele mesmo também. Vocês dois se dariam bem na Wii-lândia.

Aria afundou no sofá, pegou um biscoito de queijo em uma grande tigela de plástico e não disse nada.

— Aqui está o Mii que Xavier fez. — Mike clicou sobre o personagem de cabeça grande, com um cabelo curto e grandes olhos castanhos. — Aquele cara é fogo no boliche, mas eu acabei com ele no tênis.

Aria coçou a nuca, um peso contraditório no peito.

— Então você... gosta do Xavier?

— Sim, ele é bem legal. — Mike clicou de volta no menu principal do Wii. — Por quê, você não?

— Ele é... legal. — Aria lambeu os lábios. Ela queria ressaltar que Mike de repente parecia estar superando muito bem o divórcio dos pais deles, considerando que depois que eles se separaram, ele havia jogado lacrosse na chuva obsessivamente. Mas se ela dissesse algo sobre aquilo, o irmão reviraria os olhos e a ignoraria por uma semana.

Mike olhou para ela, desligando o Wii e mudando para os noticiários da televisão.

— Você está agindo como se estivesse drogada ou alguma coisa do tipo. Você está nervosa com o julgamento de amanhã? Você vai fazer o maior sucesso naquele banco de testemunhas. Toma algumas doses de Jäger antes de subir lá e tudo vai ficar bem.

Aria fungou e olhou para o seu colo.

— Amanhã será apenas a abertura dos depoimentos. Eu não vou testemunhar até o fim de semana que vem, pelo menos.

— E daí? Tome uma dose de Jäger mesmo assim.

Aria lhe lançou um olhar aborrecido. Se uma dose de Jäger pudesse resolver todos os problemas dela...

O noticiário das seis da tarde estava no ar mostrando a fachada do fórum de Rosewood. Uma repórter perguntava a opinião de cidadãos a respeito do grande julgamento do dia seguinte. Aria enterrou a cabeça na almofada, sem vontade de assistir.

— Ei, você não conhece essa garota? — perguntou Mike, apontando para a TV.

— Que garota? — perguntou Aria, sua voz abafada pelo travesseiro.

— Aquela garota cega.

Aria levantou rapidamente a cabeça. Era verdade, Jenna Cavanaugh estava na televisão, um microfone sob o queixo. Usava óculos escuros Gucci, enormes e fabulosos, e um casaco de lã vermelho vibrante. Seu cão-guia estava sentado obedientemente ao seu lado.

— Espero que este julgamento termine logo — disse Jenna à repórter. — Eu acho que traz publicidade ruim para Rosewood.

— Sabe, ela é bem sexy para uma cega — observou Mike. — Eu transaria com ela.

Aria rosnou e bateu nele com a almofada. Então o iPhone de Mike tocou, ele se levantou de um salto e saiu da sala correndo. Enquanto ele subia as escadas, Aria voltou sua atenção para a televisão. A imagem de Ian apareceu na tela. Seu cabelo estava uma bagunça, e ele não sorria. Depois, o jornal mostrou o buraco coberto de neve no quintal dos DiLaurentis onde o corpo de Ali fora encontrado. O vento fazia a fita da polícia sacudir e dançar. Uma sombra embaçada tremeluzia entre dois pinhos enormes. Aria se inclinou para a frente, sua pulsação de repente acelerando. Aquilo era... uma *pessoa*? O noticiário voltou a mostrar a repórter na frente do fórum.

— O caso corre como planejado — disse a repórter —, mas muitos ainda afirmam que as evidências são muito fracas.

—Você não deveria se torturar com isso.

Aria se virou. Xavier estava apoiado no batente do escritório. Usava uma camisa listrada para fora da calça e tênis Adidas. Um relógio largo balançava em seu pulso esquerdo. Seus olhos se alternavam entre a tela da TV e o rosto de Aria.

— Eu acho que... hum, acho que Ella ainda está na galeria — disse Aria. — Ela precisava trabalhar em uma mostra particular.

Xavier entrou no escritório.

— Eu sei. Tomamos café antes de ela voltar para o trabalho. Minha casa está sem energia elétrica. Acho que a neve derrubou alguns cabos de energia. Ela disse que eu poderia ficar aqui até nós termos certeza de que voltou. — Ele sorriu. —Tudo bem para você? Eu posso fazer o jantar.

Aria passou as mãos no cabelo.

— Claro — disse ela, tentando agir naturalmente. Estava tudo bem entre eles, afinal. Ela pulou para o canto do sofá e colocou a vasilha de biscoito de queijo na mesa de café. — Você quer sentar?

Xavier sentou a duas almofadas de distância. O noticiário mostrava uma encenação da versão da emissora para a noite do assassinato de Ali. *Dez e trinta da noite, Alison e Spencer Hastings começam uma discussão. Alison deixa o celeiro*, dizia o narrador. A garota que interpretava Spencer parecia aflita e mal-humorada. A loirinha que interpretava Ali não era nem de perto tão bonita quanto ela fora. *Dez e quarenta, Melissa Hastings levanta após um cochilo e percebe que Ian Thomas não está ao seu lado*. A garota que interpretava a irmã de Spencer parecia ter mais ou menos uns trinta e cinco anos.

Xavier olhou para ela hesitante.

— Sua mãe disse que você estava com Alison naquela noite.

Aria se retraiu e concordou.

Dez e cinquenta da noite, Ian Thomas e Alison estão perto do buraco no quintal dos DiLaurentis, continuou a narração. Um Ian sombreado brigava com Ali. *Considera-se que houve uma luta, Thomas empurrou DiLaurentis e voltou para dentro de casa mais ou menos às onze e cinco.*

— Sinto muito — disse Xavier de maneira suave —, não consigo nem imaginar como deve ser isto.

Aria mordeu o lábio, abraçando uma das almofadas do sofá contra o peito. Xavier coçou a cabeça.

— E tenho que dizer, fiquei surpreso quando eles anunciaram que Ian Thomas era o suspeito. Parecia que o garoto tinha de tudo.

Aria se arrepiou. E daí que Ian fosse um garoto rico, educado e arrumadinho? Isto não o tornava um santo.

— Bem, *foi ele* — respondeu Aria de forma abrupta. — Fim da história.

Xavier assentiu, tímido.

— Eu não tive a intenção que soasse assim. Isso serve para ensinar que não conhecemos ninguém de verdade, não é?

— Eu que o diga — rosnou Aria.

Xavier deu um gole grande de sua garrafa d'água.

— Há alguma coisa que eu possa fazer para ajudar?

Aria olhou, sem expressão, em torno da sala. Sua mãe ainda não havia retirado nenhuma das fotos de família com Byron, incluindo a favorita de Aria, que mostrava os quatro em pé na beira da Queda-D'água Gullfoss na Islândia. Eles haviam feito todo o caminho até a ponta escorregadia do penhasco a pé.

— Você poderia me mandar de volta para a Islândia — disse Aria de um jeito melancólico. — Porque, diferente de você e do meu irmão, *eu* adorava aquele lugar, com seus cavalinhos e todo o resto.

Xavier sorriu. Seus olhos cintilaram.

— Na verdade, tenho que contar um segredo. Gosto muito da Islândia. Eu disse aquelas coisas para que Mike gostasse de mim.

Aria arregalou os olhos.

— Não acredito! — Ela golpeou Xavier com a almofada. — Você é um puxa-saco!

Xavier pegou uma almofada ao seu lado e a segurou de forma ameaçadora sobre a cabeça dela.

— Um puxa-saco, é? É melhor você retirar isso!

— Tudo bem, tudo bem. — Aria deu uma risada, levantando um dedo. — Trégua.

— É tarde demais para isto! — Xavier gargalhou.

Ele ficou de joelhos, o rosto perto. Perto *demais*. E de repente, seus lábios se pressionaram contra os dela. Aria demorou alguns segundos, atordoada, para perceber o que estava acontecendo. Xavier segurou os ombros dela, as mãos dele afundando em sua pele. Aria deixou escapar um gritinho e afastou a cabeça.

— O que foi isso? — balbuciou ela.

Xavier olhou de volta. Por um momento, Aria ficou perplexa demais para se mexer. Então se levantou o mais rápido que pôde.

— Aria... — O rosto de Xavier se contorceu. — Espere. Eu estou...

Ela não conseguiu responder. Seus joelhos falharam e ela quase torceu o tornozelo ao sair do sofá.

— Aria! — chamou Xavier outra vez.

Mas Aria continuou sem parar. Quando alcançou o topo da escada, seu Treo, que estava sobre sua escrivaninha começou a tocar. *1 nova mensagem*, a tela acusou. Ofegante, ela o agarrou e o abriu. A mensagem era simples:

Peguei você!

E, como de hábito, estava assinada com uma concisa e nítida letra A.

21

SPENCER PRENDE A RESPIRAÇÃO

O panfleto estava preso sobre o bicicletário para todos verem. *A Cápsula do Tempo Começa Amanhã*, dizia em grandes letras pretas. *Prepare-se!*

O último sinal do dia tocou. Spencer notou Aria sentada sobre o muro de pedra, rabiscando. Hanna, com suas bochechas redondas e fofas, estava ao lado de Scott Chin. Emily cochichava com algumas meninas da equipe de natação, Mona Vanderwaal estava destravando sua scooter, e Toby Cavanaugh estava agachado sob uma árvore distante, cutucando uma pequena pilha de lixo com uma vara. Ali atravessou a multidão e arrancou o panfleto.

— É Jason que vai esconder uma das peças. E ele vai me contar onde está.

Todo mundo se animou. Arrogante, Ali foi até Spencer e a cumprimentou batendo a palma da mão na dela. O que era surpreendente — Ali nunca havia prestado atenção em Spencer antes, ainda que elas morassem perto uma da outra.

Mas naquele momento parecia que elas eram amigas. Ali bateu na cintura de Spencer.

– Você não está feliz por mim?

– Oh, claro – balbuciou Spencer.

Ali encarou Spencer com atenção.

– Você não vai tentar roubar a bandeira de mim, vai?

Spencer balançou a cabeça.

– Claro que não!

– Sim, ela vai – disse uma voz atrás delas. Uma segunda Ali, uma Ali mais velha, estava de pé na calçada. Ela era um pouco mais alta que a primeira e seu rosto, um pouco mais fino. Uma pulseira de fios estava amarrada em seu pulso, a mesma pulseira que Ali havia feito para elas depois da Coisa com Jenna, e ela vestia uma camisa American Apparel azul-claro e um saiote de hóquei. Era a mesma roupa que Ali vestia no dia em que elas passaram a noite no celeiro de Spencer, no fim do sétimo ano.

– Claro que ela vai tentar roubar de você – reafirmou a segunda Ali, lançando à Ali Mais Nova um olhar de soslaio. – Mas ela não vai conseguir, outra pessoa vai chegar antes.

Ali Mais Nova estreitou os olhos.

– *Certo*. Alguém vai ter que me matar para conseguir a bandeira.

O grupo de estudantes de Rosewood Day se dividiu e Ian passou por entre eles. Ele abriu a boca, um olhar diabólico no rosto. *Se isto for necessário*, ele ia dizer a Ali. Mas quando tomou fôlego para falar, ele fez um barulho mecânico, estridente e penetrante.

As duas Alis cobriram os ouvidos. A Ali Mais Nova deu um passo para trás. A Ali Mais Velha colocou as mãos na cintura, cutucando a Ali Mais Nova com a lateral do pé.

— O que há de errado com você? Vá flertar com ele. Ele é lindo.

— Não! — disse a Ali Mais Nova.

— Sim! — insistiu a Ali Mais Velha. Elas estavam brigando de forma tão amarga quanto Spencer e Melissa brigavam.

A Ali Mais Velha virou os olhos e encarou Spencer.

— Você não deveria ter jogado fora, Spencer. Tudo de que você precisava estava lá. Todas as respostas.

— Jogado... *o que* fora? — perguntou Spencer, confusa.

A Ali Mais Nova e a Ali Mais Velha trocaram olhares. Uma expressão de espanto tomou o rosto da Ali Mais Nova, como se ela de repente entendesse o que a Ali Mais Velha estava falando.

— *Aquilo* — disse a Ali Mais Nova. — Foi um grande erro, Spencer. E é praticamente tarde demais.

— O que você quer dizer? — perguntou Spencer. — O que é *aquilo*? E por que é praticamente tarde demais?

— Você vai ter que consertar isto — falaram em uníssono a Ali Mais Nova e a Ali Mais Velha com suas vozes idênticas. Elas deram as mãos e se fundiram em apenas uma Ali. — Depende de você, Spencer. Você não deveria ter jogado fora.

O som de sirene que Ian fazia foi ficando cada vez mais alto. Uma rajada de ventou bateu, fazendo voar o folheto da Cápsula do Tempo das mãos de Ali. Ele pairou no ar por um tempo, depois foi direto na direção de Spencer, atingindo o rosto dela com força, parecendo mais uma pedra do que um pedaço de papel. *Prepare-se!* estava escrito bem diante dos olhos dela.

Spencer sentou de repente na cama, o suor escorrendo por seu pescoço. O cheiro do hidratante de baunilha de Ali fazia cócegas em seu nariz, mas ela não estava mais no pátio de Rosewood Day — estava em seu quarto silencioso e impecável. Raios de sol se insinuavam pela janela. Os cães corriam no quintal da frente, sujos de lama. Era sexta-feira, o primeiro dia do julgamento de Ian.

— Spencer? — Melissa apareceu de repente em seu campo de visão. Ela estava em cima da cama de Spencer, seu cabelo louro repicado escorrendo sobre o rosto, os cadarços de seu casaco com capuz listrado de azul e branco quase encostando no nariz de Spencer. — Você está bem?

Spencer fechou os olhos e se lembrou da noite anterior. De como Ian havia se materializado na varanda, fumando aquele cigarro, dizendo um monte de coisas loucas e assustadoras. E depois a mensagem: *Se a Pequena-Senhorita-Não-Tão-Perfeita-Assim desaparecer, alguém se importaria?* Por mais que quisesse, Spencer estava com muito medo de contar a qualquer um a respeito do que acontecera. Ligar para Wilden e dizer a ele que Ian havia violado sua prisão domiciliar teria provavelmente mandado o garoto de volta para a cadeia, mas Spencer tinha medo que, assim que ela contasse a Wilden, algo terrível acontecesse com ela — ou com outra pessoa. Depois do que acontecera com Mona, ela não suportaria ter mais sangue em suas mãos.

Spencer engoliu em seco, encarando a irmã.

— Vou testemunhar contra Ian. Sei que você não quer que ele seja preso, mas tenho que dizer a verdade sobre o que eu vi.

O rosto de Melissa permaneceu sereno. Seus brincos de diamante refletiram a luz.

— Eu sei — respondeu ela de forma vaga, como se sua mente estivesse em outro lugar. — Não estou pedindo a você que minta.

Com isto, Melissa fez um carinho no ombro de Spencer e deixou o quarto. Spencer lentamente se levantou, fazendo os exercícios de respiração de ioga. As vozes das duas Alis ainda soavam em seus ouvidos. Ela deu mais uma olhada em seu quarto, meio esperando que uma delas estivesse de pé lá. Mas, claro, ela estava sozinha.

Uma hora depois, Spencer parou sua Mercedes no estacionamento de Rosewood Day e se apressou na direção do prédio do ensino fundamental. A maior parte da neve já havia derretido, mas algumas crianças ainda estavam deitadas no chão do lado de fora, fazendo anjinhos patéticos e jogando Encontre a Neve Amarela. Suas amigas estavam esperando perto dos balanços da escola primária, seu antigo lugar secreto de encontro. O julgamento de Ian começaria à uma da tarde, e elas queriam conversar antes.

Aria, tremendo visivelmente sob seu casaco de capuz forrado de pele, acenou enquanto Spencer se aproximava. Hanna tinha círculos roxos sob os olhos, e batia de leve a ponta de sua bota Jimmy Choo no chão. Emily parecia prestes a cair no choro. Vê-las juntas em seu antigo refúgio fazia algo dentro de Spencer se partir. *Você deveria dizer a elas o que aconteceu,* ela pensou. Não parecia certo manter em segredo a visita de Ian. Mas a mensagem de Ian ainda estava viva em sua mente: *Se você contar a alguém sobre mim...*

— Então, estamos prontas? — perguntou Hanna, mordendo os lábios, nervosa.

— Eu acho que sim — respondeu Emily. — Vai ser estranho... você sabe. Ver Ian.

— Sério — sussurrou Aria.

– Ahã – balbuciou Spencer, nervosa, mantendo seus olhos fixos em uma rachadura que fazia zigue-zague no chão.

Raios de sol atravessavam uma nuvem, e eram refletidos pela neve remanescente. Uma sombra se mexeu atrás do balanço, mas quando Spencer virou, viu apenas um pássaro. Ela pensou no sonho que tivera. A Ali Mais Nova parecera desinteressada, mas a Ali Mais Velha tinha ânsia em flertar com Ian – ele era lindo. Combinava com o que Ian dissera a ela no dia anterior. Primeiro, Ali não o levara muito a sério. Quando ela começou a gostar dele, foi instantâneo, como se uma luz tivesse se acendido.

– Meninas, vocês lembram se Ali, em algum momento, disse algo... *negativo*... sobre Ian? – perguntou Spencer de repente. – Como se ela talvez achasse que ele era velho demais ou muito atrevido?

Aria piscou, parecendo confusa.

– Não...

Emily balançou a cabeça também, seu rabo de cavalo loiro acobreado balançando de um lado para outro.

– Ali falou comigo sobre Ian algumas vezes. Ela nunca disse o nome dele, apenas que era mais velho, e que ela estava totalmente louca por ele. – Ela deu de ombros, olhando para o chão enlameado.

– Foi o que eu pensei – disse Spencer, satisfeita.

Hanna passou os dedos sobre sua cicatriz.

– Na verdade, eu ouvi uma coisa estranha no noticiário outro dia. Eles estavam entrevistando pessoas na estação de trem sobre a audiência de fiança de Ian. E uma garota, Alexandra alguma coisa, disse que tinha bastante certeza de que Ali achava Ian um pervertido.

Spencer olhou para ela.

— Alexandra Pratt?

Hanna confirmou com a cabeça, dando de ombros.

— Eu acho que sim. Ela é bem mais velha que a gente, não é?

Spencer deixou um suspiro trêmulo sair. Alexandra Pratt cursava o último ano do ensino médio quando Spencer e Ali estavam do sexto ano. Como capitã do maior time de hóquei da escola, Alexandra havia sido a juíza principal dos testes do time iniciante. Em Rosewood Day, estudantes do sexto ano eram autorizados a tentar entrar para a equipe júnior de hóquei, mas apenas um aluno novo era admitido por ano. Ali se gabava de ter vantagem sobre as outras porque treinara com Alexandra e com as outras jogadoras mais velhas algumas vezes no outono, mas Spencer havia simplesmente sorrido — Ali não era nem de perto tão boa quanto ela.

Por um motivo qualquer, Alexandra não gostava de Spencer. Ela estava sempre criticando seus dribles e dizendo que ela segurava o bastão de hóquei do jeito errado — como se Spencer não tivesse passado *cada verão de sua vida* em um campo de hóquei, aprendendo com os melhores. Quando o time foi anunciado e o nome de Ali estava na lista e o de Spencer não, Spencer voou para casa sem acreditar, louca de raiva, sem esperar por Ali.

— Você pode sempre tentar no ano seguinte — disse Ali depois, com um sorriso afetado para Spencer ao telefone. — E, vamos lá, Spence. Você não pode ser a melhor em *tudo*.

Então, Ali dera uma risada alegre. Naquela mesma noite, Ali passou a pendurar seu uniforme novinho da equipe júnior na janela do quarto todos os dias, sabendo que Spencer olharia e o veria.

E não era apenas com o hóquei. Tudo entre Spencer e Ali havia sido uma competição. No sétimo ano, elas fizeram uma aposta sobre quem conseguiria ficar com o cara mais velho. Ainda que nenhuma delas fosse dizer em voz alta, as duas sabiam que seu alvo número um era Ian. Toda vez que elas estavam na casa de Spencer e Melissa e Ian estavam lá também, Ali dava um jeito de andar perto dele, desfilando sua camisa de hóquei ou se ajeitando para empinar os peitos.

Ela certamente não havia agido como se achasse que Ian era um pervertido. Claro que Alexandra Pratt estava errada.

Um ônibus parou no ponto fazendo barulho, o que assustou Spencer. Aria olhava para ela curiosa.

— Por que você está perguntando isso, afinal?

Spencer engoliu em seco. *Conte a elas*, ela pensou. Mas sua boca continuou fechada.

— Só curiosidade — respondeu ela, por fim. Depois respirou fundo.

— Eu gostaria que houvesse algo que pudéssemos encontrar, algo concreto que mantivesse Ian preso para sempre.

Hanna chutou um monte pesado de neve.

— Sim, mas o quê?

— Hoje cedo Ali ficou falando que eu estava deixando algo passar — disse Spencer de maneira pensativa. — Alguma evidência muito importante.

— Ali? — O sol brilhou incisivo, refletindo nas argolas prateadas de Emily.

— Sonhei com ela — explicou Spencer, colocando as mãos nos bolsos. — Na verdade, havia duas Alis no sonho. Uma Ali estava no sexto ano e a outra, no sétimo. As duas estavam com raiva de mim, agindo como se houvesse algo realmente óbvio que eu não estava vendo. Elas disseram que tudo dependia de mim... E que se demorasse muito, seria tarde demais.

Ela massageou o ossinho de seu nariz, tentando fazer com que sua dor de cabeça diminuísse.

Aria mordeu o polegar.

— Eu tive um sonho com Ali muito parecido com o seu, alguns meses atrás. Foi logo que nós percebemos que ela estava se encontrando com Ian em segredo e ela ficava dizendo "A verdade está logo na sua frente, a verdade está logo na sua frente".

— E eu tive um sonho com Ali no hospital — lembrou Hanna depois. — Ela estava de pé bem na minha frente. Ela ficava dizendo para eu parar de me preocupar, porque ela estava bem.

Um calafrio percorreu a espinha de Spencer. Ela trocou olhares com as outras, tentando desfazer o enorme nó na garganta.

Mais ônibus apareceram no meio-fio. Criancinhas vinham correndo pelas calçadas do prédio do ensino fundamental, suas lancheiras balançando, todas falando ao mesmo tempo. Spencer pensou outra vez em como Ian havia sorrido com desdém para ela no dia anterior e desaparecido por entre as árvores. Era quase como se ele pensasse que tudo isso não passava de um jogo.

Só mais algumas horas, ela lembrou a si mesma. O promotor faria Ian ceder e admitir que ele havia matado Ali no fim das contas. Talvez ele inclusive conseguisse fazer Ian confessar que zombara de Spencer e das outras, fingindo ser um novo A. Ian tinha muito dinheiro — ele poderia contratar um time todo de espiões A e dirigir toda a operação direto de sua prisão domiciliar. E fazia sentido o fato de ele mandar mensagens: não queria que nenhuma delas testemunhasse contra ele. Queria assustar Spencer para desmerecer seu depoimento, queria que ela dissesse que *não havia* visto Ian com Ali naquela noite em que ela desaparecera. Queria que ela confessasse ter inventado a história toda.

— Estou feliz porque Ian vai ser preso outra vez depois de hoje — suspirou Emily. — Todas nós poderemos relaxar na festa beneficente amanhã.

— Eu não vou ficar calma até ele ter ido embora para sempre — respondeu Spencer, um bolo de lágrimas trancando sua garganta. Sua voz alcançou além dos galhos tortuosos da árvore, chegando ao céu azul-turquesa de inverno. Ela enrolou uma mecha de cabelo em volta do dedo até quase arrebentar. *Só mais algumas horas*, repetiu para si mesma. Mas aquelas horas de repente pareceram uma eternidade.

22

UM NOVO DÉJÀ-VU

Hanna tirou a jaqueta Chloé de couro vermelho-escuro e guardou em seu armário enquanto a *Sinfonia do Novo Mundo* de Dvorák tocava alto nos alto-falantes dos corredores de Rosewood Day. Naomi, Riley e Kate estavam perto dela, conversando sobre todos os garotos que estavam encantados por Kate.

– Talvez você devesse manter suas opções em aberto – dizia Naomi enquanto dava o último gole em seu *cappuccino* de avelã. – Eric Kahn é muito bonito, mas Mason Byers é *o* gato de Rosewood Day. Quando ele abre a boca, tenho vontade de arrancar as roupas dele.

A família de Mason havia morado em Sidney por dez anos, então ele falava com um suave sotaque australiano. Dava a impressão de ter passado a vida inteira em uma praia banhada pelo sol.

– Mason está no time de vôlei. – Os olhos de Riley brilharam. – Eu vi uma foto que vai entrar no Livro do Ano, era ele participando de um torneio. Estava sem camisa. *Ma-ra-vi-lho-so.*

— O time de vôlei não treina depois da aula? — Naomi esfregou as mãos, empolgada. — Talvez nós devêssemos fazer uma aparição especial: a torcida particular de Mason. — Ela olhou para Kate em busca de aprovação.

Kate levantou a mão para um high five.

— Eu estou dentro. — Ela se virou para Hanna. — O que acha, Han? Vamos?

Hanna olhou de uma para a outra, aflita.

— Eu tenho que ir embora cedo hoje... Tenho o julgamento.

— Ah, é! — Uma sombra atravessou o rosto de Kate. — É verdade.

Hanna fez uma pausa, esperando Kate dizer mais alguma coisa, mas ela, Naomi e Riley simplesmente voltaram a fofocar sobre Mason. Hanna pressionou as unhas contra a palma da mão, sentindo um pouco de dor ao fazer isso. Parte dela imaginara que elas a acompanhariam ao julgamento de Ian para dar apoio moral. Naomi estava fazendo graça sobre o tamanho do *didgeridoo*, o instrumento dos aborígenes australianos que Mason Byers tocava, quando Hanna sentiu alguém batendo em seu ombro.

— Hanna? — O rosto de Lucas surgiu na frente dela. Como sempre, ele estava carregando uma parafernália de coisas dos clubes que participava: uma escala das próximas reuniões do clube de Química, uma lista de nomes para a petição "Parem de colocar bebidas com açúcar nas máquinas de venda" que ele estava tentando fazer com que fosse aprovada, um broche na lapela com os dizeres *Futuros Políticos da América*. — Tudo bem?

Hanna puxou uma mecha de cabelo por sobre o ombro, aborrecida. Kate, Naomi e Riley olharam para eles e se afastaram alguns passos.

— Não muito — murmurou ela.

Houve uma pausa estranha. Com o canto dos olhos, ela viu Jenna Cavanaugh entrando em uma sala de aula vazia, com seu cachorro ao lado. Toda vez que Hanna via Jenna pela escola, era tomada por uma sensação desconfortável.

— Senti sua falta ontem — disse Lucas. — Acabei não indo ao shopping. Eu quis esperar para ir com você.

— Ahã — murmurou Hanna, ouvindo sem prestar atenção. Seu olhar pousou em Kate e nas outras meninas. Elas agora estavam no fim do corredor perto da sala do curso de aquarela II, sussurrando e dando risadas. Hanna imaginou o que poderia ser tão engraçado.

Quando ela olhou de volta para Lucas, ele estava franzindo a testa.

— O que está acontecendo? — perguntou ele. — Está chateada comigo?

— Não. — Hanna mexeu na manga de seu blazer. — Eu só tenho estado... ocupada.

Lucas tocou o pulso dela.

— Você está ansiosa para o julgamento do Ian? Precisa de uma carona?

A irritação repentina de Hanna era palpável, como se tivesse sido cutucada com um atiçador de lareira.

— Não vá ao julgamento! — exclamou ela.

Lucas pulou para trás como se tivesse levado um tapa.

— Mas... pensei que você queria que eu fosse.

Hanna se afastou.

— Não vai ser nada interessante — resmungou ela, desanimada. — É só a abertura dos depoimentos. Você ficará maluco de tão entediado.

Lucas olhou para ela, ignorando o fluxo de estudantes que passava. Um monte deles eram crianças indo para as aulas de autoescola, com os livretos de regras de direção da Pensilvânia nas mãos.

— Mas eu quero estar lá por você.

Hanna cerrou o maxilar e olhou para o nada.

— Sério. Eu ficarei bem.

— Há uma *razão* para você não querer que eu vá?

— Deixe para lá, está bem? — Hanna gesticulou, fazendo de seus braços uma barreira entre eles. — Tenho que ir para a aula. Vejo você na festa beneficente amanhã.

Com isto, ela trancou o armário e deixou Lucas parado ali. Ela não conseguia explicar por que não se virou, pegou a mão dele e se desculpou por ser ridícula. Por que ela queria que Kate, Naomi e Riley a acompanhassem no julgamento, e quando Lucas se ofereceu — tão leal e sincero — ela simplesmente ficara incomodada? Lucas era o namorado dela, e os últimos meses com ele haviam sido ótimos. Depois que Mona morrera, Hanna ficara perdida, até que ela e Lucas voltaram a namorar. Quando voltaram, passaram todo o tempo juntos, encontrando-se na casa dele, jogando Grand Theft Auto, passando horas e horas esquiando na montanha Elk Ridge. Hanna não havia ido ao shopping ou a um spa nem uma vez durante os nove dias que eles tiveram de intervalo no Natal. Na metade do tempo que ela passou com Lucas, ela nem mesmo usara maquiagem, exceto o necessário para cobrir a cicatriz.

Aqueles últimos meses com Lucas deviam ter sido a primeira vez na vida em que ela se sentira feliz, pura e simplesmente. Por que aquilo não era suficiente?

Apenas *não era,* e ela sabia disso. Quando ela e Lucas voltaram, ela não pensara que havia muita chance de ela voltar a ser a Fabulosa Hanna Marin — e agora havia. Ser a garota mais popular de Rosewood Day estava enfiado em cada molécula do DNA de Hanna. Desde o quarto ano, ela memorizara até os estilistas mais insignificantes da *Vogue, Women's Wear Daily* e *Nylon*. Na época, ela ensaiava comentários maldosos sobre as garotas em sua turma com Scott Chin, um de seus únicos amigos, que ria alegremente e dizia ela era uma perfeita "nojenta em treinamento".

No sexto ano, logo depois que a Cápsula do Tempo terminou, Hanna fora ao bazar de caridade de Rosewood Day e encontrara uma echarpe Hermès que alguém havia cometido o estúpido erro de colocar na pilha de cinquenta centavos. Poucos segundos depois, Ali andou de maneira furtiva até ela e elogiou o olhar perspicaz de Hanna. E então elas começaram a conversar. Hanna tinha certeza de que Ali a escolhera para ser sua nova amiga não porque era a mais bonita, não porque era a mais magra, nem mesmo porque ela havia sido corajosa suficiente para aparecer em seu quintal para roubar sua parte da bandeira da Cápsula do Tempo, mas porque Hanna era a mais qualificada para o trabalho. E porque era ela quem o queria mais.

Hanna alisou o cabelo, tentando com vontade esquecer tudo que acabara de acontecer com Lucas. Quando ela virou a esquina, viu Kate, Naomi e Riley olharem direto para ela antes de irromper em risadas maldosas.

Os olhos de Hanna começaram a ficar turvos e, de repente, não era Kate em pé ali, sorrindo — era Mona. Era alguns meses atrás, poucos dias antes da festa de dezessete anos de Mona.

Hanna nunca esqueceria os pensamentos de descrença quando ela vira Mona de pé com Naomi e Riley, agindo como se elas fossem suas novas melhores amigas, sussurrando sobre o quanto Hanna era uma perdedora.

Aqueles que esquecem o passado estão fadados a repeti-lo. Kate, Naomi e Riley não estavam rindo *dela,* estavam?

E depois a visão de Hanna clareou. Kate viu Hanna e acenou de um jeito entusiasmado. *Vamos nos encontrar no Steam no próximo tempo livre?*, ela gesticulou com a boca, apontando na direção do café.

Hanna concordou, pouco empolgada. Kate mandou um beijo e desapareceu.

Dando voltas, Hanna entrou no banheiro feminino. Felizmente, estava vazio. Ela foi até uma das pias e se inclinou sobre ela, seu estômago se revirando. O cheiro incisivo de amônia dos produtos de limpeza encheu seu nariz. Ela olhou para o espelho, aproximando-se para que pudesse ver cada poro.

Elas não estavam rindo de você. Você é Hanna Marin, disse ela sem emitir som para seu reflexo. *A garota mais popular da escola. Todo mundo quer ser você.*

Seu BlackBerry, que estava enfiado dentro de um dos compartimentos laterais de sua bolsa, começou a tocar. Hanna se encolheu e retirou o telefone. *1 nova mensagem.*

O pequeno banheiro ladrilhado em mosaico estava sossegado. Uma gota de água pingava da torneira na pia. Os secadores cromados refletiam o rosto bulboso e deformado de Hanna. Ela olhou debaixo das portas das cabines em busca de pés. Ninguém.

Hanna respirou fundo e abriu a mensagem.

Hanna – Louca por cheetos... e por castigo também, ao que tudo indica. Acabe com ela, antes que ela acabe com você. – A

Uma enorme onda de fúria tomou conta de Hanna. Ela havia tido o suficiente do *nouveau* A. clicou em "responder" e começou a digitar desajeitadamente.

Apodreça no inferno. Você não sabe nada sobre mim.

Seu BlackBerry fez um pequeno *ping* eficiente para indicar que a mensagem havia sido enviada. Quando Hanna estava colocando o aparelho de volta na bolsa de camurça, ele tocou outra vez.

Eu sei que alguém às vezes se obriga a vomitar no banheiro feminino. E eu sei que alguém está triste porque não é mais a única garotinha do papai. E eu ainda sei que alguém sente ternamente a falta de sua antiga melhor amiga, ainda que ela a quisesse morta. Como eu sei tanto? Porque cresci em Rosewood, Hannakins.
Assim como você. – A

23

O TRIBUNAL MAIS QUIETO DE MAIN LANE

Aria saiu do Mercedes de Spencer em meio à aglomeração da mídia no fórum de Rosewood. A escadaria estava tomada por repórteres, câmeras e homens com jaquetas acolchoadas manuseando microfones, comuns e suspensos. Havia grupos de pessoas com placas também. Alguns teóricos da conspiração protestavam sob a alegação de que o julgamento era uma caça às bruxas promovida pela esquerda – e Ian fora escolhido como alvo porque o pai dele era o diretor executivo de uma empresa farmacêutica na Filadélfia. Pessoas zangadas do outro lado da escada exigiam que Ian fosse mandado para a cadeira elétrica pelo que fizera. E havia, é claro, aqueles que eram fãs de Ali, presentes simplesmente para segurar fotos enormes dela e placas com os dizeres SENTIMOS SUA FALTA, ALI; ainda que a maioria nem a tivesse conhecido.

– Ai meu deus – sussurrou Aria, o estômago revirando.

No meio da calçada, Aria notou duas pessoas andando devagar, vindas do estacionamento lateral. O braço de Ella estava enroscado ao de Xavier, e ambos usavam grossos casacos de lã.

Aria se escondeu debaixo de seu enorme capuz forrado de pele. Na noite anterior, depois que Xavier a beijara, ela havia corrido escada acima e se trancado em seu quarto. Quando finalmente saiu, algumas horas depois, encontrou Mike comendo uma tigela enorme de Count Chocula. Ele franziu a testa quando ela entrou na cozinha.

— Você falou alguma besteira para o Xavier? — perguntou o irmão sem rodeios. — Quando desliguei o telefone, ele estava saindo daqui feito um foguete. Você está tentando estragar tudo para a mamãe?

Aria deu meia-volta, envergonhada demais para responder qualquer coisa. Tinha certeza de que o beijo fora um erro, um ato impensado. Até Xavier pareceu surpreso e arrependido pelo que tinha acabado de fazer. Mas ela certamente não queria que Mike — nem ninguém mais — soubesse daquilo. Infelizmente, alguém sabia: A. E Aria havia enfurecido A ao contar a Wilden sobre sua mensagem anterior. A noite toda, Aria esperou por uma ligação de Ella, dizendo que recebera uma mensagem misteriosa que dizia que Aria tinha dado em cima em Xavier e não o contrário. Se Ella descobrisse, era bem provável que Aria fosse banida da família pelo resto da vida.

— Aria! — chamou Ella, espiando Aria por debaixo do capuz. Ela começou a acenar, gesticulando para que Aria fosse até eles. Xavier tinha uma expressão envergonhada. Assim que Xavier tivesse um segundo sozinho com ela, Aria tinha certeza de que ele pediria desculpas. Mas havia coisas demais na cabeça dela para que conseguisse lidar com aquela situação no momento. Já bastava todo o resto.

Ela pegou no braço de Spencer, dando as costas para sua mãe.

— Vamos entrar — disse ela, apressada. — Agora.

Spencer deu de ombros. Elas encararam a multidão que ocupava a escada. Aria tornou a cobrir a cabeça com o capuz, e Spencer tentou esconder o rosto com as mãos, mas ainda assim os repórteres vieram na direção delas.

— Spencer! O que você acha que vai acontecer no julgamento hoje? — gritavam eles.

— Aria! Que efeito tudo isto teve sobre você?

Aria e Spencer entrelaçaram as mãos com força, andando o mais rápido que podiam. Um policial de Rosewood estava na porta do fórum, e a manteve aberta para elas. Elas driblaram a multidão e conseguiram entrar, ofegantes.

O corredor cheirava a cera de piso e loção pós-barba. Ian e seus advogados ainda não haviam chegado, por isso havia muitas pessoas alvoroçadas na frente do fórum. Muitas delas eram policiais de Rosewood e funcionários municipais, mas havia também vizinhos e amigos. Aria e Spencer acenaram para Jackson Hughes, o procurador bonitão. Quando Jackson se moveu, o chiclete de menta de Aria escorregou garganta abaixo. A família de Ali estava bem atrás dele. Lá estavam a sra. DiLaurentis, o sr. DiLaurentis e... Jason. Não fazia muito tempo que Aria vira o irmão de Ali — ele tinha ido ao velório da irmã e depois aparecera no dia em que Ian se apresentara no tribunal —, mas cada vez que ela o via, ficava abismada ao constatar, de novo, que ele era mesmo muito lindo.

— Olá, meninas. — A sra. DiLaurentis foi até elas. As linhas abaixo dos olhos dela estavam mais pronunciadas do que Aria se lembrava, mas ela ainda era esbelta e elegante. Ela observou Aria e Spencer. — Vocês duas ficaram tão altas — disse ela com tristeza, como querendo dizer que se Ali ainda estivesse viva, também seria alta.

– Como vocês estão? – perguntou Spencer com sua voz mais adulta.

– Vamos indo. – A sra. DiLaurentis deu um sorriso encorajador.

– Vocês estão hospedados na cidade de novo? – perguntou Aria. A família estava na Filadélfia no dia em que Ian se apresentou perante o juiz, alguns meses atrás.

A sra. DiLaurentis fez que não com a cabeça.

– Alugamos uma casa em uma cidade próxima pelo tempo que durar o julgamento. Achamos que seria muito difícil vir da cidade para cá todos os dias. Preferimos ficar em algum lugar mais próximo.

Aria ergueu uma sobrancelha, surpresa.

– Podemos fazer alguma coisa por vocês? – perguntou Aria. – Como... Ajudar com as tarefas de casa? Vocês precisam que a neve da entrada da garagem seja retirada? Meu irmão e eu poderíamos ir até lá.

Uma expressão ambígua brincou no rosto da sra. DiLaurentis. Suas mãos trêmulas alcançaram o colar de pérolas de água doce em seu pescoço.

– Obrigada, querida, mas não será necessário. – Ela deu um sorriso distante e distraído, pediu licença e se afastou.

Aria viu a sra. DiLaurentis caminhar de volta para o lobby, onde estava sua família. Ela andava com a cabeça tão dura e reta que parecia que tinha um livro equilibrado em cima.

– Ela está... estranha – murmurou Aria.

– Não consigo nem imaginar pelo que está passando. – Spencer teve um calafrio. – Este julgamento deve ser um inferno para ela.

Elas empurraram as pesadas portas de madeira e entraram no tribunal. Hanna e Emily já estavam sentadas na segunda fileira, bem atrás das grandes mesas dos advogados. Hanna havia tirado seu blazer de Rosewood Day e o pendurara no encosto da cadeira. Emily catava fiapinhos na saia plissada do uniforme. As duas meninas acenaram com a cabeça enquanto elas se dirigiam até os assentos ao seu lado.

A sala do tribunal logo ficou lotada. Jackson tinha colocado uma porção de pastas e arquivos sobre sua mesa. O advogado de Ian chegou e tomou seu lugar do outro lado do corredor. Na lateral da sala, havia doze pessoas que Aria nunca tinha visto antes no recinto do júri. Elas haviam sido escolhidas pelos dois advogados. O tribunal estava fechado para a mídia e para a maioria dos moradores de Rosewood. Apenas familiares próximos e amigos, a polícia e as testemunhas poderiam assistir ao julgamento. Quando Aria olhou em volta, viu os pais de Emily, o pai de Hanna e sua futura madrasta e a irmã de Spencer, Melissa. Do outro lado do tribunal, Aria observava seu pai, Byron. Ele estava ajudando Meredith a se sentar lentamente, mesmo ela não estando *tão grávida assim*.

Byron olhou em volta, como se houvesse sentido o olhar de Aria. Ele a viu e acenou com a mão. Aria balbuciou um *oi*. Byron sorriu. Meredith a notou também, arregalou os olhos e balbuciou: *Você está bem?*

Aria se perguntou se Byron sabia que Ella estava lá – e que ela trouxera seu novo namorado.

Emily cutucou Aria.

– Sabe aquela noite em que você me ligou dizendo que recebeu uma mensagem do novo A? Eu também recebi uma mensagem naquela noite.

Um estremecimento percorreu a espinha de Aria.

— O que dizia?

Emily abaixou a cabeça mexendo com um botão solto de sua blusa.

— Só... Bem, nada, na verdade. Wilden chegou a falar para você de quem elas poderiam ser?

— Não. — Aria olhou para os lados, pensando que Wilden poderia estar por lá, mas não o viu. Ela se esticou para ver Hanna desviando de Emily.

— Você recebeu alguma?

A expressão de Hanna tornou-se cautelosa.

— Não quero falar sobre isso agora.

Aria franziu a testa. Isso queria dizer que ela havia recebido novas mensagens ou não?

— E você, Spencer?

Spencer olhou para elas parecendo nervosa. Ela não respondeu.

Aria sentiu um gosto amargo. Isto significava que *todas* elas tinham recebido mais mensagens do novo A?

Emily mordeu o lábio inferior.

— Bem, acho que isto não importará em breve, certo? Se foi mesmo Ian, isso vai acabar assim que ele voltar para a cadeia...

— Vamos torcer para que você esteja certa — murmurou Aria.

Finalmente, os DiLaurentis entraram e se sentaram no banco bem em frente a elas. Jason se acomodou perto dos pais, mas não parava quieto, primeiro abotoando sua jaqueta, depois desabotoando, para então pegar seu celular, verificar a tela, desligar e tornar a ligar. De repente, Jason se virou e encarou Aria. Seus olhos azuis permaneceram nela por uns bons três segundos. Ele tinha exatamente os mesmos olhos de Ali — era como olhar para um fantasma.

Um lado da boca de Jason curvou-se em um sorriso de reconhecimento. Ele fez um pequeno aceno para Aria — e aparentemente *apenas* para Aria — como se lembrasse melhor dela do que das outras meninas. Aria verificou se alguma de suas velhas amigas havia notado, mas Hanna estava retocando o batom, e Spencer e Emily estavam cochichando sobre a novidade contada pela sra. DiLaurentis de que a família havia se mudado para uma cidade mais próxima de Rosewood por causa do julgamento. Quando Aria olhou de volta para Jason, suas costas estavam viradas para ela de novo.

Mais vinte minutos se passaram lentamente. O lugar de Ian ainda estava vazio.

— Ele já não deveria ter chegado? — sussurrou Aria para Spencer.

As sobrancelhas de Spencer se uniram.

— Por que você está me perguntando isto? — sibilou ela. — Como é que eu vou saber?

Aria arregalou os olhos e afundou na cadeira.

— Desculpe — sussurrou, de modo áspero. — Eu não perguntei a você *especificamente*.

Spencer suspirou amuada e olhou para a frente. Ela estava apertando sua mandíbula com força.

O advogado de Ian levantou-se e andou para o fundo do tribunal, com um olhar preocupado. Aria olhou para as portas de madeira que davam para o lobby, esperando que Ian e os policiais que o acompanhavam entrassem a qualquer momento, prontos para começar o julgamento. Mas as portas permaneceram fechadas. Ela passou a mão na nuca, ansiosa. Os murmúrios no tribunal ficaram mais altos.

Aria olhou pela janela lateral tentando se acalmar. O tribunal ficava em uma colina cheia de neve que dava para o vale de Rosewood. No verão, a folhagem densa bloqueava a vista, mas agora que as árvores estavam desfolhadas, era possível ver toda Rosewood espalhada lá embaixo. A torre de Hollis parecia tão pequena que Aria poderia esmagá-la entre seu dedão e seu indicador. As casas vitorianas pequeninas lá embaixo eram como casas de boneca, e Aria conseguia distinguir o símbolo de neon em forma de estrela do Snooker, onde ela se encontrara com Ezra pela primeira vez. Mais adiante ficavam os vastos e intocados campos de golfe do Clube de Campo de Rosewood. Ela, Ali e as outras passaram todos os dias do primeiro verão em que se tornaram amigas em volta da piscina do clube de campo, cobiçando os salva-vidas com os olhos. O salva-vidas que elas mais cobiçaram foi Ian.

Ela gostaria de poder voltar para aquele verão e revisar tudo que havia acontecido com Ali – voltar para antes de os trabalhadores começarem a cavar aquele buraco para o gazebo dos DiLaurentis, com capacidade para vinte pessoas. A primeira vez que Aria estivera no quintal de Ali, ela pisara quase que no mesmo lugar em que aquele buraco – e o corpo de Ali – ficariam, na parte dos fundos da propriedade, bem perto do bosque. Foi naquele fatídico sábado no começo do sexto ano, que todas elas foram até o quintal de Ali para roubar um pedaço de sua bandeira da Cápsula do Tempo. Aria gostaria de poder voltar e mudar o que aconteceu naquele dia também.

O juiz Baxter saiu de seu escritório. Ele era corpulento, tinha o rosto bem vermelho, um nariz amassado e pequeno e olhos arredondados. Provavelmente tinha cheiro de charuto, pensou Aria. Quando Baxter pediu que os dois advogados se aproximassem de sua mesa, Aria se endireitou na cadeira. Os três discutiram acaloradamente, apontando de vez em quando para a cadeira vazia de Ian.

— Isto é loucura — murmurou Hanna, olhando por sobre o ombro. — Ian está *muito* atrasado.

A porta do tribunal foi aberta de modo abrupto e as meninas pularam. Um policial, que Aria reconheceu do dia em que Ian se apresentara ao tribunal, entrou caminhando rapidamente pelo corredor, como se aquilo fosse um *saloon* de faroeste, indo direto até o juiz.

— Acabo de encontrar a família dele — disse ele de um jeito rude. Seu distintivo prateado refletia os raios de sol, espalhando raios de luz pela sala toda. — Eles o estão procurando.

A garganta de Aria ficou seca.

— *Procurando?* — Ela trocou olhares com as outras.

— O que eles querem dizer com isso? — esganiçou Emily.

Spencer mordeu a unha do dedão.

— Ai meu Deus.

Pela porta que ainda estava aberta, Aria pôde ver um carro preto parado no meio-fio. O pai de Ian saiu do banco de trás. Ele estava de preto, como se fosse a um funeral, e tinha um ar solene e assustado. Aria presumiu que a mãe de Ian não estivesse lá, pois estava no hospital.

Um carro da polícia parou atrás deste carro, mas apenas dois policiais de Rosewood saíram.

Em segundos, o pai de Ian entrou pelo corredor e foi até a banca.

— Ele estava no quarto dele na noite passada — murmurou o sr. Thomas baixinho para o juiz Baxter, mas não baixo o suficiente. — Eu não sei como isso foi acontecer.

O rosto do juiz se contorceu por um momento.

— O que você quer dizer? — perguntou ele.

O pai de Ian baixou a cabeça solenemente.

— Ele... sumiu.

Aria ficou boquiaberta, seu coração batendo rápido e forte dentro do peito. Emily gemeu. Hanna sentiu seu estômago contrair, um barulho estranho escapou de sua garganta.

Spencer se levantou um pouco.

— Eu acho que eu deveria... — começou ela, mas desistiu e sentou-se outra vez.

O juiz Baxter bateu o martelo.

— Estamos em recesso — gritou ele para a multidão. — Até segunda ordem. Convocaremos vocês quando estivermos prontos.

Ele fez um sinal com as mãos. De uma só vez, cerca de vinte policiais de Rosewood se aproximaram da mesa, os radiocomunicadores berrando, as armas em seus coldres, prontas para serem usadas. Depois de algumas instruções, os policiais se viraram e começaram a marchar para fora do tribunal em direção aos seus carros.

Ele sumiu. Aria olhou pela janela de novo, lá para baixo do vale. Havia uma boa parte de Rosewood lá. Muitos lugares para Ian se esconder.

Emily se encolheu no banco, passando as mãos nos cabelos.

— Como isso foi acontecer?

— Não havia um policial vigiando o tempo todo? — completou Hanna. — Quer dizer, como ele poderia ter escapado de casa sem ser visto? Não é possível!

— Sim, é.

Todas olharam para Spencer. Seus olhos se moviam para um lado e para outro mecanicamente, e suas mãos tremiam. Lentamente, ela ergueu a cabeça e olhou para as outras três, a expressão cheia de culpa.

— Tem algo que preciso dizer a vocês — sussurrou ela. — Sobre... Ian. E vocês não vão gostar.

24

ATÉ TU, KATE?

– Licença! – gritou Hanna.

Uma mulher passeando com um cachorro com a forma de salsicha deu um pulo ligeiro e saiu da frente de Hanna. Era sexta-feira à noite depois do jantar, e Hanna estava correndo pela Trilha Stockbridge, uma volta de quase cinco quilômetros que passava por trás da velha mansão de pedra, de propriedade de Rosewood Y. Provavelmente, aquela não era a coisa mais segura a se fazer, correr em uma trilha isolada com Ian Thomas teoricamente à solta. Entretanto, se Spencer tivesse reunido alguma coragem e *contado* aos policiais que Ian driblara a prisão domiciliar e a visitara no dia anterior, ele não teria fugido.

Que se danasse o Ian – Hanna precisava correr esta noite. Ela costumava fazer aquela trilha para esvaziar ajudar na digestão depois de ter se acabar de comer cheetos, mas naquela noite, era a memória de Hanna que precisava ser esvaziada.

As mensagens de A estavam deixando-a doida. Ela não queria acreditar que esse novo A fosse real... Mas e se o que as mensagens diziam fossem verdade? Se o novo A *fosse* Ian e ele tivesse conseguido fugir da prisão domiciliar, fazia sentido que ele soubesse o que Kate andava fazendo, certo?

Hanna passou voando pelos bancos cobertos de neve e por uma grande placa verde que dizia POR FAVOR, LIMPE A SUJEIRA DE SEU CÃO!. Será que ela tinha sido boba por ter ficado amiga de Kate com tanta facilidade? Seria outro truque dela? E se Kate fosse tão diabólica quanto Mona, e se isso fosse um plano bem-feito para arruinar sua vida? Lentamente, ela deixou sua mente passear sobre os detalhes intrincados de sua amizade com Mona – ou talvez ela devesse dizer *inimizade*. Elas haviam se tornado amigas no oitavo ano, alguns meses depois de Ali desaparecer. Mona se aproximara de Hanna, elogiara seus tênis D&G e a pulseira Davis Yurman que ela ganhara de aniversário. Hanna achou aquilo esquisito logo de cara – Mona era uma idiota, afinal de contas –, mas com o tempo, ela passou a ver além do exterior de Mona. Além disso, ela precisava de uma melhor amiga.

Mas talvez ela nunca tivesse sido a melhor amiga de Hanna. Talvez Mona estivesse apenas esperando o momento oportuno para derrubá-la, para se vingar de todas as coisas horríveis que Hanna e suas amigas haviam dito sobre ela. Foi Mona que afastou Hanna de suas velhas amigas e foi ela também que estimulou a animosidade com Naomi e Riley. Hanna havia pensado em tentar reparar as coisas com elas depois que Ali foi considerada morta, mas Mona não accitou de jeito nenhum. Naomi e Riley eram estritamente da lista B e não deviam ter nada a ver com elas duas.

Foi Mona também que sugeriu que elas roubassem coisas, dizendo a Hanna que isto faria com que ela sentisse um barato *enorme*. E depois, havia as coisas que Mona tinha feito se passando por A. E era tão fácil para Mona fazer aquilo com ela – Mona foi testemunha dos piores erros de Hanna. Muitos, muitos deles. Quem estava sentada ao seu lado na noite em que ela destruíra a BMW do pai de Sean Ackard? Quem estava com Hanna quando ela foi pega roubando na Tiffany?

Seus pés se afundavam nas poças de neve derretida, mas ela continuou correndo. Tudo o mais que Mona havia feito passava por sua mente, de modo tão descuidado e incontrolável quanto champanhe borbulhando em uma garrafa sem rolha. Mona, se passando por A, mandara para ela aquele vestido minúsculo, sabendo que Hanna iria usá-lo em seu aniversário e que as costuras iriam arrebentar. Mona, se passando por A, alegremente enviara uma mensagem para Hanna, dizendo que Sean estava no baile de caridade com Aria, sabendo que certamente Hanna correria de volta a Rosewood para brigar com ele, estragando com o jantar que planejara com o pai e fazendo Kate parecer a filhinha perfeita e obediente mais uma vez.

Espere um momento. Hanna parou bem perto de um aglomerado de árvores. Alguma coisa ali não se encaixava. Hanna contara a Mona que ela voltara a ter contato com o pai, mas ela não contara que não iria ao baile de caridade para sair com ele na Filadélfia. Mesmo que, de algum modo, Mona tivesse descoberto sobre aquilo, ela não tinha como saber que Kate e Isabel estariam lá também. Hanna se lembrou de como Isabel e Kate bateram na porta da suíte de seu pai no Four Seasons.

– Surpresa! – gritaram elas.

Mona não tinha como saber que *isso* aconteceria!

A não ser que...

Hanna inspirou fundo. O céu parecia ter escurecido um pouco. Só havia um jeito de Mona ter sabido que Isabel e Kate iriam aparecer na Filadélfia: se Mona e Kate estivessem se correspondendo em segredo.

Fazia sentido. Mona sabia de Kate, é claro. Uma das mensagens de A era um recorte de jornal sobre Kate recebendo outro prêmio na escola. Talvez Mona tivesse ligado para Kate e contado sobre seu esquema diabólico. E já que Kate odiava tanto Hanna, ela teria concordado. Isto poderia explicar como Kate a pressionara a contar o que havia de errado no banheiro do Le Bec-Fin. Ou como Kate sabia o que procurar na bolsa de Hanna – talvez Kate já soubesse que Hanna tinha um monte de Percocet.

– Ela se gabou por ter Percocet – Mona pode ter sussurrado para Kate pelo telefone, preparando-a. – E ela vai acreditar que você não contará nada se disser que quer um também. Mas, mais ou menos uma hora depois que ela sair, quando o pai dela começar a enlouquecer, conte tudo. Conte a ele que Hanna *forçou* você a pegar um Percocet.

– Ai meu Deus – sussurrou Hanna, olhando em volta.

O suor gelado em seu pescoço começou a escorrer pelas suas costas. Kate e Hanna se dando bem sendo as meninas mais populares da escola, Naomi e Riley virando as suas melhores amigas – e se tudo isso fosse parte do grande esquema de Mona? E se Kate estivesse fazendo o que Mona pediu... E se ela realmente estivesse planejando acabar com Hanna?

Os joelhos de Hanna falharam. Ela se abaixou até o chão, caindo de maneira estranha sobre seu braço direito.

E se aquilo nunca acabasse?

Seu estômago revirou. Ela se virou de repente para a beirada da trilha e vomitou na grama. Seus olhos se encheram de lágrimas e sua garganta queimou. Hanna se sentiu perdida. E muito só. Ela não fazia a menor ideia do que era verdade em sua vida e o que não era.

Depois de alguns minutos, ela limpou a boca e voltou para a trilha pavimentada, que estava vazia. Estava tão quieto que Hanna podia ouvir seu estômago borbulhar bem alto. Os arbustos pelo caminho começaram a se mexer. Parecia que havia algo entre eles tentando sair. Ela tentou se mover, mas todos os seus membros pareciam estar iguais ao seu braço depois do acidente: inúteis. O farfalhar nos arbustos ficou cada vez mais forte.

É o fantasma de Mona, gritou uma voz na cabeça de Hanna. *Ou o fantasma de Ali. Ou de Ian.*

Os arbustos se abriram. Hanna deu um grito estrangulado e fechou os olhos com força. Mas quando ela os abriu, alguns segundos depois, o caminho ainda estava vazio. Hanna piscou, olhando em volta. E então ela viu o que havia feito todo aquele estardalhaço – um coelho cinzento, fazendo barulhinhos perto de um canteiro seco de trevos.

– Você me assustou – Hanna deu uma bronca no coelho. Seu nariz queimou com o cheiro de seu vômito. Uma mulher usando jaqueta Windbreaker passou correndo, ainda cheirando a perfume Marc Jacobs Daisy que provavelmente passara ao sair para trabalhar. Depois um cara com um enorme dogue alemão preto e branco passou. O mundo estava cheio de pessoas de novo.

Quando o coelho desapareceu nos arbustos, a cabeça de Hanna começou a clarear. Ela respirou fundo algumas vezes, ajustando sua perspectiva das coisas. Era só um truque para mexer com sua cabeça – de Ian ou de outro garoto qualquer que estivesse fingindo ser o novo A. Mona não podia controlar o universo do além-túmulo. Além do mais, Kate tinha comentado sobre sua desastrosa relação com o Garoto Herpes. Kate não teria admitido algo deste tipo se estivesse fazendo um complô para destruir Hanna definitivamente.

Hanna correu de volta os oitocentos metros que faltavam até o estacionamento, sentindo-se muito melhor de repente. Seu BlackBerry estava sobre o banco do passageiro de seu Prius e não havia novas mensagens na caixa de entrada. Enquanto ia para casa, Hanna queria abri-lo e responder à última mensagem de A, escrevendo *Ótima tentativa, falso A, você quase me pegou*. Sentiu-se culpada também por ignorar as mensagens daquele dia de Kate e por ter fugido dela nos corredores da escola. Talvez houvesse um jeito de compensá-la. Talvez amanhã elas pudessem ir ao Jamba Juice antes de se preparar para o evento beneficente, e Hanna poderia, então, pagar um Mantra de Manga sem açúcar.

Quando ela chegou em casa, o lugar estava escuro e quieto.

– Olá? – chamou Hanna, deixando seu tênis de corrida suado na lavanderia e tirando o elástico do cabelo. Ela se perguntou onde estariam todos. – Kate?

Conforme subia a escada, Hanna ouviu uma vozinha abafada vindo de cima. A porta do quarto de Kate estava fechada e uma música que Hanna não reconhecia vinha de lá.

– Kate? – chamou Hanna baixinho.

Nenhuma resposta. Hanna levantou a mão fechada para bater na porta, quando Kate falou de maneira aguda.

– Vai funcionar – disse Kate. – Prometo.

Hanna franziu a testa. Parecia que Kate estava falando ao telefone. Ela apertou a orelha contra a porta, curiosa.

— Não, eu prometo — insistiu Kate em voz baixa. — *Confie em mim! E já está quase na hora! Mal posso esperar!*

Então Kate deu uma risada baixa horrível. Hanna se afastou da porta como se ela estivesse pegando fogo, cobrindo a boca. A risada de Kate se transformou em uma gargalhada assustadora. Hanna voltou para baixo, horrorizada. Era o tipo de risada que ela não podia deixar de reconhecer — ela e Mona costumavam rir daquele jeito quando estavam planejando algo grandioso. Elas gargalhavam assim quando Hanna tramava uma amizade falsa com Naomi porque ela havia roubado o acompanhante de Mona para o Baile Sweetheart. E elas haviam rido assim quando Mona criou uma página falsa no MySpace para Aiden Stewart, um cara lindo da escola Quaker, e a usou para atormentar Rebecca Lowry, porque ela havia se autodenominado Rainha da Neve, uma honra que sem dúvida deveria ser de Hanna. *Isto não vai ser bonito*, era o que a risada sempre queria dizer, *mas é o que a vadia merece. E nós temos certeza de que vamos achar tudo tremendamente engraçado.*

Todas as preocupações de Hanna voltaram com a força de um deslizamento de terra montanha abaixo. Parecia que Kate estava planejando algo grandioso também, e Hanna tinha uma boa ideia do que poderia ser.

25

NO BANHEIRO... MAS FORA DO ARMÁRIO

Assim que Emily e Isaac pararam na entrada da garagem da família Hastings no sábado à noite, um homem correu até a porta do carro e pediu suas identidades.

– Queremos manter um registro de todos que estão aqui – disse o rapaz. Emily notou que havia uma arma em seu cinto. Isaac olhou para a arma, depois para Emily. Ele tocou a mão dela.

– Não se preocupe. Ian provavelmente já está do outro lado do mundo hoje.

Emily tentou esconder o estremecimento. Ian estava desaparecido havia um dia. Emily contara a Isaac que ela era uma das melhores amigas de Ali e que tinha ido ao julgamento no dia anterior, sem mencionar, é claro, o fato de que ela vinha recebendo mensagens ameaçadoras do novo A – que Emily estava convencida de que era Ian. Infelizmente, Emily tinha certeza de que Ian *não estava* do outro lado do mundo, e sim em Rosewood, tentando descobrir algum grande segredo que ele acreditava que os policiais estavam escondendo.

Uma parte de Emily estava furiosa com Spencer por não ter contado a elas antes sobre a visita macabra de Ian. Ao mesmo tempo, Emily sabia por que Spencer não tinha contado. Ela lhes mostrara a mensagem que Ian havia mandado depois de sua visita, aquela que dizia que Spencer iria sofrer se dissesse uma única palavra sobre aquilo para alguém. Além do mais, Emily não tinha falado muito sobre a mensagem que recebera de A, aquela na qual A ameaçava contar a Isaac toda a verdade caso ela abrisse a boca. Parecia que Ian era tão astuto quanto Mona fora um dia, e sabia exatamente como manter todas elas caladas.

Mesmo assim, logo depois que Spencer admitiu a verdade, as meninas procuraram um policial para contar o que estava acontecendo, mas todo o departamento de polícia de Rosewood estava à procura de Ian. Os pais de Spencer haviam discutido se seria melhor cancelar o jantar para angariar fundos naquela noite, mas decidiram apenas ser muito, muito cautelosos. Spencer havia convidado Emily e suas antigas amigas na noite anterior e implorara que elas fossem para que pudessem estar juntas e servirem de apoio moral umas para as outras.

Emily segurou a barra do vestido que pegara emprestado de Carolyn e saiu do Volvo. A casa de Spencer estava toda acesa, como um bolo de aniversário. O carro de polícia de Wilden estava estacionado na frente, bem no meio do pátio, e alguns homens estavam controlando a movimentação dos veículos. Quando Isaac pegou sua mão, Emily viu Seth Cardiff, o melhor amigo de Ben, seu ex-namorado, saindo de um carro atrás deles. Ela tensionou os ombros e segurou no braço de Isaac.

— Vamos por aqui — disse ela apressadamente, empurrando Isaac sem delicadeza pela porta da frente. Então ela viu Eric

Kahn parado na varanda. Se Eric estava lá, Noel estava por perto, sem sombra de dúvida.

— Ah... Espere um pouco. — Ela puxou Isaac para um ponto onde havia uma sombra, perto de um grande arbusto carregado de neve e fingiu que estava procurando algo em sua bolsa de mão prateada. O vento balançou os galhos do pinheiro perto deles. Emily de repente se perguntou se o que estava fazendo era loucura. Aqui estava ela, parada no escuro, quando havia um assassino enlouquecido à solta.

Isaac riu constrangido.

— Tem alguma coisa errada? Você está se escondendo de alguém?

— Claro que não! — mentiu Emily. Eric Kahn finalmente entrou. Emily se ajeitou e saiu pelo caminho outra vez. Ela respirou fundo e abriu a porta da frente. Uma luz brilhante veio ao encontro deles. *Aqui vamos nós.*

Um quarteto de cordas estava acomodado no canto, tocando um minueto elegante. Mulheres em vestidos de festa de seda e lantejoulas riam, acompanhadas de homens em ternos escuros impecáveis. Uma garçonete deslizou ente Emily e Isaac, carregando uma grande bandeja cheia de taças de champanhe. Isaac pegou duas taças e entregou uma para Emily. Ela deu um gole, tentando não fazer barulho ao engolir.

— Emily. — Spencer parou na frente dela, usando um vestido preto curto com uma fenda na pena em volta da barra e sapatos Chanel extremamente altos. Seu olhar desceu até a mão de Isaac, que estava enroscada à de Emily. Uma ruga se formou entre suas sobrancelhas.

— Hã... Isaac, esta é Spencer. São os pais dela que estão dando esta festa — falou Emily bem rápido, lentamente soltando a mão de Isaac. — Spencer, este é Isaac. — Ela queria acrescentar, "e ele é meu namorado", mas havia pessoas demais em volta.

— Rick Colbert, o dono do bufê que está aqui esta noite, é meu pai — explicou Isaac, estendendo a mão para dá-la a Spencer. — Você o conheceu?

— Eu não acompanhei os preparativos — disse Spencer, amargamente. Ela se virou para Emily outra vez. — Então, Wilden falou com você sobre as regras? Não podemos ir lá fora. Se alguém precisar de algo que esteja no carro, é só dizer ao Wilden e ele providenciará. E quando você for embora, ele irá acompanhá-la.

— Nossa. — Isaac passou a mão no cabelo. — Vocês estão realmente levando isto a sério.

— *É* sério — devolveu Spencer.

Quando ela se virou para se afastar, Emily segurou seu braço. Ela queria perguntar a Spencer se ela contara a Wilden sobre a visita de Ian, como ela havia prometido. Mas Spencer a dispensou.

— Não posso conversar agora — disse ela de modo abrupto, e desapareceu na multidão.

Isaac ficou surpreso.

— Bem, ela é *tão amigável*. — Isaac olhou em volta da sala, para o tapete oriental caríssimo no enorme vestíbulo, para o trabalho em pedras na parede e para os retratos dos ancestrais do Hastings por toda a galeria. — Então é assim que o pessoal da sua escola vive, não é?

— Nem todo mundo vive assim — corrigiu-o Emily.

Isaac caminhou até uma mesa lateral e passou as mãos por um conjunto de chá Sèvres. Emily queria desviá-lo de lá — Spencer sempre ressaltava que aquilo tinha pertencido a Napoleão –, mas ela também não queria que Isaac pensasse que ela estava dando bronca nele.

– Aposto que você mora em um lugar ainda melhor que este – provocou Isaac. – Como uma casa com dezenove quartos com uma piscina retangular coberta.

– Nada disso. – Emily deu um soquinho nele. – Tem duas piscinas retangulares cobertas, uma para mim e outra para a minha irmã. Eu não gosto de compartilhar.

– Então, quando vou ver esta sua casa magnífica? – Isaac pegou as mãos de Emily e balançou-as para a frente e para trás. – Afinal de contas, eu deixei você entrar na minha casa. Encontrar minha *mãe*. Aliás, desculpe por aquilo.

– *Ora, por favor.*

Quando Emily fora buscar Isaac em sua casa esta noite, a mãe dele os mimou, tirando fotos e oferecendo biscoitos caseiros para Emily. A sra. Colbert a lembrava de sua própria mãe. As duas colecionavam estatuetas Hummel e usavam Crocs azul-claro. Elas provavelmente podiam ficar muito amigas.

– Eu achei que ela foi muito doce – disse Emily. – Como você.

Isaac ficou corado e puxou-a para perto. Emily gargalhou, emocionada de estar sendo pressionada contra ele em seu terno chique, mesmo se ele o tivesse pegado emprestado do pai. Ele cheirava a sândalo e a chiclete de canela, e ela teve uma repentina vontade de beijá-lo na frente de todos.

Então ela ouviu uma risada atrás deles. Noel Kahn e James Freed conversavam debaixo do arco da porta que dava para a sala. Ambos usavam ternos pretos caros e suas gravatas listradas de Rosewood Day estavam frouxas em volta do pescoço.

— Emily Fields! — gritou James com satisfação. Seus olhos varreram Isaac de cima a baixo, um olhar perplexo surgindo em seu rosto. Ele provavelmente pensou primeiro que Isaac fosse uma menina masculinizada vestida de smoking.

— Olá, Emily — disse Noel com sua voz preguiçosa, meio surfista, meio mauricinho, seus olhos medindo Isaac também. — Vejo que trouxe um amigo. Ou é um namorado?

Emily deu um passinho para trás. Noel e James lamberam os lábios como lobos caçadores. Ambos estavam revisitando suas listas de coisas sarcásticas para poder falar em seguida — *Dando uma volta com meninos para variar? Olha isto cara, Emily Fields é pervertida! Ela pode arrastar você para algum clube de striptease de lésbicas!* Quanto mais tempo eles permanecessem quietos, com certeza mais horrível seria o que diriam.

— Eu tenho que... — disse Emily. Ela se virou, quase trombando com o diretor Appleton e a sra. Hastings, que estavam tomando coquetéis. Saiu tropeçando pelo vestíbulo, querendo ir para o mais longe possível de Noel e James.

— Emily? — chamou Isaac, indo atrás dela. Ela continuou correndo. As pesadas portas da biblioteca estavam logo à frente. Emily as abriu com violência e entrou, bufando.

Estava quente lá dentro e o lugar tinha cheiro de livros velhos misturados com sapatos caros de couro. Os olhos de Emily ficaram embaçados, depois se acostumaram. Seu estômago doía de terror. A sala estava cheia de garotos de Rosewood Day. As pernas compridas de Naomi Zeigler estavam penduradas sobre o braço de uma das cadeiras de couro, e a futura meia-irmã de Hanna, Kate, estava sentada como uma rainha no divã. Mason Byers e alguns dos outros meninos do time de lacrosse estavam reunidos perto de uma estante de livros, sem dúvida adorando xeretar os livros obscuros de fotografia francesa, que consistiam na maior parte de fotos soft porns de mulheres nuas. Mike Montgomery e uma bonita morena estavam tomando uma taça de vinho juntos, e Jenny Kestler e Kirsten Cullen beliscavam pão crocante e queijo.

Todos se voltaram para olhar para Emily. E quando Isaac entrou na sala feito um furacão atrás dela e colocou seu braço no ombro nu de Emily, ele foi devidamente avaliado também.

Era como se um encanto mágico malévolo tivesse atordoado Emily e a colocado em estado de animação suspensa. Ela pensou que poderia lidar com seus colegas, mas com todos juntos daquele jeito... Todos conheciam os segredos dela, todos os *estavam lá* no dia em que A circulou aquela foto de Emily e Maya se beijando. Era demais para suportar.

Ela nem conseguia olhar para Isaac quando se virou e saiu pela porta da biblioteca. Noel e James ainda estavam encostados na parede, passando uma garrafa de Patrón para lá e para cá.

– Ei, você voltou! Quem é este cara que está com você? Se você está jogando no nosso time de novo, por que não me convidou para sair antes?

Emily mordeu o lábio e manteve a cabeça baixa. Ela precisava sair dali. Mas não conseguia achar Wilden, que teria que escoltá-la até o carro, e não queria sair sozinha. Então, ela viu o lavabo dos Hastings bem perto da cozinha. A porta estava ligeiramente aberta, e a luz apagada. Emily escapuliu lá para dentro, mas, quando foi fechar a porta, alguém estava no caminho.

Isaac empurrou a porta, tentando entrar.

– Ei! – Ele parecia bem irritado. – O que está acontecendo?

Emily deu um gritinho e correu para o canto do lavabo, seus braços apertados ao redor do peito. O lavabo era maior do que a maioria dos banheiros de suítes, com uma área para sentar, um espelho ornamentado e uma parte separada para a privada. Apesar do cheiro forte e nauseante de vela de jasmim na pia, dava para sentir um leve cheiro de vômito.

Isaac não a seguiu até o canto. Ficou perto da porta, sua postura muito ereta e em guarda.

— Você está se comportando como... uma louca — disse ele.

Emily se acomodou no divã cor de pêssego e cutucou um pequeno desfiado em sua meia-calça, nervosa demais para responder. Seus segredos latejavam, fazendo todo o seu corpo doer.

— Você está com vergonha de ser vista comigo? — continuou Isaac. — É porque eu contei àquela menina, Spencer, que meu pai era o dono do bufê? Eu não deveria ter dito aquilo?

Emily colocou as mãos nos olhos. Ela não conseguia acreditar que Isaac achava que seu comportamento estranho fosse culpa dele. De novo. Um sentimento de medo lentamente se assentou ao redor de seus ombros como uma folha. Mesmo que ela conseguisse contornar esse desastre, haveria outro, e depois mais um. E finalmente, no final, ao fim de tudo aquilo, haveria A... Ian. E agora que Ian havia escapado, ele seria capaz de qualquer coisa. *Que isso sirva de aviso*, ele escreveu depois que Maya apareceu no restaurante chinês. Ian tinha Emily exatamente onde queria.

A não ser que ela fizesse as coisas direito dessa vez.

Emily olhou para Isaac, com a garganta apertada. Ela só tinha que acabar com isto rápido, como se puxasse um Band-Aid.

— Você se lembra daquela menina no China Rose? — disse ela, rapidamente. Isaac olhou para ela sem entender nada, encolhendo os ombros. Emily respirou fundo. — Ela e eu éramos... um casal.

Todo o resto veio em seguida com a velocidade da luz. Ela falou sobre como havia beijado Ali em sua casa da árvore no sétimo ano. E de como ela se apaixonara por Maya instantaneamente, intoxicada pelo seu chiclete de banana. Emily explicou os fatos sobre as mensagens de A, como ela saíra com Toby Cavanaugh para provar para si mesma que gostava de meninos, como uma foto dela beijando Maya tinha passado por todo mundo na competição de natação e como a escola toda sabia. Ela contou a Isaac sobre Tree Tops, o programa para "recuperação" de gays que os pais dela forçaram-na a frequentar, e que a verdadeira razão pela qual ela havia ido para Iowa era porque seus pais não conseguiam aceitar sua sexualidade. Ela também disse que conhecera uma menina chamada Trista em Iowa, e a beijara também.

Quando acabou, ela olhou para Isaac. Ele estava verde e batia o pé nervosamente, sem parar... Ou talvez estivesse bravo.

Emily abaixou a cabeça.

— Entendo se você não quiser mais falar comigo. Não era minha intenção magoá-lo. Eu só achei que você iria me odiar se soubesse. Mas apesar de não ter contado isso tudo antes, tudo o que falei que sentia por você, que queria que você fosse meu namorado, que realmente gosto muito de você, todas estas coisas... é tudo verdade. Achei que não fosse possível para mim, gostar de um rapaz, mas parece que é, sim.

O pequeno lavabo estava em silêncio. Mesmo a festa parecia ter ficado mais quieta. Isaac passou as mãos pela ponta de sua gravata.

— Então, isso que dizer que você é... bi? Ou o quê?

Emily cravou as unhas nas almofadas fofas de seda que estavam sobre o divã. Seria tão mais fácil se ela apenas dissesse que era hétero, e que as coisas que tinham acontecido com Maya, Ali e Trista tinham sido só uma grande confusão... Mas ela sabia que não era verdade.

– Eu não sei o que eu sou – respondeu Emily, baixinho. – Gostaria de saber, mas não sei. Talvez eu apenas goste de... pessoas. Talvez seja a pessoa, não necessariamente o gênero.

Isaac baixou os olhos. Ele deu um pequeno suspiro. Quando Emily o ouviu virar, sentiu seu peito carregado de desespero. Em segundos, Isaac viraria a maçaneta e sairia pela porta. Para sempre. Emily visualizou a mãe de Isaac parada na porta, louca para saber como o encontro de conto de fadas tinha sido. Seu rosto iria se desmanchar quando Isaac contasse a verdade. *Emily é o quê?*, ela perguntaria, chocada.

– Ei! – Uma respiração quente fez cócegas no topo de sua cabeça. Isaac surgiu acima dela, com uma expressão que não dava para adivinhar. Sem dizer uma palavra, ele passou o braço ao redor dela.

– Tudo bem.

– O-o quê? – engasgou Emily.

– Tudo bem – repetiu ele, baixinho. – Eu aceito isso. Eu aceito *você*.

Emily piscou sem acreditar.

– Você... aceita?

Isaac balançou a cabeça.

– Pra falar a verdade? É meio que um alívio. Achei que você estivesse agindo feito louca por minha causa. Ou porque já tivesse um namorado.

Lágrimas de gratidão desceram pelo rosto de Emily.

– Não tinha muita chance de ser isso – desabafou ela.

Isaac fungou.

– Acho que não, não é? – Ele abraçou Emily, beijando sua cabeça. Enquanto estavam se abraçando, Lanie Iler, uma das colegas do time de natação de Emily, enfiou a cabeça no banheiro, pensando que estava desocupado.

– Opa! – disse ela. Quando Lanie viu Emily no banheiro, abraçando um *cara*, seus olhos quase saltaram para fora das órbitas. Mas Emily não se importava mais. *Deixe que nos vejam*, ela pensou. Deixe que Lanie volte para o salão e conte a todos. Seus dias de esconder coisas estavam oficialmente acabados.

26

SPENCER ENCONTRA ALGUÉM

A campainha da casa dos Hastings tocou pela enésima vez e, do cantinho onde estava escondida, Spencer observou enquanto seus pais recepcionavam os Pembroke, uma das famílias mais antigas da região. O sr. e a sra. Pembroke eram famosos por sempre carregarem seus bichos de estimação com eles, e parecia que tinham trazido *dois* deles esta noite: Mimsy, um lulu da pomerânia de latido estridente e a estola em volta do pescoço de Hester Pembroke, que ainda tinha a cabeça da raposa pendurada nela. Enquanto o casal se dirigia animadamente até o bar, a mãe de Spencer cochichou alguma coisa para Melissa e depois saiu. Melissa viu que Spencer os observava. Com a mão tremendo, ela alisou seu vestido vermelho-escuro de cetim, para depois baixar os olhos e se afastar. Spencer não tivera a oportunidade de perguntar a Melissa como ela se sentia com o desaparecimento de Ian – Melissa passara o dia todo escapando da irmã.

Spencer ainda não tinha entendido por que eles *ainda* estavam dando aquela festa beneficente, embora todos parecessem estar se divertindo. Pelo jeito, beber bastante era a salvação para os escândalos de Rosewood. Wilden já tivera que escoltar os pais de Mason Byers até o Bentley deles porque Binky Byers tinha bebido mais que a cota dela de Metropolitans. Spencer havia encontrado com Olivia Zeigler, mãe de Naomi, vomitando no lavabo, seus braços bronzeados abraçando os lados da pia. Se vodca pudesse amortecer Spencer também... Mas não importava quantos Lemon Drops ela entornasse, permanecia com a visão clara e lúcida. Era como se alguma força cármica a estivesse punindo, fazendo com que sofresse sóbria todo aquele suplício.

Ela havia feito uma besteira horrível, guardando o segredo sobre Ian. Mas como poderia saber que Ian planejava escapar? Ela pensou no sonho que teve no dia anterior – *era quase tarde demais*. Bem, agora *era mesmo* tarde demais.

Prometera às amigas que contaria à polícia sobre a visita de Ian, mas assim que Wilden apareceu no degrau da porta, pronto para fazer a segurança da festa, Spencer apenas... não conseguira. Ela não poderia suportar ouvir mais uma pessoa lhe passando sermão sobre como ela estragara tudo outra vez. Que bem faria contar isto ao Wilden? Não era como se Ian tivesse avisado Spencer onde ele planejava se esconder. A única pista interessante que Ian tinha dado era que ele estava prestes a descobrir um segredo que iria deixá-la tonta.

– Spencer, querida – chamou uma voz à sua direita. Era a sra. Kahn, esquálida em seu vestido verde-esmeralda de lantejoulas.

Spencer a ouvira contar aos fotógrafos das colunas sociais que era um Balenciaga *vintage*. Tudo brilhava na sra. Kahn, suas orelhas, seu pescoço, seu pulso, até seus dedos. Era de conhecimento geral que ano anterior, quando o pai de Noel viajara para Los Angeles para financiar mais um campo de golfe, ele tinha comprado metade da Harry Winston para a esposa. Os valores haviam sido divulgados em um blog de fofocas.

— Você sabe se ainda tem daqueles deliciosos *petit fours*? — perguntou a sra. Kahn. — Por que diabos não nos permitirmos uns docinhos, certo? — Ela acariciou sua barriga plana e deu de ombros, como se dissesse, *há um assassino à solta, então vamos comer bolo.*

— Hã... — Spencer viu seus pais do outro lado da sala, perto do quarteto de cordas. — Volto num minutinho, sra. Kahn.

Ela abriu caminho pela multidão, esquivando-se dos convidados até que estivesse a alguns centímetros dos pais. Seu pai usava um terno Armani escuro, mas sua mãe usava um vestido preto curto, acinturado e com mangas de morcego. Talvez estivesse em todas as passarelas de Milão, mas, na opinião de Spencer, parecia algo que a mulher do Drácula usaria para fazer faxina.

Ela deu um tapinha no ombro da mãe. A sra. Hastings se virou com um enorme sorriso ensaiado, mas quando viu que era Spencer, fechou o rosto.

— Hum, estamos ficando sem *petit fours* — relatou Spencer como se fosse seu dever. — Devo ir verificar na cozinha? Notei que o bar está sem champanhe também.

A sra. Hastings passou a mão na sobrancelha, obviamente chateada.

— Eu mesma farei isso.

— Não tem problema — ofereceu Spencer —, eu posso ir até lá e...

— *Eu resolvo isso* — sussurrou a mãe com a voz gelada, cuspindo ao falar. Suas sobrancelhas arquearam para baixo e as pequenas linhas em volta de sua boca se destacaram. – Você poderia, por favor, ir para a biblioteca, junto com os outros garotos?

Spencer deu um passo para trás, seu salto girando sobre o piso de madeira superencerado. Parecia que a mãe acabara de lhe dar um tapa.

– Eu sei que você está feliz por eu ter sido deserdada – disse Spencer bem alto, antes de se dar conta do que estava fazendo. – Mas você não tem que deixar isto tão *óbvio*.

Sua mãe parou, boquiaberta pelo choque. Alguém perto deles engasgou. A sra. Hastings olhou para o sr. Hastings, que estava tão pálido quanto a casca de um ovo.

– Spencer... – ralhou o pai.

– Deixa para lá – rosnou Spencer, dando as costas para eles, e saiu em direção aos fundos, na direção da sala de televisão. Lágrimas de frustração queimavam em seus olhos. Deveria ter sido delicioso dizer exatamente o que seus pais mereciam ouvir, mas Spencer se sentiu do mesmo jeito que se sentia quando seus pais a desprezavam, como uma árvore de Natal depois do ano-novo, jogada na calçada para o caminhão de lixo levar embora. Spencer costumava implorar aos pais que resgatassem todas as árvores de Natal para plantá-las no quintal, mas eles sempre diziam que ela estava sendo tola.

– Spencer? – Andrew Campbell se materializou ali, com uma taça de vinho na mão. As costas de Spencer foram varridas por arrepios pequeninos que dançavam para cima e para baixo. O dia todo ela se perguntou se deveria mandar uma mensagem para Andrew perguntando se ele viria de noite.

Andrew percebeu o rosto vermelho de Spencer e suas sobrancelhas se juntaram.

– Qual é o problema?

O queixo de Spencer tremeu quando ela olhou para trás em direção ao salão de baile principal. Seus pais tinham saído de seu campo de visão. Ela não conseguia achar Melissa.

– Minha família toda me odeia – desabafou Spencer.

– Não, não diga isso – disse Andrew, pegando seu braço. Ele a levou para a sala de televisão e apontou para o sofá. – Sente-se. Respire.

Spencer desabou. Andrew sentou também. Ela não entrava nesta sala desde terça-feira à tarde, quando ela e suas amigas assistiram à audiência de pedido de fiança de Ian na televisão. No canto direito da tela havia uma fileira de fotos da escola de Spencer e Melissa, desde seu primeiro ano no jardim da infância de Rosewood Day até o retrato formal da formatura de Melissa. Spencer encarou sua foto do primeiro ano. Tinha sido tirada pouco antes de as aulas começarem, antes da confusão envolvendo Ali e A começar. Seu cabelo estava lindamente penteado sem cair no rosto e seu blazer azul-escuro estava passado à perfeição. O sorriso de autossatisfação em seu rosto dizia: *Sou Spencer Hastings e eu sou o máximo*.

Rá, pensou Spencer com amargura. Como as coisas podiam mudar rapidamente.

Perto das fotos de escola ficava a grande Torre Eiffel. A velha foto que haviam encontrado outro dia, aquela de Ali no dia em que a Cápsula do Tempo foi anunciada, ainda estava apoiada nela. Spencer espremeu os olhos para ver Ali. O folheto da Cápsula do Tempo pendia dos dedos de Ali e sua boca estava tão aberta que Spencer podia ver seus pequenos molares, brancos e quadrados. Em que momento esta foto tinha sido tirada? Ali teria acabado de anunciar que Jason iria contar a ela onde um dos pedaços da bandeira estava? Spencer, naquele momento, já havia tido a ideia de roubar o pedaço da bandeira de Ali? Ian já teria abordado Ali e ameaçado matá-la? Os grandes olhos azuis de Ali pareciam encarar Spencer diretamente, e Spencer quase podia ouvir a voz clara, aguda da amiga. *Buuuuu*, provocaria Ali se ainda estivesse viva. *Seus pais odeiam você!*

Spencer deu de ombros e se virou. Era estranho ter Ali naquela sala, olhando para ela.

– O que está acontecendo? – perguntou Andrew, mordendo o lábio inferior de preocupação. – O que seus pais fizeram para você?

Spencer brincou com a franja na barra de seu vestido.

– Eles nem olham para mim – disse ela, entorpecida. – É como se eu estivesse morta para eles.

– Tenho certeza de que não é verdade – disse Andrew. Ele deu um gole de seu vinho e depois colocou a taça sobre a mesa. – Como seus pais podem odiar você? Tenho certeza de que eles têm muito orgulho de você.

Spencer rapidamente colocou um apoio debaixo da taça, sem se importar se ia parecer compulsiva.

– Eles não têm. Eu os deixo envergonhados, sou uma *decoração* fora de moda. Como um dos quadros a óleo de minha mãe que estão no porão. Só isso.

Andrew ergueu a cabeça.

– Você está falando do... do problema do Orquídea Dourada? Quer dizer, talvez seus pais estejam chateados com isso, mas tenho certeza de que estão chateados *por você*.

Spencer segurou um soluço e algo duro e afiado pressionou seu peito.

– Eles sabiam que eu tinha plagiado o artigo para o Orquídea Dourada – explodiu ela, antes que pudesse se controlar. –

Mas eles mandaram que eu não dissesse nada. Teria sido muito melhor ter mentido, recebido o prêmio e vivido com a culpa para o resto da vida. Eu os fiz parecem idiotas.

O sofá de couro rangeu quando Andrew afundou nele, horrorizado. Ele encarou Spencer por cinco longas rotações do ventilador de teto.

— Você está brincando.

Spencer balançou a cabeça. Parecia uma traição dizer aquilo em voz alta. Seus pais não haviam dito a ela especificamente para não contar a ninguém que eles sabiam da confusão do prêmio Orquídea Dourada, mas ela estava certa de que eles tinham certeza de que ela jamais faria isso.

— E foi *você* quem tomou a iniciativa de confessar que plagiou o artigo, mesmo depois de seus pais mandarem você não dizer nada? — perguntou Andrew. Spencer assentiu. — Nossa. — Andrew passou a mão pelos cabelos. — Você fez a coisa certa, Spencer. Espero que saiba disso.

Spencer começou a chorar — como se alguém tivesse acabado de abrir uma torneira dentro de sua cabeça.

— Eu estava tão estressada naquela época — balbuciou ela. — Não entendia nada de economia. Achei que não faria diferença pegar aquele pequeno artigo de Melissa. Achei que ninguém saberia. Só queria tirar uma nota boa. — A garganta dela travou e ela escondeu o rosto nas mãos.

— Tudo bem. — Andrew deu tapinhas hesitantes nas costas de Spencer. — Eu entendo o que você passou.

Mas Spencer não conseguia parar de soluçar. Ela se inclinou, as lágrimas entrando em seu nariz, seus olhos inchados, sua garganta fechando e o peito pesando. Tudo parecia tão desesperador. Sua vida acadêmica estava destruída. Era sua culpa que o assassino de Ali tivesse escapado. Sua família a tinha repudiado. Ian estava certo — ela *realmente* tinha uma vidinha ridícula.

— Shhhhh — sussurrou Andrew fazendo pequenos círculos em suas costas. —Você não fez nada errado. Está tudo bem.

De repente, um barulho veio de dentro da bolsa de mão prateada de Spencer, que estava apoiada na mesinha de centro. Spencer levantou a cabeça. Era seu telefone.

Ela piscou através das lágrimas. *Ian?*

Seus olhos se voltaram para a janela. Havia um único holofote amarelo no quintal, iluminando a grande varanda. Para além da varanda, tudo estava escuro. Ela se esforçou para ouvir se havia alguém andando em volta dos arbustos perto da janela, mas não havia nada. O telefone tocou de novo. Andrew tirou a mão de suas costas.

—Você vai ver quem está ligando?

Spencer passou a língua pelos lábios, pensando a respeito. Pegou sua bolsa lentamente. Suas mãos tremiam tanto que ela mal conseguia abrir o fecho de metal.

Ela não recebera uma mensagem nova, e sim um novo e-mail. O nome do remetente apareceu. *Eu amo vc.* E em seguida, na linha do assunto: *Você pode ter encontrado alguém!*

— Ai meu Deus. — Spencer enfiou seu Sidekick debaixo do nariz de Andrew. No caos da semana passada, ela quase se esqueceu do website. — *Olhe!*

Andrew inspirou profundamente. Eles abriram o e-mail e deram uma olhada na mensagem. *Estamos felizes por informar a você que alguém em nosso banco de dados se encaixa na sua informação pessoal de aniversário,* dizia a mensagem. *Estamos entrando em contato com a pessoa agora, que deverá entrar em contato com você dentro de alguns dias. Obrigado, do Pessoal da Eu amo vc.*

Spencer foi descendo pela mensagem de modo frenético, passando os olhos pelo texto, mas não dava muitas informações. O *Eu amo vc* não havia revelado o nome da mulher, o que ela fazia ou onde morava.

Spencer deixou seu Sidekick cair no colo, a cabeça girando.

– Então... é para valer?

Andrew segurou suas mãos.

– Talvez.

Spencer sorriu gradualmente, lágrimas ainda escorriam pelo seu rosto.

– Ai meu Deus – gritou ela. – Ai meu Deus! – Ela jogou os braços ao redor de Andrew e lhe deu um enorme abraço. – Obrigada!

– Por quê? – Andrew parecia desconcertado.

– Eu não sei! – respondeu Spencer, zonza. – Por tudo!

Eles se afastaram, sorrindo um para o outro. E então, devagar e com cuidado, a mão de Andrew desceu e circundou seu pulso. Spencer ficou paralisada. Os ruídos da festa ali ao lado desapareceram e tudo na sala pareceu confortável e aconchegante. Alguns segundos longos e lentos se passaram, marcados apenas pelos pontos que piscavam no relógio digital do aparelho de DVD.

Andrew se inclinou para a frente e encostou seus lábios nos dela. Sua boca tinha gosto de Altoids de canela e era macia. Tudo parecia... certo. Ele a beijou profundamente, devagar, trazendo-a para perto dele. Onde diabos *Andrew Campbell* tinha aprendido a beijar assim?

A coisa toda levou cinco segundos no máximo. Quando Andrew se afastou, Spencer estava chocada demais para falar. Ela se perguntou se tinha o gosto salgado das lágrimas. E seu rosto provavelmente estava horroroso, todo inchado e vermelho de tanto chorar.

— Desculpe — disse Andrew em seguida, pálido. — Eu não devia ter feito isto. Você está tão bonita esta noite e eu estou tão atraído por você, e...

Spencer piscou, esperando que o sangue voltasse logo para sua cabeça.

— Não se desculpe — disse ela, finalmente. — Mas... mas eu não mereço isto. — Ela deu uma fungada alta. — Fui tão estúpida com você. Como... no baile beneficente. E em todas as aulas em que estivemos juntos. Eu fui uma chata, todo o tempo. — Ela sacudiu a cabeça, uma lágrima descendo pela bochecha. — Você deveria me odiar.

Andrew enroscou o dedinho ao redor do dela.

— Eu estava bravo com você por causa daquele baile, mas é só porque eu gostava de você. E todo o resto... nós só estávamos sendo competitivos. — Ele cutucou o joelho de Spencer. — Eu *gosto* que você seja competitiva... e determinada... e inteligente. Eu não iria querer que você mudasse nada disso.

Spencer começou a rir, mas sua boca se contorceu em um monte de soluços. Por que ela estava chorando quando alguém estava sendo tão *gentil* com ela? Ela olhou para seu telefone de novo e bateu na tela.

— Então você gosta de mim ainda que eu não seja uma Hastings de verdade?

Andrew fungou.

— Eu não ligo para o seu sobrenome. Além disso, até Coco Chanel veio do nada. Ela era órfã. E olhe o que aconteceu com ela.

Um lado da boca de Spencer se curvou em um sorriso.

— Mentiroso. — Como Andrew, rato de biblioteca, iria saber algo do mundo da alta-costura?

— É verdade! — Andrew fez que sim com a cabeça. — Pode procurar!

Spencer se deliciou com o rosto magro e anguloso de Andrew, no jeito que seu cabelo compridinho e cor de trigo encaracolava de maneira fofa sobre suas orelhas. Todo este tempo, Andrew estivera bem na frente dela, sentado perto dela nas aulas, oferecendo-se para terminar problemas de matemática no quadro antes dela, fazendo campanha contra ela para representante da turma e líder estudantil da ONU e ela nunca notara como ele era bonito. Spencer se derreteu nos braços dele outra vez, desejando que eles pudessem ficar daquele jeito a noite toda.

Assim que ela acomodou seu queixo no ombro de Andrew, seus olhos pousaram na foto de Ali encostada na estátua da Torre Eiffel. De repente, a foto parecia completamente diferente. Embora a boca de Ali ainda estivesse aberta em um sorriso parcial, havia um olhar preocupado, urgente, por trás daqueles olhos. Era quase como se ela estivesse gritando para o fotógrafo, tentando passar uma mensagem sem falar. *Ajude-me*, uma luz em seus olhos dizia. *Por favor*.

Spencer pensou em seu sonho com Ali de novo. Ela estava parada bem perto de Ali lá mesmo no bicicletário. A Ali mais jovem havia se virado para ela, esta mesma expressão frágil no rosto. As duas Alis queriam que Spencer desvendasse algo. Talvez algo que estivesse muito próximo.

Você não deveria ter jogado fora, Spencer, repetiam as duas. Tudo de que você precisava estava lá. Todas as respostas. *Cabe a você resolver, Spencer. Você tem que resolver isso.*

Mas o que ela havia jogado fora recentemente? Como ela poderia resolver isso?

De repente, Spencer se afastou de Andrew.

— O saco de lixo.

— O qu...? — Andrew parecia desorientado.

Spencer olhou pela janela dos fundos. No sábado passado, a terapeuta do luto havia feito com que todas elas enterrassem coisas que lembravam Ali — elas haviam essencialmente *jogado fora uma porção de coisas*. Era isso que as duas Alis em seus sonhos queriam dizer? Poderia haver algo ali que resolveria tudo?

— Ai meu Deus! — sussurrou Spencer, nervosa, se levantando.

— O que foi? — perguntou Andrew de novo, levantando também. — O que foi?

Spencer olhou para Andrew, depois pela janela que mostrava o celeiro, perto de onde elas tinham enterrado o saco de lixo. Era um tiro no escuro, mas ela precisava ter certeza.

— Peça ao policial Wilden para me procurar se eu não voltar em dez minutos — disse ela, com pressa enquanto saía correndo da sala, deixando um Andrew bastante embasbacado para trás.

27

HANNA MARIN, ABELHA RAINHA

Quando Hanna e Lucas chegaram à casa dos Hastings, a grande sala de estar estava lotada de gente. O quarteto de cordas já havia feito sua apresentação e uma banda de jazz estava se acomodando. Garçonetes ofereciam aperitivos e *barmen* enchiam copos de uísque, gim tônica e grandes taças de vinho tinto. Hanna conseguia sentir o cheiro de álcool no hálito de quase todo mundo. Provavelmente todos estavam horrorizados com toda essa história de Ian. Antes de Ali desaparecer, o maior crime que qualquer um em Rosewood tinha visto fora algum vizinho ser auditado pela Receita Federal.

Lucas tirou a capa da lente de sua câmera Olympus SLR – ele estava cobrindo o evento para o jornal de Rosewood Day.

– Você quer que eu pegue uma bebida para você?

– Ainda não – disse Hanna, pensando nas calorias vazias do álcool. Nervosa, ela alisou o vestido Catherine Malandrino vermelho-batom de *chiffon* e seda. Na semana passada, a faixa de seda em volta da cintura caía perfeitamente, mas agora estava um pouquinho justa. Ela havia passado o dia recolhida, tentando ignorar as ligações e as mensagens de Kate, Naomi e Riley. Finalmente, Hanna respondeu, dizendo que estava chateada demais com o fato de Ian ter conseguido escapar da cidade para começar sua própria festinha.

— Oh, crianças, olá. — A sra. Hastings foi até eles, parecendo irritada porque eles estavam zanzando por ali. — Os jovens estão na biblioteca. Por aqui.

Ela os guiou até a biblioteca, como se eles fossem alguma espécie de lixo pestilento que tivesse de ser escondido no fundo de um armário. Hanna lançou um olhar angustiado para Lucas. Ela não estava pronta para encarar Kate.

— Você não precisa tirar fotos dos adultos? — perguntou, desesperada.

— Nós temos um fotógrafo profissional para fazer isso durante a festa — respondeu a sra. Hastings. — Você tire fotos apenas de seus amigos.

Assim que a sra. Hastings abriu as portas duplas da biblioteca, alguém gritou.

— Essa não!

Houve sussurros e um frenesi de movimentação, e então a sala inteira olhou para a mãe de Spencer com um sorriso do tipo *Eu não estou bebendo nada* no rosto. Uma menina da escola Quaker saiu rapidinho do colo de Noel Kahn. Mike Montgomery tentou esconder sua taça de vinho atrás das costas. Sean Ackard — que provavelmente *não* estava bebendo — conversava com Gemma Curran. Kate, Naomi e Riley estavam num grupinho no canto. Kate estava usando um vestido branco tomara que caia; Naomi usava um vestido frente única multicolorido na altura do joelho; e Riley usava um vestido Foley + Corinna que Hanna havia escolhido para ela na *Vogue Teen*.

A sra. Hastings fechou a porta e todos pegaram de volta suas garrafas, taças de vinho e champanhe. Kate, Naomi e Riley ainda não tinham visto Hanna, mas em segundos, veriam.

Está quase na hora!, Kate tagarelara. *Mal posso esperar!*

Lucas notou Kate e as outras do outro lado da sala.

– Não deveríamos ir até lá dizer oi?

A cabeça de Kate agora estava inclinada em direção ao ouvido de Naomi. Então, as duas começaram a rir de maneira estridente. Hanna fez um esforço para não se mover.

– Você não vai falar com elas? – perguntou Lucas.

Hanna encarou seus sapatos Dior com tiras.

– Mudei de ideia em relação a Kate. – As sobrancelhas de Lucas subiram tanto que praticamente encostaram no cabelo dele.

– Não acho que ela seja o que parece – completou Hanna.

Ela podia sentir o olhar de Lucas sobre ela, esperando uma explicação.

– Ela tentou *destruir* meu relacionamento com meu pai no outono passado – sussurrou ela, empurrando-o para o canto mais distante. – Essa coisa toda de *vamos ser amigas...* Acho que entrei nessa rápido demais. Foi tudo muito fácil. Eu fui inimiga de Naomi e Riley por *anos* e de repente é tudo perfeito entre nós, só porque a Kate está aqui? – Ela balançou a cabeça com força. – Ah não. Não é assim que as coisas funcionam.

Lucas apertou os olhos.

– Não é assim que *quais* coisas funcionam?

– Eu acho que Kate está armando alguma coisa – explicou Hanna, rangendo os dentes quando Noel Kahn gritou para James Freed para mandar o resto de uma garrafa de vodca. – E eu acho que ela, Naomi, e Riley estão se unindo para me destruir de uma vez por todas. Mas tenho que descobrir um modo de desafiar Kate, antes. Tenho que descobrir um jeito de pegá-la antes que ela me pegue.

Lucas a encarou. A banda de jazz na sala de estar já estava bem adiantada na música seguinte quando ele falou de novo.

— Isto é por causa de Mona, certo? — A voz de Lucas se abrandou. — Entendo que você pense que todas as pessoas das quais ficar amiga depois dela vão magoá-la. Mas não vão, Hanna. Ninguém quer machucar você. Verdade.

Hanna se segurou para não bater o pé. Como ele *ousava* ser condescendente! Ela andava pensando em contar para ele sobre o talvez-não-tão-falso-A também — mas desistira. Ele seria condescendente com isso também.

— Isto não é uma coisinha paranoica da minha cabeça — disse ela, irritada. — Não tem nada a ver com Mona e tudo a ver com *Kate*. O que você não entende?

Lucas piscou rápido. Um sentimento de desapontamento se abateu sobre Hanna. Ele não entendia porque aquele não era o mundo dele. De repente, Hanna percebeu como ela e Lucas eram diferentes. Ela suspirou.

— Estamos falando de popularidade, Lucas — disse ela, como se ele fosse um bobo. — É tudo muito... calculado. Não é algo que você entenderia.

Lucas arregalou os olhos. Ele encostou-se às portas duplas.

— Eu não entenderia porque não sou popular, certo? Bem, Hanna, desculpe. Desculpe por não ser descolado o suficiente para você. — Ele fez um gesto de desistência e se afastou dela, indo na direção da janela. Um sabor amargo e rançoso encheu a boca de Hanna. Ela só tinha piorado as coisas.

O braço fino de Kate se esticou pela multidão.

— Aimeudeus, *Hanna*! Você está aqui!

Hanna virou a cabeça. Naomi e Riley também acenavam para ela com enormes sorrisos. Seria ridículo se ela apenas se virasse e saísse andando, depois de obviamente tê-las visto. Pelo menos ela estava usando seu próprio vestido esta noite, e não uma coisa com as costuras arrebentando como o que Mona tinha mandado para ela.

Tentando parecer corajosa, ela andou devagar até as outras. Naomi foi para o lado, para dar espaço para Hanna no grande sofá de couro.

— Por onde você andou? — perguntou ela, dando um abraço apertado em Hanna.

Do outro lado da sala, Lucas a observava. Ela desviou o olhar.

— Eu estava preocupada com você — disse Kate, seus olhos solenes e sérios. — Toda esta coisa do Ian é muito assustadora. Realmente não a culpo por ter sumido.

— Bem, estamos felizes que você esteja aqui agora — disse Naomi.

— Você perdeu uma pré-festa incrível — ela se debruçou e cochichou no ouvido de Hanna. — Eric Kahn *e* Mason Byers foram. Os dois estão super a fim de Kate.

Hanna lambeu os lábios, dando de ombros, sem realmente querer entrar na conversa. Mas agora Kate estava arrumando a barra do vestido de Hanna.

— Naomi me levou para a melhor butique ontem, a Otter, e foi onde eu consegui isto. — Ela exibiu o pingente brilhante de cristal Swarovski que estava em seu pescoço. — Queríamos que você tivesse ido também, mas você não atendeu ao telefone.

— Ela fez um beicinho. — *Mas* nós vamos na próxima semana, certo? Eles têm estes jeans superescuros da Willian Rast lá, eles ficariam *tão* lindos em você.

— Ahã — murmurou Hanna. — Claro. — Ela apanhou uma garrafa de vinho que estava enfiada atrás de uma das cadeiras. Infelizmente estava vazia.

— Aqui, pegue o resto da minha taça — disse Kate bem rápido, entregando sua taça meio cheia. — Eu estou tonta por causa da pré-festa de qualquer modo.

Hanna olhou meio zonza para a taça de Kate, o vinho tinto escuro lembrava sangue. *Vai funcionar*, Kate tinha sussurrado. *Está quase na hora! Mal posso esperar!* Então o que diabos era toda essa gentileza? Seria possível que Hanna tivesse cometido um erro?

E então a ficha caiu. *É claro*. Kate estava fingindo ser sua amiga. Hanna se sentiu boba por não perceber antes.

As regras para fingir amizade eram muito simples. Se Hanna queria muito se vingar de alguém por algo que tinha sido feito a Mona, ela agia como se ela e Mona estivessem brigadas. Depois, se infiltrava no outro grupo e ganhava tempo até que pudesse apunhalar a menina pelas costas. Talvez Mona tivesse contado a Kate sobre como fingir amizade quando ela se tornou A.

Eric Kahn passou e se sentou em uma enorme almofada Paisley que estava no chão perto do sofá. Ele era mais alto e mais desengonçado que Noel, mas tinha os mesmos olhos castanhos e o sorriso que mostrava todos os dentes.

— Oi, Hanna — disse ele. — Onde você estava escondendo esta sua linda meia-irmã?

— Deste jeito fica parecendo que ela me escondeu em algum armário! — Kate gargalhou, os olhos brilhando.

— E você fez isso, Hanna? — perguntou Eric a Hanna, o que fez Kate gargalhar ainda mais.

Noel e Mason sentaram também, e Mike Montgomery e sua namorada vieram para perto de Riley e Naomi. Havia tantas pessoas em volta deles que Hanna não conseguiria levantar mesmo que tentasse. Ela procurou Lucas pela sala, mas ele havia sumido.

Eric se debruçou, tocando o pulso de Kate.

— Então, há quanto tempo vocês duas se conhecem?

Kate olhou para Hanna, pensando.

— Acho que... há quatro anos, não é? Nós estávamos no sétimo ano. Mas nós não nos falamos por muito tempo. Hanna só foi para minha casa em Annapolis uma vez. Acho que ela era descolada demais para andar comigo. E ela levou Alison DiLaurentis. Lembra daquele almoço *enorme* que tivemos, Hanna?

Kate deu um enorme sorriso idiota, com o segredo de Hanna provavelmente na ponta da língua. Hanna sentiu como se estivesse em uma montanha-russa indo devagarzinho para o topo. A qualquer minuto iria despencar ladeira abaixo para o outro lado e ela iria perder seu estômago... e sua reputação.

Fingir amizade é simples, Mona provavelmente disse a Kate, como se ela já soubesse que, um dia, Kate e Hanna seriam forçadas a viver sob o mesmo teto. *É só saber um segredinho de Hanna. É tudo que é necessário para arruiná-la de uma vez por todas.*

Ela pensou sobre a mensagem de A também. *Acabe com ela antes que ela acabe com você.*

— Vocês sabiam que Kate tem herpes? — disparou Hanna. Nem parecia sua voz, e sim a voz de alguém muito mais má.

Todos olharam para cima ao mesmo tempo. Mike Montgomery cuspiu vinho no carpete. Eric Kahn rapidamente soltou a mão de Kate.

— Ela me contou no começo da semana — continuou Hanna, um sentimento obscuro, tóxico se alastrando por seu corpo. — Um cara passou para ela em Annapolis. Você provavelmente deveria saber, Eric, antes de tentar arrancar as calcinhas dela.

— Hanna — sussurrou Kate desesperada. Seu rosto tinha ficado tão branco quanto seu vestido. — O que você está fazendo?

Hanna sorriu satisfeita. *Você ia fazer a mesma coisa comigo, vadia.* Noel Kahn tomou outro grande gole de vinho, tremendo. Naomi e Riley olharam uma para a outra, desconcertadas, e se levantaram.

— Isto é verdade? — Mike Montgomery enrugou o nariz. — *Eca.*

— Não é verdade — esganiçou Kate, olhando em volta para todos. — Juro, pessoal, Hanna inventou isto!

Mas o estrago já estava feito.

— *Eca* — alguém sussurrou atrás deles.

— Valtrex — disse James Freed, fingindo que tossia.

Kate se levantou. Todos deram um passo para se afastar dela, como se o vírus da herpes fosse pular de seu corpo para dentro do deles. Kate lançou um olhar apavorado para Hanna.

— Por que você fez isso?

— *Está quase na hora* — recitou Hanna em uma voz monótona. — *Mal posso esperar.*

Kate ficou sem entender, confusa. Então ela deu uns passos para trás, cambaleando até a porta da biblioteca. Quando saiu batendo a porta, os cristais do lustre fizeram um barulho melódico.

Alguém aumentou o som.

— Nossa — murmurou Naomi para Hanna. — Não é de se estranhar que você não quisesse ficar com ela estes últimos dias.

— Então, quem é o cara que passou isto para ela? — sussurrou Riley na mesma hora ao lado de Naomi.

— Eu *sabia* que tinha algo podre nela — desdenhou Naomi.

Hanna tirou um cacho de cabelos do rosto. Ela esperava se sentir incrível e poderosa, mas, em vez disso, se sentia uma porcaria. Alguma coisa no que tinha acabado de acontecer parecia um pouco... errada. Ela colocou a taça de vinho de Kate no chão e foi em direção à porta, querendo apenas sair dali. Só que alguém estava bloqueando o caminho. Lucas olhou ameaçadoramente para ela, seus lábios pequenos e apertados.

Era óbvio que ele tinha visto tudo o que acontecera.

— Hã... — disse Hanna com uma voz humilde. — Oi.

Lucas cruzou os braços sobre o peito. Ele tinha um olhar amargo.

— Muito bem, Hanna. Acho que você a pegou antes que ela pegasse você, não é?

— Você não entende — reclamou Hanna. Ela deu um passo na direção dele para colocar o braço em volta de seus ombros, mas Lucas ergueu a mão para detê-la.

— Eu entendo perfeitamente — disse ele, distante. — E acho que gostava mais de você quando não era popular. Quando você era apenas... normal. — Ele pendurou sua câmera em volta do pescoço e foi em direção à porta.

— Lucas, espere! — gritou Hanna, aturdida.

Lucas parou no meio do enorme tapete oriental. Havia alguns pelos de cachorro em seu blazer escuro — provavelmente ele havia abraçado seu são bernardo, Clarissa, depois de se vestir. De repente, Hanna o adorou por não tentar parecer perfeito. Ela o amava por não se importar com popularidade. Ela o amava por todas as coisas tolas que ele fazia.

— Desculpe. — Os olhos de Hanna se encheram de lágrimas, sem se importar que todos estivessem olhando.

O rosto de Lucas estava impassível.

— Acabou, Hanna. — Ele virou a maçaneta da porta que levava ao vestíbulo.

— Lucas! — implorou Hanna, seu coração disparado.

Mas ele havia ido embora.

28

TUDO BEM, CHEGA DE ARTISTAS ESQUISITOS

Naquele mesmo momento, Aria parou em frente a um quadro pintado a óleo do tatara-tataravô de Spencer, Duncan Hastings, um homem refinado, que parecia um tanto desconfortável enquanto segurava no colo um beagle de orelhas caídas e olhar triste. Duncan tinha o mesmo nariz de curva acentuada que Spencer, e parecia estar usando anéis femininos nos dedos. Gente rica era tão esquisita.

Aria sabia que deveria estar na biblioteca com seus colegas — a sra. Hastings só faltara enfiá-la ali quando ela chegou. Mas o que ela teria a dizer para um bando de Típicas Garotas de Rosewood supercertinhas, usando vestidos de costureiros famosos e joias Cartier que tinham roubado das mães? Ela realmente iria querer que elas julgassem o longo vestido preto de seda, frente única, que estava usando? E ela realmente iria querer encarar Noel bêbado e todos aqueles seus amiguinhos? Ela preferia ficar ali com o velho e mal-humorado Duncan, tomando um porre de gim de primeira.

Aria não tinha certeza da razão pela qual tinha ido à festa beneficente. Spencer havia implorado que elas fossem, assim poderiam dar apoio moral umas às outras, agora que Ian estava à solta, mas Aria não tinha visto Spencer ou nenhuma das antigas amigas desde que chegara, vinte minutos antes. E ela realmente não queria discutir o misterioso e assustador desaparecimento de Ian com ninguém, como os outros convidados estavam fazendo. Ela preferia rastejar até seu closet, e ficar ali quieta, encolhida em posição fetal com Pigtunia, sua porquinha de pelúcia, esperando que tudo passasse, como ela fazia em fortes tempestades.

A porta da biblioteca se abriu e uma figura conhecida saiu de lá. Mike estava usando um terno cinza-escuro, uma camisa listrada preta e roxa para fora da calça e sapatos brilhantes de bico quadrado. Uma menina miudinha, de pele clara, o seguia. Eles foram direto em direção a Aria e pararam.

– Aí está você – falou Mike. – Eu quero lhe apresentar Savannah.

– Ah, oi. – Aria estendeu a mão para cumprimentar Savannah, chocada que Mike realmente estivesse deixando que ela conhecesse sua namorada. – Eu sou Aria. Irmã de Mike.

– Prazer em conhecê-la. – O sorriso de Savannah era enorme e doce. Seus cabelos longos, encaracolados, cor de chocolate caíam pelas costas, e sua bochechas eram cor-de-rosa e pareciam boas de apertar. Um lindo vestido de seda preto abraçava suas curvas, mas sem cortar a circulação, e a bolsinha de mão que carregava não tinha logotipos de marcas famosas estampados em todos os cantos.

Ela parecia... *normal*. Aria não poderia estar mais impressionada se Mike tivesse aparecido com uma foca do Zoológico da Filadélfia como namorada. Ou, já que o caso é Mike, um cavalo islandês.

Savannah tocou o ombro de Mike.

— Vou pegar uns aperitivos para nós, está bem? O camarão está incrível.

— Claro — disse Mike, sorrindo para ela como um verdadeiro ser humano.

Quando Savannah saiu, Aria deu um pequeno assobio, cruzando os braços sobre o peito.

— Olha só você, Mikey! — cantarolou ela. — Ela parece ser muito legal!

Mike deu se ombros.

— Eu só estou com ela até que minha querida *stripper* da Turbulence volte para a cidade. — Ele deu uma risadinha safada, mas Aria percebeu que não era assim que ele se sentia. Seus olhos ainda estavam em Savannah enquanto ela escolhia algumas *bruschettas* de uma bandeja de um garçom que passava. Então Mike percebeu alguém do outro lado da sala. Ele cutucou Aria.

— Ei, Xavier está aqui!

Algo borbulhou no estômago de Aria. Ela ficou na ponta dos pés para olhar pela multidão. Obviamente, Xavier estava na fila do bar, usando um terno preto muito alinhado.

— Ella está trabalhando esta noite — murmurou ela, suspeita. — O que ele está fazendo aqui?

Mike zombou.

— Ele está aqui porque a festa é para arrecadar fundos para nossa *escola*, talvez? Porque ele realmente gosta da mamãe e quer nos apoiar? Porque eu contei a ele e ele pareceu bem interessado em vir? — Ele colocou as mãos nos quadris e olhou para Aria por três longos segundos. – Qual é a sua? Por que você odeia este cara?

Aria engoliu em seco.

– Eu não o *odeio*.

– Então vá falar com ele – insistiu Mike por entre os dentes. – Vá se desculpar pelo que quer que você tenha feito. – Ele a empurrou de leve pelas costas. Ela olhou para ele, irritada. Por que Mike achava que *ela* havia feito alguma coisa? Mas já era tarde demais. Xavier os viu. Deixou o bar e veio até eles. Aria enfiou as unhas nas palmas das mãos.

– Vou deixá-los sozinhos para que possam se beijar e fazer as pazes – falou Mike, escapulindo para onde Savannah estava.

Aria se sentiu presa e desconfortável com a escolha de palavras de Mike. Ela observou enquanto Xavier chegava cada vez mais perto. Seus olhos castanhos pareciam quase pretos contra o terno cinza-escuro que usava. Ele parecia envergonhado, seu olhar estava esquisito.

– Oi – disse Xavier a ela, mexendo em suas abotoaduras de pérolas. – Você está muito bonita.

– Obrigada – respondeu Aria, pegando um fio invisível na alça de seu vestido. De repente, ela se sentiu tão formal e ridícula com seu cabelo negro-azulado arrumado em uma trança francesa e a estola de pelo angorá falso da mãe em volta dos ombros. Ela se afastou de Xavier, não querendo mostrar as costas nuas.

De repente, ela percebeu que não conseguia ficar parada ali, sendo toda educada com ele. Não naquele momento.

– Eu tenho que... – murmurou ela, para depois se virar e correr escada acima. O quarto de Spencer ficava na primeira porta à esquerda. A porta estava aberta e, ainda bem, não havia ninguém lá dentro.

Aria entrou cambaleando, respirando fundo. Fazia pelo menos três anos desde a última vez em que estivera no quarto de Spencer, mas nada parecia ter mudado. O quarto cheirava a flores recém-cortadas, arrumadas em vasos por todos os cantos. A antiga penteadeira de mogno ainda estava encostada na parede, e as quatro cadeiras enormes – que se dobravam para virar duas camas iguais, perfeitas para quando todas elas dormiam lá – formavam um pequeno círculo íntimo em volta da mesinha de teca que ficava no centro. Cortinas de um vermelho dramático emolduravam a enorme sacada que oferecia uma vista completa do antigo quarto de Ali. Spencer costumava se gabar de como ela e Ali se comunicavam secretamente com lanternas à noite.

Aria continuou a olhar em volta. Os mesmos porta-retratos de bom gosto com fotografias e pinturas estavam pendurados nas paredes do quarto de Spencer, e a mesma foto delas cinco ainda estava encaixada no canto entre o espelho a penteadeira. Aria foi até a foto, o peito cheio de saudade. O retrato mostrava Ali, Aria, Spencer, Emily e Hanna sentadas no iate do tio de Ali em Newport, Rhode Island. Todas elas usavam biquínis brancos iguais da J. Crew e chapéus de palha de aba larga. O sorriso de Ali parecia confiante e relaxado, enquanto Spencer, Hanna e Emily pareciam euforicamente delirantes. Esse encontro acontecera apenas algumas semanas depois de elas terem ficado amigas – a sensação de fazer parte da panelinha exclusiva de Ali ainda não havia passado.

Aria, por outro lado, parecia apavorada, como se tivesse certeza de que seria empurrada na Baía de Newport a qualquer momento. Na verdade, Aria *estava* preocupada naquele dia. Ela ainda tinha certeza de que Ali sabia a verdade sobre o que tinha acontecido com o seu pedaço da Bandeira da Cápsula do Tempo que havia sido roubado.

Mas Ali nunca confrontou Aria a respeito. E Aria nunca admitiu o que tinha feito. Era óbvio o que iria acontecer se Aria contasse a verdade para Ali — Ali iria fazer uma careta confusa que depois, lentamente, viraria uma careta de raiva. Ela abandonaria Aria para sempre, logo quando Aria estava se acostumando a ter amigas.

Assim que outubro virou novembro, o segredo de Aria foi esquecido. A Cápsula do Tempo era um jogo bobo, nada mais.

Xavier tossiu no corredor.

— Oi — disse ele, enfiando a cabeça no quarto. — Podemos conversar?

Aria encolheu a barriga.

— Ah... tudo bem.

Xavier andou lentamente até a cama de Spencer e se sentou. Aria se acomodou na cadeira forrada de *cashmere* na penteadeira de Spencer, olhando para o colo. Alguns longos, estranhos segundos se passaram. Os ruídos da festa vinham lá de baixo, as vozes de todos misturadas. Uma taça caiu no chão de madeira. Um cachorrinho latiu furiosamente. No final, Xavier deu suspiro gutural e olhou para cima.

— Você está me matando, Aria.

Aria ergueu a cabeça, confusa.

— Como assim?

— Um cara não pode ficar recebendo tantos sinais contraditórios.

— Sinais... contraditórios? — repetiu Aria. Talvez fosse um jeito artístico esquisito de quebrar o gelo. Ela esperou pela piada.

Xavier se levantou e lentamente caminhou pelo quarto até ficar perto dela. Ele segurou a beirada da cadeira da penteadeira, e seu hálito amargo alcançou o pescoço de Aria. O cheiro era de alguém que tinha bebido bastante. De repente, Aria se perguntou se, na realidade, isto não tinha nada a ver com quebrar o gelo. Sua cabeça começou a doer.

— Você flerta comigo na minha estreia, e de repente fica toda esquisita quando eu desenho você no restaurante — explicou Xavier com uma voz rouca. — Você anda por todo lado no café da manhã com uma camiseta e um short transparentes, você faz confissões, você começa uma *briga de travesseiros...* Mas quando eu a beijo, você fica toda nervosinha. E agora, você corre para o quarto. Tenho certeza que você sabia que eu iria segui-la.

Aria calou-se e se inclinou sobre a escrivaninha de Spencer. A velha madeira rangeu com seu peso. Ele estava sugerindo o que ela *achava* que ele estava sugerindo?

— Eu não queria que você me seguisse! — gritou ela. — E eu não andei mandando *nenhum* sinal!

Xavier ergueu as sobrancelhas.

— Eu não acredito nisso.

— É verdade! — choramingou Aria. — Eu *não queria* que você me beijasse. Você está saindo com minha *mãe*. Eu achei que você tinha vindo aqui para se desculpar!

De repente o quarto estava tão quieto que Aria podia ouvir o barulho do relógio dele. Havia algo em Xavier que parecia tão maior esta noite, bruto e poderoso. Xavier suspirou, seus olhos eram intensos.

— Não tente virar as coisas e agir como se fosse *minha* culpa. E de qualquer forma, se você estava mesmo chateada com o beijo, por que não contou a ninguém o que aconteceu? Por que sua mãe ainda está atendendo minhas ligações? Por que seu irmão ainda me convida para jogar Wii com ele e a nova namorada?

— Eu... eu não queria causar problemas. Não queria que ninguém ficasse chateado comigo.

Xavier tocou o braço dela, seu rosto vindo para perto.

— Ou talvez você não quisesse que sua mãe me desse o fora agora. — Ele se debruçou para ainda mais perto, os lábios dele começando a fazer bico. Aria levantou e saiu correndo pelo quarto até alcançar o closet parcialmente aberto de Spencer, quase tropeçando em seu vestido longo.

— Só... fique longe de mim — disse ela com o tom mais forte que conseguiu. — E fique longe de minha mãe também.

Xavier estalou a língua.

— Está bem. Se é assim que você vai se comportar, tudo bem. Mas saiba de uma coisa: eu não vou a lugar algum. E se você sabe o que é melhor para você, não dirá nada sobre o que aconteceu para a sua mãe. — Ele se afastou, estalando os dedos. —Você sabe com qual facilidade as coisas podem ser distorcidas, e você é tão culpada quanto eu.

Aria piscou sem acreditar.

Xavier continuou sorrindo, como se isso fosse engraçado.

O quarto rodava, deixando-a tonta, mas Aria tentou se acalmar.

— Certo — ela estourou. — Se você não vai embora, então saio eu.

Xavier não pareceu impressionado.

— E para onde você iria?

Aria mordeu o lábio, virando para o outro lado. Era, é claro, uma questão pertinente — aonde ela *poderia* ir? Mas havia apenas um lugar. Ela fechou os olhos e imaginou a barriga inchada de Meredith.

A parte inferior de suas costas começou a doer, pressentindo a cama apertada do estúdio/quarto de hóspedes de Meredith. Seria doloroso testemunhar Meredith começando a arrumar o quarto do bebê, e ver Byron bancar o pai coruja de novo. Mas Xavier havia deixado as coisas bem claras. Tudo o que acontecera entre eles poderia ser distorcido, e ele parecia mais do que feliz em distorcer a situação, se fosse necessário. Aria faria qualquer coisa para não destruir sua família de novo.

29

TODA A PATÉTICA VERDADE

Spencer tinha uma vantagem sobre qualquer um que quisesse sair da festa beneficente sem que Wilden percebesse – aquela era sua casa, e ela conhecia todas as saídas secretas. Provavelmente, Wilden nem sabia que havia uma porta no fundo da garagem que dava para o quintal. Ela parou só para pegar uma pequena lanterna perto do material de jardinagem de sua mãe, colocar uma capa de chuva verde que estava pendurada na parede, e calçar um par de botas de montaria, que estavam jogadas de qualquer jeito no chão da garagem perto do antigo Jaguar XKE de seu pai. As botas não eram forradas, mas seriam bem mais eficientes para manter seus pés aquecidos do que suas sandálias de salto alto de tiras Miu Miu.

O céu estava preto arroxeado. Spencer correu pelo quintal, tocando os arbustos de mirtilo que separavam sua propriedade da antiga casa de Ali. O pequeno feixe de luz da lanterna dançava sobre o terreno desnivelado. Por sorte, a maior parte da neve havia derretido, o que tornaria mais fácil encontrar o lugar onde ela e as amigas haviam enterrado o saco de lixo.

Na metade do caminho, Spencer ouviu um galho se quebrar e ficou paralisada. Ela se virou lentamente.

— Olá? — sussurrou ela.

Não havia luz do luar naquela noite, e o céu estava estranhamente claro, cheio de estrelas. Barulhos abafados da festa alcançavam o gramado. Em algum lugar bem longe, a porta de um carro bateu.

Spencer mordeu o lábio com força e continuou. Suas botas afundavam na neve derretida misturada com lama. O celeiro estava logo em frente. Melissa havia acendido a luz da varanda, mas o restante do celeiro estava escuro. Spencer andou até a beirada da varanda e ficou bem parada. Ela estava ofegante, como se houvesse corrido nove quilômetros com seu antigo time de hóquei. Dali do fundo, sua casa parecia tão pequena e distante. As janelas brilhavam em amarelo, e ela podia ver os formatos vagos de pessoas lá dentro. Andrew estava lá, assim como suas antigas amigas. Wilden também. Talvez ela devesse ter confiado aquela tarefa a ele. Mas era tarde demais agora.

Uma leve brisa atingiu seu pescoço e desceu por suas costas nuas. O buraco que elas haviam cavado para enterrar o saco de lixo era fácil de achar, alguns passos para a esquerda do celeiro, perto do caminho sinuoso de granito. Spencer estremeceu, tomada por um presságio, um *déjà-vu*. Quando dormiram juntas no sétimo ano tinha sido uma noite sem luar, muito parecida com esta. Depois da briga, Spencer seguira Ali até lá fora, exigindo que ela voltasse para dentro. E, então, elas haviam tido aquela discussão idiota a respeito de Ian. Spencer havia reprimido esta lembrança por muito tempo, mas agora que ela havia voltado, tinha certeza de que nunca esqueceria o rosto retorcido de Ali enquanto vivesse. Ali rira de Spencer, ridicularizando-a por ter levado o beijo de Ian a sério.

Spencer ficara extremamente magoada e empurrada Ali com força. Ali voara, sua cabeça fizera um barulho horrível quando bateu nas pedras. Era incrível que os policiais nunca houvessem encontrado a pedra em que Ali batera – deveria haver traços de sangue nela, ou pelo menos fios de cabelo. Na verdade, os policiais mal investigaram *qualquer coisa* ali atrás além do interior do celeiro naquelas semanas cruciais depois que Ali desapareceu. Eles estavam bem convencidos de que Ali havia fugido. Teria sido apenas um descuido? Ou havia uma razão para que eles não quisessem averiguar com mais cuidado?

Tem uma coisa que você não sabe, Ian havia dito. *Os policiais sabem, mas estão ignorando.*

Spencer rangeu os dentes, analisando as palavras em sua cabeça inúmeras vezes. Ian era louco. Não havia um segredo que o mundo estava escondendo. Apenas a verdade: Ian havia matado Ali porque ela pretendia revelar que eles estavam juntos.

Spencer suspendeu o vestido, se ajoelhou e enfiou as mãos na terra macia e recém-cavada. Finalmente, suas mãos tocaram a beira do saco de lixo plástico. Água da neve derretida pingava pelos lados enquanto ela o puxava para fora. Ela colocou o saco em um lugar onde a terra estava seca e desfez os nós. Tudo ainda estava seco por dentro. A primeira coisa que ela pegou foi a pulseira que Ali havia feito para elas depois da Coisa com Jenna. Depois a bolsinha acolchoada cor-de-rosa de Emily. Spencer forçou para abri-la, apalpando o interior. O couro envernizado falso rangeu. Estava vazia.

Spencer achou o pedaço de papel que Hanna jogara ali dentro e o iluminou com a lanterna o melhor que pôde. Não era um bilhete de Ali, como pensara em princípio, mas uma avaliação estudantil que Ali havia preenchido, sobre o relatório oral de Hanna sobre *Tom Sawyer*. Todos os alunos de inglês do sexto ano de Rosewood Day tiveram que avaliar os relatórios de seus colegas, em um tipo de experimento escolar.

A avaliação de Ali sobre o relatório de Hanna era tranquila – nada muito legal, nada muito malévolo. Parecia que tinha feito correndo, ocupada com outra coisa. Spencer o colocou de lado. Ela pegou a última coisa no fundo do saco, o desenho de Aria. Mesmo naquela época, Aria já desenhava pessoas incrivelmente bem. Lá estava Ali, parada em frente a Rosewood Day, um sorrisinho no rosto, como se ela estivesse se divertindo à custa de alguém.

Spencer o deixou cair em seu colo, desapontada. Não parecia haver nada fora do comum nele também. Ela realmente esperava encontrar uma resposta miraculosa? Ela era tão idiota assim?

Mas ela passou a lanterna sobre o desenho mais uma vez. Ali estava segurando alguma coisa nas mãos. Parecia... *um pedaço de papel*. Spencer pressionou a lanterna contra o papel. Aria havia esboçado a manchete. *A Cápsula do Tempo Começa Amanhã*.

Este desenho e a foto em frente à Torre Eiffel eram ambos do mesmo dia. Assim como a foto, Aria havia capturado o momento preciso no qual Ali pegara o folheto anunciando que ela acharia um pedaço da bandeira da Cápsula do Tempo. Aria havia desenhado alguém atrás de Ali também. Spencer pressionou a lanterna contra o papel. *Ian.*

Uma rajada de vento gelado bateu de frente no rosto de Spencer. Seus olhos lacrimejaram com o frio, mas ela lutava para mantê-los abertos. O esboço de Ian feito por Aria não era diabólico ou conivente como Spencer pensara que seria. Em vez disto, Aria o fez parecer meio... patético. Ele estava olhando para Ali, seus olhos arregalados, um sorriso zonzo no rosto. Ali, por outro lado, estava virada para o lado oposto ao dele. Sua expressão era arrogante, como se ela estivesse pensando, *Eu não sou demais? Até os homens lindos e ricos estão aos meus pés.*

O papel fez barulho nas mãos de Spencer. Aria desenhara aquilo no momento em que acontecia. Ela certamente não sabia nada sobre Ali ou Ian naquela época, ela desenhou meramente o que via – Ian parecendo bobo de amor e vulnerável. E Ali parecendo... Ali. Parecendo uma vadia.

Ali e eu flertávamos muito, mas era só isso. Ela nunca pareceu interessada em levar isso adiante, Ian havia dito. *Mas então... de repente ... ela mudou de ideia.*

As árvores em volta da piscina faziam sombras escuras que lembravam aranhas. As pecinhas de madeira que pendiam do beiral do celeiro estavam batendo umas nas outras, soando como ossos chacoalhando. Um arrepio correu da base do pescoço de Spencer até seu cóccix. Seria verdade? *Teriam* Ian e Ali flertado inocentemente, apenas se divertindo um pouco? O que, então, fez Ali mudar de ideia e decidir gostar dele?

Mas isso era tão difícil de aceitar. Se Ian estava falando a verdade sobre Ali, então todo o resto que ele havia contado a Spencer dois dias atrás em sua varanda podia ser verdade também. Que havia um segredo que ele estava prestes a descobrir. Que havia algo mais em tudo aquilo que eles não entendiam. E se Ian não a havia matado – outra pessoa o fizera.

Spencer apertou a mão contra o peito, com medo de seu coração estar prestes a parar. *Que mensagens?*, perguntara Ian. Mas se Ian não estava mandando as mensagens de A... quem *estava*?

A neve derretida escorreu direto por dentro das botas de montaria de Spencer até seus dedos dos pés. Spencer olhou para o caminho de granito no fundo de seu quintal, o mesmo lugar onde ela e Ali haviam brigado. Depois que Spencer empurrara Ali no chão, sua memória falhara. Só muito recentemente ela lembrara que Ali havia se levantado e continuado seguindo pelo caminho. O que Spencer viu em seguida piscou em frente à sua mente, se esvaindo e incomodando. As pernas finas de Ali, seu longo cabelo caído nas costas, as solas de seus chinelos de borracha gastas na parte de dentro. Havia outra pessoa com ela também, e eles estavam discutindo. Alguns meses atrás, Spencer tinha certeza de que esta pessoa era Ian. Mas agora quando ela tentava acessar sua memória, não conseguia ver o rosto da pessoa. Será que ela ficara com Ian na cabeça por causa da informação que Mona lhe dera? Porque ela só queria que fosse *alguém*, assim tudo estaria encerrado?

As estrelas piscavam em paz. Uma coruja piava em um dos grandes carvalhos atrás do celeiro. O nariz de Spencer coçou, e ela pensou que sentia o cheiro de fumaça de cigarro saindo de algum lugar em volta. E então seu Sidekick começou a tocar.

Ele ecoou alto pelo quintal enorme e vazio. Spencer enfiou a mão na bolsa, apertando a tecla mudo. Ela se sentiu zonza ao pegá-lo. A tela anunciava que ela recebera um novo e-mail de alguém chamado Ian_T.

Seu coração pareceu afundar no peito.

Spencer. Encontre-me no bosque, onde ela morreu. Tenho algo para mostrar a você.

Spencer sugou o ar entredentes. *No bosque onde ela morreu.* Era exatamente do outro lado do celeiro. Ela enfiou o desenho na bolsa e hesitou por um momento. Em seguida, respirou fundo e começou a correr.

30

FRAGILIDADE, SEU NOME É MULHER!

Hanna estava terminando sua terceira volta atenta pela casa dos Hastings à procura de Lucas. Ela havia passado duas vezes pela banda de jazz, pelos bêbados no bar e pelas esnobes moradoras de Main Liner que falavam de modo sugestivo sobre as inestimáveis obras de arte que forravam as paredes. Ela viu Melissa Hastings indo de fininho lá para cima, falando no celular. Quando ela entrou no escritório do pai de Spencer, interrompeu o que parecia uma discussão entre o sr. Hastings e o diretor Appleton. Mas nem sinal de Lucas.

Finalmente, ela foi até a cozinha, que estava inteiramente coberta de vapor e cheirava a camarão, pato e glacê. Os funcionários do bufê estavam ocupados desembrulhando aperitivos e minisobremesas em bandejas forradas com papel alumínio. Hanna meio que esperava ver Lucas ajudando os outros, se sentindo mal por eles estarem tão cheios de trabalho — o que seria bem a cara dele. Mas ele não estava lá, tampouco.

Ela tentou o telefone de Lucas de novo, mas foi direto para a caixa postal.

— Sou eu — disse Hanna rapidinho depois do bipe. — Existe uma boa razão para eu ter feito o que fiz. Por favor, me deixe explicar.

Quando ela apertou a tecla desligar, a tela do celular escureceu. Por que ela não tinha contado de uma vez para Lucas sobre as mensagens de A quando teve a chance? Mas ela sabia por quê: ela não tinha certeza que eram verdadeiras. Quando Hanna começou a achar que *eram* reais, ficara preocupada que, se dissesse algo para alguém, alguma coisa horrível pudesse acontecer.

E, assim, ficou de boca fechada. Mas agora parecia que coisas horríveis estavam acontecendo de qualquer jeito.

Hanna foi até a porta que dava na sala de televisão e enfiou a cabeça lá dentro, mas a sala estava desapontadoramente vazia. A manta afegã que normalmente ficava bem-arrumada em cima do sofá estava jogada entre as almofadas, e havia algumas taças de coquetel vazias e guardanapos amassados na mesa de centro. Além disso, aquela grande e esquisita estátua da Torre Eiffel balançava no aparador, tão alta que quase tocava o teto. A antiga foto de Ali no sexto ano ainda estava apoiada nela.

Hanna a observou com cautela. Ali tinha o folheto da Cápsula do Tempo na mão, sua boca aberta em um meio sorriso. Noel aparecia ao fundo, bem fora de foco. Hanna debruçou, seu estômago pesando como se estivesse cheio de chumbo. Era *Mona*. Ela estava encostada no guidão de sua Razor scooter cor-de-rosa, seus olhos nas costas de Ali. Era como ver um fantasma.

Hanna se acomodou melhor no sofá, olhando com toda atenção para a forma borrada de Mona. *Por que você fez isso comigo?* Ela queria gritar. Hanna nunca conseguira fazer aquela pergunta a Mona — quando ela percebeu que Mona era A, Mona e Spencer já estavam a caminho da pedreira. Havia tantas coisas que Hanna queria perguntar para Mona, coisas que ficariam sem resposta para sempre. *Como você pôde me odiar secretamente todo este tempo? Alguma das coisas que fizemos juntas foi verdadeira? Nós fomos realmente amigas em algum momento? Como eu pude estar tão enganada a seu respeito?*

Seus olhos estavam focados novamente na boca larga e aberta de Ali. Quando Hanna e Mona ficaram amigas no oitavo ano, Hanna tinha zombado de Ali e das outras para mostrar a Mona que elas não eram tudo isso. Ela contara a Mona a história sobre como ela aparecera no quintal de Ali no sábado após a Cápsula do Tempo ter sido anunciada, determinada a roubar o pedaço da bandeira de Ali.

— E Spencer, Emily e Aria estavam lá também. — Hanna se lembrou de ter contado isso, rolando os olhos. — Foi tão esquisito. E ainda mais esquisito foi Ali ter vindo feito um furacão da porta dos fundos, pelo quintal todo até onde estávamos. *Vocês estão atrasadas* — imitou Hanna a voz esganiçada de Ali, ignorando a ponta de embaraço dentro de si. — E depois ela disse que algum idiota roubara o pedaço dela da bandeira, mesmo já estando decorado e tudo mais.

— Quem pegou? — perguntou Mona, prestando atenção em cada palavra. Hanna deu de ombros.

— Provavelmente algum doido que construiu um altar para Ali no quarto. Eu aposto que é por isso que ele nunca devolveu o pedaço para ser enterrado com a Cápsula do Tempo. É até possível que ele ainda durma com o pedaço da bandeira toda noite. E talvez ande com ele enfiado na cueca durante o dia.

— *Ecaaaaa!* — gemeu Mona, se contorcendo.

Essa conversa com Mona aconteceu no começo do oitavo ano, bem na época do jogo da Cápsula do Tempo. Três dias depois, Hanna e Mona encontraram juntas um pedaço da bandeira da Cápsula do Tempo enfiado no volume W da enciclopédia na biblioteca de Rosewood Day. Era como achar um bilhete dourado da Fábrica de Chocolate Wonka — um presságio certeiro de que suas vidas iriam mudar. Elas iriam decorar o pedaço juntas, colocando *Mona e Hanna Para Sempre* escrito em letras grandes, negritado por todo o tecido. Seus nomes estavam enterrados agora, uma metáfora de sua farsa de serem melhores amigas.

Hanna murchou no sofá, lágrimas chegando aos olhos. Se ela ao menos pudesse correr para os campos de treino atrás de Rosewood Day, desenterrar a cápsula daquele ano e queimar o pedaço dela e de Mona... Se ao menos pudesse queimar cada lembrança que elas criaram como amigas também.

As luzes embutidas acima da cabeça de Hanna eram refletidas pela foto, que Hanna estudava mais uma vez, franzindo a testa. Os olhos de Ali pareciam estar amendoados e suas bochechas estavam inchadas de um modo horrível. De repente, a menina naquela foto parecia uma imitação barata de Ali, uma Ali virada alguns graus para esquerda. Mas quando Hanna piscou, era Ali outra vez que a estava encarando de volta. Hanna passou as mãos sobre o rosto, com a sensação de que havia vermes rastejando sobre sua pele.

— Aí está você.

Hanna gritou e se virou. Seu pai entrou pela porta. Ele não estava usando um terno como o restante dos convidados, mas calças cáqui e um suéter de gola em V azul-marinho.

— Ah! — ela engasgou. — Eu... eu não sabia que você viria.

— Eu não pretendia — disse ele. — Eu só dei uma passadinha.

Havia uma figura na sombra atrás dele. Ela usava um vestido branco tomara que caia, uma pulseira novinha de cristal Swarovski, e sapatos Prada de cetim com os dedos de fora. Quando ela veio para a parte iluminada, o coração de Hanna afundou. *Kate.*

Hanna mordeu com força a parte de dentro de sua bochecha. *Claro* que Kate iria correr para o padrasto e contar tudo a ele. Ela deveria ter previsto isso. Os olhos do sr. Marin estavam em chamas.

— Você disse ou não disse aos seus amigos que Kate tem... *herpes*? — Ele murmurou a última palavra.

Hanna se encolheu.

— Eu disse, mas...

— O que é que há de errado com você? — o sr. Marin exigiu saber.

— Ela estava prestes a fazer a mesma coisa comigo! — protestou Hanna.

— Não, eu não estava! — esganiçou Kate com emoção. Um pouquinho do seu sotaque francês havia aparecido, e alguns fios de cabelo caíram pelos seus ombros.

Hanna ficou boquiaberta.

— Eu ouvi você falando no telefone na sexta-feira! "*Está quase na hora. Vai funcionar. Mal posso esperar.*" E depois você... gargalhou! Eu sei o que você quis dizer, então não finja que você é toda perfeita e inocente.

Um ruído de decepção saiu da garganta de Kate.

— Eu não sei do que ela está falando, Tom.

Hanna se levantou e encarou seu pai.

— Ela quer me destruir. Assim como Mona o fez. Elas estavam tramando juntas.

— Você está louca? Do que você está *falando*? — Kate levantou as mãos em desespero.

O sr. Marin ergueu uma de suas grossas sobrancelhas. Hanna cruzou os braços sobre o peito, olhando mais uma vez para a foto de Ali, rindo sarcástica e rolando os olhos. Hanna queria poder virá-la de ponta cabeça — ou melhor ainda, picá-la em muitos pedaços.

Kate gritou alto:

— Espere um minuto, Hanna. Quando você me ouviu ontem, foi no meu quarto? Havia longas pausas entras as coisas que eu dizia?

Hanna fungou.

— *Uh, sim*. É assim que funciona quando você está no telefone.

— Eu não estava no telefone — disse Kate, muito tranquila. — Eu estava ensaiando as falas da peça de teatro da escola. Eu consegui um papel, e se você tivesse *falado* comigo, eu teria contado isto a você! — Ela sacudiu a cabeça impressionada. — Eu estava esperando *você* chegar em casa para que pudéssemos sair juntas. Por que eu estaria tramando contra você? Eu achei que fôssemos amigas!

Lá no salão, a banda de jazz havia parado de tocar, e todos aplaudiam. Um cheiro forte de queijo gorgonzola veio da cozinha, fazendo o estômago de Hanna revirar. Kate estava ensaiando as *falas*?

Os olhos do sr. Marin ficaram mais escuros e profundos do que Hanna jamais havia visto.

— Bem, deixe-me entender isso tudo direito, Hanna. Você destruiu a reputação de Kate por causa de uma coisa que você ouviu pela *porta*. Você nem se incomodou de *perguntar* a Kate o que ela queria dizer ou o que ela estava fazendo, você apenas seguiu em frente e contou a todos uma mentira descarada sobre ela.

— Eu-eu achei... — gaguejou Hanna, mas não continuou. Foi isso que ela fez?

—Você foi longe demais desta vez. — O sr. Marin balançou a cabeça com tristeza. — Tentei ser complacente com você, especialmente depois de tudo que aconteceu no outono. Tentei dar a você o benefício da dúvida. Mas você não vai se safar desta, Hanna. Não sei como foi morar com a sua mãe, mas eu não vou permitir este tipo de coisa em minha casa. Você está de castigo.

Do ângulo em que estava, Hanna podia ver cada nova ruga perto dos olhos do pai e todos os novos fios brancos em seu cabelo. Antes de o pai se mudar, ele nunca a tinha castigado. Sempre que ela fazia alguma coisa errada, ele simplesmente *conversava* com ela sobre aquilo até que ela tivesse entendido que o que fizera era errado. Mas parecia que aqueles dias haviam acabado.

Um enorme bolo se formou na garganta de Hanna. Ela queria perguntar ao seu pai se ele se lembrava de todas as suas conversas. Ou do quanto eles dois se divertiam juntos. E falando nisso, Hanna queria perguntar a ele por que ele a tinha chamado de porquinha em Annapolis há tantos anos. Não era nem um pouco engraçado — seu pai deveria saber disto. Mas talvez ele não se importasse. Desde que divertisse Kate, ele estava feliz. Ele havia ficado do lado de Kate desde que ela e Isabel entraram na vida dele.

— De agora em diante, você vai ficar com Kate e somente Kate — disse o sr. Marin, arrumando o suéter. Ele começou a listar coisas nos dedos: — Sem meninos. Sem amigos em casa. Sem Lucas.

Hanna ficou embasbacada.

— *O quê?*

O sr. Marin deu aquele olhar de não *fale até que eu termine*.

– Sem sentar com outras pessoas durante o almoço – continuou ele. – Nada de bater papo com outras meninas antes ou depois da aula. Se você quiser ir ao shopping, Kate tem que ir com você, se você quiser ir à academia, Kate tem que ir com você. Ou eu começo a tirar mais coisas. Primeiro seu carro. Depois suas bolsas e roupas. Até que você entenda que não pode tratar as pessoas deste jeito.

O céu da boca de Hanna começou a formigar. Ela estava certa de que desmaiaria a qualquer instante.

–Você não pode fazer isso! – sussurrou ela.

– Eu posso. – O sr. Marin espremeu os olhos. – *E eu vou*. E você sabe como eu vou saber se você não está cumprindo as regras? – Ele fez uma pausa e olhou para Kate, que assentiu com a cabeça. Provavelmente eles haviam discutido isto antes. Kate provavelmente havia *sugerido* isso.

Hanna segurou o braço do sofá, abestalhada. Todos na escola estavam com nojo de Kate – tudo por causa daquilo que Hanna havia contado a eles. Se Hanna fosse para a escola toda amiguinha de Kate e apenas Kate, as pessoas iriam... *comentar*. Eles poderiam inclusive pensar que Hanna também tinha herpes! Ela já podia imaginar os nomes pelos quais todos as chamariam: *As Vadias Valtrex. As Irmãs Flaconetes*.

– Seu castigo começa amanhã – disse o sr. Marin. –Você pode usar o resto da noite para contar aos seus amigos que não vai mais sair com eles. Eu espero vê-la em casa dentro de uma hora. – Sem dizer mais nenhuma palavra, ele se virou e deixou a sala, com Kate em seus calcanhares.

Hanna tombou para a esquerda com tontura. Nada daquilo fazia o menor sentido. Como ela poderia estar tão errada sobre o que tinha ouvido na porta do quarto de Kate? As coisas que Kate dissera pareciam tão sinistras. Tão *óbvias*! E a risadinha horrorosa de Kate... Era difícil de acreditar que ela estivesse apenas ensaiando para uma produção boba de *Hamlet* do ensino médio. Uma luz se acendeu no cérebro de Hanna.

— Espere um minuto — gritou ela.

Kate se virou abruptamente, quase batendo em um abajur enfeitado da Tiffany que estava na mesa perto da porta. Ela ergueu uma sobrancelha, esperando.

Hanna lambeu os lábios lentamente.

— Qual é o seu papel em *Hamlet*, a propósito?

— Ofélia — fungou Kate com altivez, provavelmente achando que Hanna não sabia quem era Ofélia.

Mas Hanna *sabia*. Ela lera *Hamlet* nas férias de inverno, mais para entender as piadas sobre Hamlet-quer-a-mamãe que os colegas das aulas de inglês avançado estavam fazendo. Em nenhum ponto dos seis atos da peça a frágil e patética Ofélia-Vá-Para-O-Convento dizia coisas nem remotamente parecidas com *Está quase na hora, mal posso esperar*. Muito menos Ofélia dava gargalhadas malignas. Kate insistir que estava ensaiando para a peça era uma desculpa esfarrapada, mas seu pai havia acreditado em tudo.

Hanna ficou boquiaberta. Kate olhou para ela com um levantar de ombros de autoafirmação. Se ela percebera que tinha sido pega na mentira, ela não parecia se importar. Afinal, Hanna já havia ganhado seu castigo.

Antes que Hanna pudesse dizer outra palavra, Kate sorriu e saiu pela porta de novo.

— Oh, e Hanna. — Ela segurou a maçaneta, dando uma piscadinha em segredo. — Não é herpes. Achei que você deveria saber.

31

TODO MUNDO É SUSPEITO

A fila para o banheiro do térreo tinha cinco pessoas quando Emily e Isaac saíram. Emily abaixou a cabeça, mesmo não tendo nada do que se envergonhar – eles só tinham se abraçado. Uma mulher macérrima passou por eles e entrou no banheiro batendo a porta.

Ao chegarem ao meio do salão de baile, Isaac passou o braço sobre o ombro de Emily e a beijou no rosto. Uma mulher idosa em terninho Chanel estalou a língua para eles, sorrindo.

– Que casal bonito – disse ela, com simpatia.

Emily teve que concordar.

O celular de Isaac, que estava enfiado no bolso de seu blazer, começou a tocar. As mãos de Emily imediatamente se fecharam – *poderia ser A* –, mas então ela se lembrou.

Isaac conhecia todos os seus segredos. Não importava.

Isaac olhou para a pequena tela acesa no seu telefone.

– É meu baterista – disse ele. – Volto em um segundo.

Emily concordou, apertando a mão dele. Ela se encaminhou para o bar para tomar uma Coca-Cola. Algumas meninas com vestidos pretos estavam paradas em uma fila em frente a ela. Emily as reconheceu, eram ex-alunas de Rosewood Day.

– Você se lembra de como Ian costumava nos observar nos treinos? – dizia uma linda menina asiática com longos brincos. – Todo aquele tempo, achei que ele assistia porque Melissa estava jogando, mas talvez fosse por causa de *Ali*.

Emily ficou atenta. Ela ficou paradinha, fingindo que não estava escutando.

– Ele estava na minha aula de ciências – sussurrou a outra menina, uma morena de cabelo bem curto e nariz empinado. – Quando estávamos dissecando o feto de porco, ele enfiou a faca nele como se estivesse gostando daquilo.

– Sim, mas todos os rapazes ficam superviolentos com aqueles porcos – lembrou a outra menina, abrindo sua bolsa de mão prateada e pegando um Trident. – Lembra de Darren? Ele puxou os intestinos do bichinho como se fossem espaguete!

As duas estremeceram. Emily franziu o nariz. Por que de repente as pessoas estavam comentando o quanto Ian era esquisito? Que relembranças eram aquelas? E ela não podia acreditar nas coisas que Ian tinha contado para Spencer – que ele gostara de Ali bem mais do que ela gostara dele, que ele jamais a machucaria, jamais. Por que ele simplesmente não admitia isso? Afinal de contas, nada indicava mais *culpa* do que alguém acusado de ser criminoso fugindo em seu próprio julgamento.

– Emily?

O policial Wilden parou atrás dela, com um olhar preocupado, mas sério. Essa noite ele usava um terno preto justo e gravata, em vez do uniforme da polícia de Rosewood, embora

Emily achasse que ele tinha uma arma escondida debaixo de seu blazer. Emily estremeceu, sentindo-se desconfortável. A última vez que vira Wilden fora no estacionamento na saída da cidade, dizendo a alguém no telefone para *ficar longe*. Ela nem se lembrava de tê-lo visto no julgamento de Ian no dia anterior, mas ele devia estar lá.

Havia um leve tremor embaixo da pálpebra esquerda de Wilden.

—Você viu Spencer?

— Há cerca de meia hora. — Emily rapidamente ajeitou a alça de seu vestido, esperando que não estivesse muito óbvio que ela passara os últimos minutos deitada no chão, beijando um menino. Ela olhou para trás, procurando as antigas alunas de Rosewood, mas elas haviam escapulido.

— Por quê?

Wilden passou a mão em seu queixo bem barbeado.

— Eu tenho que fazer uma contagem a cada trinta minutos mais ou menos, para ter certeza de que ninguém foi embora. E eu não consigo achá-la em lugar nenhum.

— Ela provavelmente deve estar lá em cima no quarto dela — sugeriu Emily. Nenhuma delas estava com cabeça para aproveitar a festa naquela noite.

— Eu já verifiquei. — Wilden tamborilou os dedos em seu copo d'água. — Você tem certeza de que ela não disse nada sobre sair?

Emily olhou para ele, lembrando de repente do primeiro nome de Wilden. *Darren*. Aquelas meninas de Rosewood Day acabaram de falar de alguém chamado Darren que havia removido os intestinos do porco brutalmente. Elas deviam estar falando dele.

Ela vivia se esquecendo que Wilden não era muito mais velho que ela — ele se formara em Rosewood Day no mesmo ano que a irmã de Spencer e Ian. Wilden não fora um estudante-modelo como Ian; fora sim, sua antítese, o tipo que era mandado para detenção semana sim, semana não. Era impressionante o que acabara acontecendo: Ian o assassino, Wilden o bom policial.

— Ela sabe que nós não devemos ir lá fora — disse Emily séria, voltando ao presente. — Vou lá em cima verificar. Tenho certeza de que ela está lá em algum lugar. — Ela ergueu o vestido e colocou um pé no primeiro degrau, tentando acalmar suas mãos trêmulas.

— Espere — chamou Wilden.

Emily se virou. Um lustre ornamentado de cristal estava pendurado acima da cabeça de Wilden, fazendo seus olhos parecerem quase esverdeados.

— Aria e Spencer contaram a você que receberam mais mensagens?

O estômago de Emily se revirou.

— Sim...

— E você? — perguntou Wilden. — Recebeu mais alguma?

Emily fez que sim, sentindo-se fraca.

— Eu recebi duas, mas nenhuma desde que Ian desapareceu.

O semblante de Wilden deixou transparecer uma ligeira agitação, mas logo se dissipou.

— Emily, eu não acho que foi Ian. Os caras que estavam de guarda na casa dele revistaram o local. Não havia nenhum telefone celular, e todos os computadores e máquinas de fax foram retirados da casa antes que ele fosse solto. Realmente não vejo como ele poderia ter mandado qualquer mensagem. Estamos tentando rastrear de onde elas estão vindo, mas não descobrimos nada ainda.

A sala começou a rodar. As mensagens não eram de Ian? Aquilo não fazia sentido. E de qualquer forma, se Ian havia saído da casa com tanta facilidade para visitar Spencer, oras, ele poderia ter achado um modo de enviar mensagens de um telefone secreto. Talvez houvesse deixado um telefone pré-pago em algum lugar, em uma árvore ou numa caixa de correio que ninguém usasse. Ou talvez alguém tivesse deixado para ele.

Emily encarou Wilden, perguntando-se por que ele não havia considerado isto. E então a ficha caiu – Spencer não havia contado a ele sobre a visita de Ian.

– Bem, na verdade, *é* possível sim que seja Ian por trás de todas essas mensagens. – Emily olhou fixamente para ele, tremendo.

O telefone dentro da jaqueta de Wilden começou a tocar, interrompendo-a.

– Espere um momento. – Ele fez um sinal para ela. – Eu preciso atender.

Ele se afastou dela, a mão segurando na borda da mesa. Emily rangeu os dentes, incomodada. Ela olhou em volta da sala e viu Hanna e Aria em frente a uma enorme pintura abstrata de vários círculos que se entrecortavam. Aria estava brincando nervosamente com os dedos na estola que estava em volta de seus ombros, e Hanna não parava de passar as mãos pelo cabelo, como se tivesse piolhos. Emily caminhou até elas o mais rápido que pôde.

– Vocês viram Spencer?

Aria chacoalhou a cabeça, parecendo distraída. Hanna parecia tão ausente quanto ela.

— Não — respondeu ela, de modo monótono.

— Wilden não consegue encontrá-la — lamentou Emily. — Ele verificou a casa um monte de vezes, mas ela desapareceu. E Spencer nem contou a ele sobre Ian.

— Isto é estranho.

— Spencer tem que estar aqui na casa em algum lugar. Ela não sairia simplesmente. — Aria ficou na ponta dos pés, olhando em volta.

Emily olhou de volta para Wilden. Ele deu uma pausa no telefonema, tomando um grande gole de seu copo d'água. Então ele colocou o copo na mesa e voltou a falar no telefone.

— Não — vociferou ele, dando muita ênfase ao que dizia.

Ela encarou as outras novamente, apertando as palmas suadas das mãos.

— Meninas, vocês... vocês acham que há alguma possibilidade de que este novo A seja outra pessoa? Como... *não* Ian? — falou ela.

Hanna ficou dura.

— Não.

— Tem que ser Ian — disse Aria. — Faz todo o sentido.

Emily olhou para as costas endurecidas de Wilden.

— Wilden acabou de me contar que eles revistaram a casa de Ian, mas que não acharam celular ou computador ou qualquer outra coisa lá. Ele não acha que Ian esteja por trás disto.

— Mas quem mais poderia ser? — esganiçou Aria. — Quem mais iria querer fazer isto conosco? Quem mais sabe onde estamos e o que estamos fazendo?

— Sim, A parece mesmo ser *de* Rosewood — disse Hanna.

Emily mudou a perna de apoio, balançando para lá e para cá no tapete de plush.

— Como você sabe disso?

Hanna passou a mão pelo seu ombro nu, com um olhar vazio em direção à grande janela panorâmica da sala dos Hastings.

— Então, eu recebi uma ou duas mensagens. Eu não sabia se eram *verdadeiras,* na época. Uma delas dizia que A cresceu em Rosewood, como nós.

Emily arregalou os olhos, seu coração batendo acelerado.

— As suas mensagens diziam *mais* alguma coisa?

Hanna estremeceu, como se Emily estivesse enfiando uma agulha em seu braço.

— Só este monte de bobagens sobre minha meia-irmã. Nada importante.

Emily brincou com o pingente prateado em formato de peixe que estava em volta de seu pescoço, a testa cheia de gotas de suor. E se A não fosse Ian... nem um imitador? Quando Emily descobriu que Mona era o primeiro A, ela fora pega completamente desprevenida. Claro, Ali e as outras haviam sido terríveis com Mona, mas elas foram terríveis com um monte de gente. Gente que Emily nem conseguia *lembrar.* E se outra pessoa — alguém próximo — estivesse tão brava com elas quanto Mona estivera? E se fosse alguém nesta mesma sala?

Ela passou os olhos em volta da grande sala de estar. Naomi Zeigler e Riley Wolfe saíram da biblioteca, olhando para elas. Melissa Hastings revirou os olhos, os cantos de sua boca para baixo. Scott Chin silenciosamente direcionou sua câmera para Emily, Aria e Hanna. E Phi Templeton, a antiga melhor amiga de Mona, obcecada por ioiôs, parou no caminho para a biblioteca para olhar por cima do ombro, encontrando os olhos de Emily com frieza.

E então, uma lembrança do pronunciamento de Ian se abateu sobre Emily. Elas estavam saindo do fórum, muito felizes depois que Ian fora mandado para a prisão sem direito a fiança, pois achavam que tudo havia acabado. E foi aí que Emily avistara uma figura em uma das limusines estacionadas na frente do fórum. Os olhos na janela pareciam tão familiares... Mas Emily se obrigara a achar que tudo não passava de sua imaginação.

Só de pensar nisto um arrepio percorreu sua coluna. *E se nós não tivermos ideia de quem é A? E se nada for o que parece?*

O telefone de Emily começou a tocar. Depois o de Aria. E então, o de Hanna.

— Ai meu Deus. — Hanna respirou fundo.

Emily sondou a sala, ninguém mais olhava na direção delas. E ninguém estava segurando um telefone. Não havia nada que ela pudesse fazer, a não ser pegar seu Nokia. Suas amigas olhavam nervosas.

— Uma nova mensagem — sussurrou Emily.

Hanna e Aria ficaram em volta dela. Emily apertou LER.

Tds vcs contaram, e agora alguém tem que pagar o preço. Querem saber onde sua antiga melhor amiga está? Olhem pela janela dos fundos. Pode muito bem ser a última vez que a veem... – A

A sala começou a girar. Um horrível cheiro adocicado de perfume floral encheu o ambiente. Emily olhou em volta para suas amigas, sua boca ficando seca.

— A última vez que a vemos... *para sempre*? — repetiu Hanna, piscando uma vez atrás da outra.

— Não pode... — A cabeça de Emily parecia estar cheia de bolas de algodão. — Spencer não pode...

Elas correram para a cozinha e espiaram pela janela dos fundos, em direção ao celeiro dos Hastings. O quintal estava vazio.

— Precisamos de Wilden — exigiu Hanna. Ela correu de volta para onde ela o tinha visto pela última vez, mas não havia ninguém lá. Apenas o copo de água vazio de Wilden, abandonado na mesa de canto superpolida.

O celular de Emily acendeu de novo. Outra mensagem acabava de chegar. Todas elas se juntaram para olhar.

Vão agora. Sozinhas. Ou eu vou cumprir minha promessa. – A

32

FIQUEM CALADAS... E NINGUÉM SAIRÁ FERIDO

Hanna, Aria e Emily saíram pela porta dos fundos para o quintal gelado e úmido. A varanda estava envolta em uma luz morna e alaranjada, mas assim que Hanna a atravessou, não conseguia ver nada à sua frente. A distância, ela ouviu um barulhinho abafado. Os braços de Hanna se eriçaram. Emily deu um gemido.

– Por aqui – sussurrou Hanna, apontando na direção do celeiro. Ela e as outras começaram a correr. Com sorte, elas não estariam muito atrasadas.

O chão estava escorregadio e um pouco mole, e as sandálias de tiras e salto alto de Hanna afundaram na terra. Suas amigas ofegavam ao seu lado.

– Não entendo como isso foi acontecer – sussurrou Emily, sua voz pesada por causa das lágrimas. – Como Spencer deixou Ian, ou quem quer que seja A, atraí-la para cá sozinha? Por que ela seria tão burra?

– *Shhh*. Quem quer que seja vai nos ouvir – sibilou Aria.

Levou alguns segundos para que elas cruzassem o enorme quintal até o celeiro. O buraco no qual Ian desovou o corpo de Ali estava à direita delas, a faixa refletiva da polícia brilhando na escuridão. O bosque estava mais adiante, uma pequena abertura entre duas árvores como um portal ameaçador. Hanna estremeceu.

Aria jogou os ombros para trás e entrou no bosque primeiro, suas mãos estendidas para guiá-la. Emily foi em seguida, e Hanna ficou por último. Folhas molhadas roçavam em seus calcanhares. Galhos afiados e pontiagudos passavam pelos braços delas, arrancando sangue no mesmo instante. Emily tropeçou no chão desigual, gritando. Quando Hanna olhou para cima, não conseguia ver o céu. As folhas formaram uma cobertura acima de suas cabeças, aprisionando-as.

Elas ouviram outro gemido. Aria parou e levantou a cabeça e olhou para a direita.

– Por ali – sussurrou ela, apontando.

Seu braço pálido brilhava na escuridão. Ela puxou a barra do vestido e começou a correr. Hanna a seguiu, seu corpo pulsando de medo. Galhos continuavam a bater contra sua pele nua. Um arbusto gigantesco bateu no lado de seu corpo. Ela não percebeu que tropeçara em algo até que seus joelhos bateram com força contra o chão. Sua cabeça bateu na terra. Alguma coisa em seu braço direito estalou. Uma dor atordoante tomou conta dela. Ela tentou não gritar, apertando os dentes e gemendo de agonia.

– Hanna! – Aria parou. – Você está bem?

– Estou... bem. – Os olhos de Hanna ainda estavam apertados, mas a dor tinha começado a ceder. Ela tentou mover seu braço. Pareceu bem, só estava duro.

Elas ouviram um gemido de novo. Parecia mais perto.

— Vá procurá-la — disse Hanna. — Eu alcanço vocês em um segundo.

Por um momento, nem Aria, nem Emily se moveram. O gemido se transformou em um som mais parecido com um grito.

— Rápido! — Hanna apressou as amigas com mais veemência.

Hanna rolou para ficar de costas, movendo seus braços e pernas de modo lento. Sua cabeça rodava, e o chão cheirava a cocô de cachorro. Sua nuca começou a pinicar, adormecida pela neve derretida gelada. Os passos de Aria e Emily ficaram cada vez mais distantes até que ela não mais conseguia ouvi-los. As árvores balançavam para lá e para cá, como se estivessem vivas.

— Meninas? — chamou Hanna bem fraquinho. Nenhuma resposta. O gemido parecia próximo. Aonde elas haviam ido?

Um avião passou bem acima, mal dava para ver suas luzinhas piscando. Uma coruja deu um pio grave e zangado. Não havia lua no céu. De repente, Hanna se perguntou se aquela não era uma ideia *muito* idiota. Elas estavam lá fora, sozinhas no bosque, por causa de uma mensagem que com certeza Ian lhes havia mandado. Elas foram atraídas lá para fora com a mesma facilidade que Spencer fora. Quem poderia afirmar que Ian não estava escondido nas sombras, em algum lugar por perto, pronto para atacar e matar todas elas? Por que não esperaram Wilden vir com elas?

Os arbustos do outro lado da clareira começaram a se agitar. Passos pesados amassavam as folhas. O coração de Hanna disparou.

— Aria? — Nenhuma resposta.

Um graveto quebrou. Depois outro. Hanna olhou na direção do barulho. Alguma coisa aparecia por entre os arbustos. Hanna segurou o fôlego. E se Ian estivesse se escondendo bem *ali*?

Hanna se ergueu nos cotovelos. Uma figura surgiu por entre os galhos das árvores que se moviam com o vento. Um grito passou pela garganta de Hanna. Não era Aria, nem Emily... Mas também não era Ian. Hanna não conseguia saber se era um homem ou uma mulher, mas quem quer que fosse, parecia magro, talvez um pouco baixo. A figura parou no meio da clareira, olhando diretamente para Hanna, como se abismada pela presença dela. Com seu capuz puxado por sobre a cabeça e o rosto completamente imerso na sombra, a pessoa parecia o Ceifador de Almas.

Hanna tentou se sentar, mas seu corpo afundou imprestável na lama. *Eu vou morrer*, ela pensou. *Acabou-se*.

Finalmente, a pessoa levou a mão aos lábios.

— *Shhhh*.

Hanna cravou as unhas no chão frio, parcialmente congelado, batendo os dentes de medo. Mas a figura deu três grandes passos para longe dela. Da mesma forma que aparecera, a figura se virou e sumiu, sem o menor ruído e sem deixar qualquer pegada. Foi como se Hanna tivesse sonhado a coisa toda.

33

ALGUÉM SABIA DEMAIS

O gemido continuou a se aproximar e se afastar, como se estivesse sendo refletido por um espelho. Aria correu pelo bosque sem olhar aonde ia e sem verificar se tinha se afastado demais. Quando ela se virou, percebeu que a casa dos Hastings estava bem longe, apenas um ponto amarelo minúsculo no meio dos galhos grossos e emaranhados.

Quando ela chegou à pequena ravina, ficou paralisada. Muitas das árvores estavam retorcidas e enroscadas, crescendo de maneira errada. Uma árvore bem em frente a ela estava divida ao meio, formando um assento entre os dois troncos. Mesmo quando Aria, Ali e as outras eram amigas, elas raramente passavam ali atrás. Uma das poucas vezes que Aria estivera naquele lugar, fora quando ela se arriscara na casa de Ali para roubar sua bandeira da Cápsula do Tempo.

Depois de Ali ter marchado para o fundo de seu quintal e contado a elas quatro que alguém já tinha roubado seu pedaço da bandeira, as meninas foram embora por caminhos diferentes, desapontadas. Aria cortou caminho pelo bosque de volta para sua casa. Quando estava passando por um amontoado de árvores bastante sinistras — talvez estas mesmas árvores — ela avistara alguém correndo em direção a ela, vindo do outro lado. Suas entranhas se remexeram com a emoção, até que se deu conta de que era Jason.

Jason parou, uma expressão culpada lavando seu rosto. No mesmo momento seu olhar recaiu em algo balançando para fora do bolso da frente. Aria também olhou. Era um pedaço de tecido azul, o mesmo azul-celeste da bandeira de Rosewood Day que existia em todas as salas de aula. Havia desenhos por todo o tecido também, e palavras com uma caligrafia arredondada conhecida.

Aria pensou em onde ela acabara de estar, no que Ali acabara de contar a todas elas. *Vocês chegaram tarde,* disse ela. *Alguém já roubou meu pedaço da bandeira. Eu já o havia enfeitado e tudo o mais.* Ela apontou para o bolso de Jason, sua mão tremia.

— Isto não é...?

Jason olhou para Aria e para a bandeira, desarmado. E então, sem uma palavra, ele jogou o pedaço nas mãos de Aria e desapareceu por entre as árvores, voltando na direção da casa dos DiLaurentis.

Aria correu para casa, com o pedaço da bandeira de Ali queimando em seu bolso. Ela não sabia o que Jason queria que ela fizesse com aquilo — devolver? Redecorar para si mesma? Isto estaria conectado de alguma forma com a briga que Ian e Jason tiveram no pátio de Rosewood Day alguns dias antes? Pelos dias seguintes, ela esperou para ver se ele lhe contaria o que andava pensando e o que ela deveria fazer. Talvez Jason *houvesse* se dado conta de que eram almas gêmeas, e dera isto a Aria especificamente porque achava que ela merecia. Mas nenhuma instrução jamais viera. Mesmo quando a administração de Rosewood Day anunciou pelos alto-falantes que um pedaço da bandeira da Cápsula do Tempo não havia sido contabilizado e quem quer que estivesse com ele deveria falar. Era algum tipo de teste? Aria deveria *saber*? Se ela passasse, ela e Jason ficariam juntos para sempre?

Depois que Aria ficou amiga de Ali, sentiu-se envergonhada e culpada demais para explicar todo o fiasco, então ela escondeu o pedaço da bandeira em seu closet e nunca mais olhou para ele.

Se ela abrisse a caixa de sapato no fundo de seu closet na qual se lê Relatórios Antigos de Livros, o pedaço da bandeira ainda estaria lá, totalmente decorado e pronto para ser entregue.

Passos fizeram barulho atrás dela. Aria pulou e se virou. Os olhos de Hanna brilharam na escuridão.

— São vocês. — Ela respirou pesado. — Eu acabei de ver a coisa mais estranha...

— Shhh — interrompeu Aria. Uma sombra negra do outro lado da ravina chamou sua atenção. Ela segurou forte no braço de Emily, tentando não gritar. Uma lanterna foi ligada, passando pelo chão. Aria colocou sua mão na boca, estremecendo e dando um suspiro de alívio.

— Spencer? — chamou ela, dando um passo hesitante na neve derretida.

Spencer estava usando uma capa de chuva que ia até os joelhos e enormes botas de montaria que envolviam suas magras panturrilhas. Ela direcionou o feixe de luz da lanterna para elas, parecendo um animal capturado pelos faróis de um caminhão. Toda a parte da frente de seu vestido estava coberta de lama e neve derretida, assim como seu rosto.

— Graças a Deus você está bem. — Aria deu alguns passos adiante.

— O que diabos você estava fazendo aqui fora? — gritou Emily. — Você está maluca?

O queixo de Spencer tremeu. Seus olhos baixaram em direção ao que quer que estava no chão.

— Não faz o menor sentido — disse ela, de modo monótono, como se estivesse hipnotizada. — Eu acabei de receber uma *mensagem* dele.

— De quem? — sussurrou Aria.

Spencer apontou sua lanterna para um objeto grande perto dela. Em princípio, Aria pensou que fosse apenas uma árvore caída, ou talvez um animal morto. Mas então, a luz dançou sobre algo que parecia... pele. Era uma grande e pálida mão humana, fechada como se fosse dar um soco. Havia algo parecido com um anel de classe de Rosewood Day em um dos dedos. Aria deu um grande passo para trás, batendo com as mãos na boca.

— Oh, meu Deus.

Então Spencer jogou luz no rosto da pessoa. Mesmo na escuridão, Aria sabia que a pele de Ian estava fantasmagórica, de um azul cianótico. Um olho estava fechado e o outro aberto, como se ele estivesse piscando. Havia uma piscina de sangue seco em sua orelha e em seus lábios, e o cabelo estava cheio de terra. Havia grandes vergões roxos em volta de seu pescoço, como se alguém o tivesse agarrado com força e apertado. Havia algo nele que parecia bastante frio e duro, como se já estivesse desse jeito por algum tempo.

Aria piscou rápido, sem entender muito bem para o que estava olhando. Ela pensou em como Ian não havia comparecido ao próprio julgamento na véspera. Os policiais saíram correndo do tribunal, prometendo encontrá-lo. Ian poderia ter estado ali o tempo todo. Emily teve ânsia de vômito. Hanna deu um enorme passo para trás, gritando. Estava tão quieto lá no bosque, era fácil escutar Spencer engolindo em seco e tremendo. Ela balançou a cabeça.

— Ele estava assim quando eu cheguei — gemeu ela. — Eu juro.

Aria tinha medo de ir para mais perto de Ian, e manteve seus olhos fixos em sua mão imóvel, quase certa que ele iria dar um pulo e agarrá-la. O ar em volta dele estava completamente morto e parado. Lá longe, ela jurava ter ouvido alguém gargalhar.

E então o telefone de Aria, que estava em sua pequena bolsa de mão em formato de concha, tocou. Ela deu um gritinho de surpresa.

— Aaai!

Então o de Spencer vibrou e o de Emily soou. O telefone celular de Hanna, que estava guardado dentro de sua bolsa de mão, agora lamacenta, tocou também.

As meninas se entreolharam na escuridão.

— Não é possível — sussurrou Spencer.

— Não pode ser... — Hanna segurou seu telefone com as pontinhas dos dedos, como se estivesse com medo de realmente tocá-lo.

Aria olhou a tela de seu Treo sem acreditar. *1 nova mensagem de texto.*

Ela olhou para Ian, seus membros endurecidos, seu lindo rosto vago e sem vida. Com um tremor, ela olhou para a tela de novo e forçou-se a ler a mensagem.

Ele teve que ir. — A

O QUE ACONTECE DEPOIS...

Sim, Ian está morto. E nosso quarteto favorito provavelmente também gostaria de estar. O pai de Hanna a odeia. Spencer está falida. Aria está um caco. E Emily trocou de time tantas vezes que está me confundindo. Eu me sentiria mal por elas, mas você sabe, é a vida. Ou a morte, no caso de Ian.

Eu acho que poderia deixar o passado no passado, perdoar e receber perdão, blá-blá-blá. Mas o que isso tem de divertido? Estas vagabundinhas têm tudo que eu sempre quis, e agora vou me certificar de que recebam tudo que merecem. Isto soa horrível? Desculpe, mas como toda mentirosinha maldosa sabe, às vezes a verdade é feia – e sempre machuca.

Estarei de olho...

Beijinhos! – A

AGRADECIMENTOS

Estou muito feliz de escrever outra carta de agradecimentos para essa nova aventura das Pretty Little Liars. Obrigada, como sempre, ao pessoal da Alloy, que me ajudou a desencavar o assustador e emocionante mundo de Rosewood: Josh Bank e Les Morgenstein, cujas ideias estão além de qualquer comparação, Sara Shandler, sempre gentil e incrivelmente inteligente, Kristin Marang, que levou as PLL para os fãs on-line, e Lanie Davis, que alimentou *Perversas* do começo ao fim, com ideias e sugestões comoventes e muito sagazes. Obrigada a todos por ajudar tanto esta série! Palavras não são suficientes para expressar minha gratidão. Obrigada também a Jennifer Rudolph Walsh, William Morris, e ao adorável grupo da HarperCollins: Farrin Jacobs, Elise Howard e Gretchen Hirsch. Todos vocês dão a estes livros um brilho a mais. Amor aos meus pais, Shep e Mindy, à minha irmã, Ali e ao seu gato assassino, Polo, e ao meu marido, Joel, por mais uma vez ler vários rascunhos deste livro – e me oferecer algumas fofocas suculentas para costurar as páginas. E por último, mas não menos importante, uma grande saudação para os meus primos Greg Jones, Ryan Jones, Colleen Lorence, Brian Lorence e Kristin Murdy. Que venham muitas pirâmides humanas e mais proezas num futuro bem próximo!

Este livro foi impresso na Editora JPA Ltda.